读客

读客外国小说文库

熊猫君激发个人成长

亲爱的
伯德太太

[英] A. J. 皮尔斯 著　王颖 译

上海文艺出版社

DEAR MRS. BIRD

A. J. Pearce

谨以此书献给我的父母

1940年12月，伦敦

目录

第一章

报纸上的一则广告

An Advertisement in the Newspaper

第一眼看到报纸上的那则广告时，我觉得自己几乎都要爆炸了。尽管德国空军的袭扰让所有人上班都迟到了，但那之后我抢到的一颗洋葱——这可是炖汤的好材料——让我觉得这一天过得还算不错。然而，看到这则消息后，我简直欣喜若狂。

那时是下午三点一刻，又一个惨淡的12月的下午，天色还没完全放亮，便暗了下来，就算套了两件背心外加一件厚大衣，身子也暖和不过来。坐在24路车的顶层，我都能看到自己呼出的白气。

我刚结束思卓曼律师事务所的秘书工作，正在回家的路上，想赶在消防站接线员的夜班工作前休息一会儿。我已经读完了《纪事晚报》新闻版面里的每一个字，开始看起了占星专栏。虽然并不相信星座，但以防万一，试一试无妨。关于我最好的朋友邦蒂的运势，上面写道："很快就会有财运。幸运动物：臭鼬。"这真是前景大好，而我的星座运势是："事情最终可能好转。幸运鱼：鳕鱼。"相比之下，我的运势简直一文不值。

随后，在"招聘广告"一栏下，塞在一则果酱炉工厂招聘广告（无需任何经验）和工装服工厂招聘资深主管（有推荐者优先）的广告中间，我看到了它。

诚聘初级文员：《伦敦纪事晚报》出版方朗塞斯顿出版股份有限公司诚征兼职初级文员。须有能力，有激情，吃苦耐劳，打字速度60字/分钟，速记速度110字/分钟。有意者速致函：伦敦城4区，朗塞斯顿大厦，朗塞斯顿出版社，H.伯德太太（收）。

这是我这辈子碰到的最好的工作。

如果世界上存在什么我梦寐以求的（当然，除了战争结束和希特勒惨死之外），那就是当一名记者了。用业内人士更准确的说法，就是“战地女记者”。

十二岁那年，我凭着一首糟糕透顶的诗歌赢得了去当地报社参观的机会。从那以后的十年间，我便一直梦想着投身新闻行业。

此刻，我的心脏怦怦直跳，似乎要穿过背心和厚大衣，下一秒就蹦到邻座的太太身上去了。我很开心能在思卓曼律师事务所工作，但我更迫切地想学习如何做一名记者。那些人手里总是拿着笔记本，准备挖出政治阴谋，向政府代表抛出难题。最棒的是，他们可以随时跳上最后一班飞机赶往遥远国度，以便发回有关战争与反抗的重要报道。

读书时，即便英语是我最擅长的科目，老师还是劝我脚踏实地，不要抱有此类疯狂的志向。他们还阻止我继续为校刊就外交政策给首相写信。那真是令人沮丧的开始。

从那之后，我一直没有放弃。但事实证明，没有工作经验的人要找这样一份工作实在困难，尤其是我一心只想进入伦敦弗利特街[1]的报社工作。尽管我大体是个乐观派，但我自知仅凭三个暑假向《小惠特

[1] 又译作“舰队街”，是伦敦市内一条著名的街道，在18世纪至19世纪是英国新闻和出版中心。——译注（本书中注释如无特殊说明，均为译注）

菲尔德公报》投稿的经历并不能给我去柏林的机会。

但现在，我的机会来了。

我又仔细看了一遍招聘广告，想知道自己够不够格。

有能力

——说的就是我啊，虽然我并不知道他们想要我在哪方面有能力。

有激情

——我都差点像个疯子一样在公交车上大喊大叫了。

吃苦耐劳

——如果有需要，在办公室地板上过夜我也心甘情愿。

我迫不及待要申请了。

我按铃要在下一站下车，伴随着轻快的铃声，公交车慢慢减速。我一把抓起手提包、防毒面具和洋葱，用胳膊夹住报纸飞奔下楼，在匆忙中竟把一只手套落下了。

“谢谢您。”我一边朝售票员喊着，一边勉强挤到车后门跳了下去。

路边是一家仍在营业的博姿药房，它的窗户在上上周的轰炸中被全部炸碎了。车还没有完全停稳，我跳到残存的人行道上，开始朝家里走去。

博姿并非唯一一家在空袭中遭到重创的商店。整个街区的状况都很糟糕。杂货店被炸得只剩半堵墙和一堆碎石，隔壁的四幢公寓被夷为平地，帕森斯先生的毛织品店现在只留下了一个大裂沟。皮姆利科区或许还能撑下去，但也并非毫无损失。

跨越地上的那些弹坑，我跑过马路，经过报摊老板博恩先生

（“光听我的名字，你肯定以为我是个屠夫！”[1]）时减速下来打了招呼。博恩先生在店铺外重新整理着一沓报纸。他已经穿上了那套监察员的工作服，正不断地往手上哈气取暖。

“下午好啊，艾米，”他边呼气边说，“你看过早报了吗？头版上国王和王后陛下的照片真好看啊。”他露出了灿烂的笑容。虽然战争也给他带来了种种伤害，但在我认识的人中，博恩先生是最开心的那个。不管新闻多恐怖，他总是能看到乌云背后的一抹阳光。“没事，别停下来——我看得出来你很急。”

我一般都会待一会儿，跟他聊聊当天的新闻。如果有时候订阅报纸的人忘了来取，博恩先生会送我他们留下的过期报纸或《画报》[2]，即便他本可以将它们退回给发行商。然而，我今天的首要任务就是赶回家。

“博恩先生，第二版，”我感激地喊道，“《纪事晚报》正在招聘一个文员，我觉得这可能就是为我而设的！”

博恩先生是我那战地女记者梦想的强力支持者，尽管他确实为我希望深入敌后而忧心不已。此刻，他胜利般挥舞着一张晚报，笑得更开心了。

“要的就是这种精神，艾米，”他大喊道，“祝你好运。我会帮你留好今天的《泰晤士报》的。”

我大喊着跟他道谢，使劲地挥着自己空出的那只手，同时朝路的尽头跑去。几分钟后，在一个右急转弯时，我差点撞上了两个老妇人。她们正兴致勃勃盯着烤热土豆的华特，或许是围在那里取暖吧。再跑过茶室，我就到家了。

---

[1] 博恩（Bone）在英语里是“骨头”的意思。

[2] 1938年至1957年在英国出版的新闻摄影杂志，被认为是新闻摄影的先驱。

邦蒂和我合住在她奶奶位于布莱邦街公寓的阁楼上。如果发生空袭，我们可以冲到楼下花园的安德森防空洞，但现在我们都已经习惯了，不会过于担心。能够得到免费住宿，我们真的非常走运。

我猛地推开前门，冲过了铺着瓷砖的走廊，跑上了楼。

“邦蒂！”我大喊道，希望能让在三层楼之上的她听到，“你绝对猜不到，我得到了一个多棒的消息！”

等我爬到阁楼时，穿着睡袍的邦蒂才从卧室里走出来，睡眼惺忪。她在陆军部担任秘书一职，需要值夜班。当然，她必须对手头的工作保密。

“我们赢得了战争？”她说，“我工作的时候，没人透露一个字啊。”

“那是迟早的事，”我说，“但我说的不是那个。快看，是第二好的消息。”

我把报纸塞到她手里。

“果酱炉？”

“不是，你这个傻瓜。再往下看。”

邦蒂咧嘴笑了笑，再一次浏览起报纸来，看到那则招聘广告时，她的眼睛瞪得圆圆的。

“噢，我的上帝啊，”她的声音越来越大，“艾米，这就是你的工作啊！”

我疯狂地点着头。

“你也这么认为吗？真的吗？是这样的，不是吗？”我简直语无伦次。

“当然是啦。你肯定会非常棒的！”

邦蒂是我在这个世界上最忠心耿耿的挚友。同时，她也十分脚踏实地，凡事立即就会付诸行动。

“你必须今天就投简历。做头一个！思卓曼先生应该会给你写推荐信的，对吗？还有消防站的戴维斯上尉。哦，天哪——你还能去那边上夜班吗？”

我除了白天在律师事务所里工作，还在大轰炸前加入了辅助消防[1]的志愿者队伍。我哥哥杰克一刻不停地满世界飞去抗战，现在是时候让我也贡献自己的力量了。邦蒂的男友威廉是B分队的全职消防员，当他提出让我去卡尔顿街的消防站做一名志愿者接线员时，我觉得这主意很合我意。我每周工作三晚，保证不会影响到自己的秘书工作。经过戴维斯上尉的面试和一个体检以确保我的身体没有大碍后，我就上岗了。我非常骄傲地穿上了剪裁精良、纽扣闪闪发亮的海军蓝制服，结实的黑色鞋子，还戴上了那顶带有AFS徽章的帽子。

邦蒂和我从小就认识威廉，自从我加入了消防队，我们镇上的报纸专程来伦敦为我们三个人拍了照。他们将我们的照片冠以《拯救我们的小惠特菲尔德》的标题，仿佛整个城市的安全、陆军部的正常运营都要依靠威廉、邦蒂和我三个人的力量似的。他们还提到了我的未婚夫埃德蒙，他也来自小惠特菲尔德，是个可爱的人。报纸上甚至隐晦地暗示说，他已经掌控了半个皇家炮兵团，虽然埃德蒙评价这个说法太夸大其词。我把剪报寄给他，他笑得前仰后合。报纸能够提到我们，这种感觉还不错。就好像回到了从前，那时候，战争还没爆发，埃德蒙也没有被派到半个地球之外的地方。

加入消防队不到两周，德军就开始向伦敦发动袭击，我很开心自己能略尽绵薄之力。我的朋友，隶属B分队的西尔玛说，即便我当不上

[1] Auxiliary Fire Service，简称AFS，该组织在1938年成立于英国，是空袭中民防的一部分。

战地女记者，至少我也帮上了一些忙。

“噢，太好了，上面说是兼职。”邦蒂又看了一眼广告，自问自答道。她已经不再叫喊了，变得极其认真。“说实话，艾米，”她说，“这会是你的大好机会。”

我们对视了一会儿，掂量着这个工作的重要性。

“我敢打赌，以你对时事的了解，”她说，“肯定会给他们留下深刻的印象。”

“我不知道，小邦，”我突然紧张起来，“他们的要求肯定极为苛刻，即便是招一个初级文员。你能考考我吗？”

我们走进客厅，咖啡桌上，两沓杂志和三本新闻剪报簿摇摇欲坠。我摘下帽子，手伸进包里，掏出来一本记事本。我总是随身携带着它，以防万一能够派上用场。我飞快地翻到最后一页，用红色粗体在上面写了“附录”两个字，然后在下一行写上“战时内阁成员”[1]。

我将它递给早就瘫倒在沙发里的邦蒂。

“接下来，我会假扮面试官，”她说道，同时指了指房间里最不舒服的一把椅子，“我会非常严厉的。首先，财政大臣是谁？”

“金斯利·伍德爵士，”我一边说，一边解开大衣扣子坐了下来，“这很简单。”

“很棒，”邦蒂说，“那下一个，枢密院议长是谁？你知道吗，我都等不及看你上任了。你父母一定会非常开心的。”

“约翰·安德森爵士，”我答道，“不过，别急，我还没得到这份工作呢。我希望爸爸和妈妈会为我开心。他们也许会很担心我将要从事的危险工作。”

[1] 战争时期由英国执政党的少数当权人物组成的内阁，以增加决策效率和保密机要。

“但他们表面上肯定表现得毫不在乎。”邦蒂说完，我们俩都笑了。邦蒂了解我父母的程度不亚于我自己。我们的父亲在一战期间就是好朋友，我们家早就把她当成家中的一员了。

“问我个难点的问题吧。”我说。

“好吧，”邦蒂说着，突然停了下来，“噢，我刚想到，你觉得埃德蒙对此会做何看法？我觉得他会大发雷霆。”在我开口之前，她抢先说道。

我本想为他辩解几句，但邦蒂说得有道理。埃德蒙和我相恋已久，我们在十八个月前订婚了。他是个很棒的未婚夫——聪明、体贴、有爱心，只是他不是很赞成我要从事报业工作的理想。有时候，他相当保守。

“他没那么坏，”作为一个忠诚的伴侣，我说，“我相信，他会高兴的。”

“即使他不赞同，你也会接受这份工作。”邦蒂自信满满地补充道。

“哎呀，是啊，”我说，“如果他们给我机会。”我爱埃德蒙，但不意味着我事事都要顺着他。

“我真心希望他们能给你这份工作，”邦蒂说着，交叉手指为我祈祷，“他们必须这样做。”

“你能想象得出吗？《纪事晚报》的见习记者欸。”我两眼直视前方，脑海中出现了自己坐在一辆出租车里满伦敦地跑，就为了挖一个独家新闻的场景。“记者生涯的开始。”

“太棒了！”邦蒂认真地说，“你觉得，你以后会走上专业战地女记者的道路吗？”

“嗯，会的，我希望如此。我会穿上裤装，在赢得战争后，我会攒钱买辆车，然后跟埃德蒙在威斯敏斯特区租间公寓。我可能会抽烟，晚上在剧院里打发时间，或是去巴黎咖啡馆聊点儿有意思的事情。”

邦蒂看上去很激动。“我都等不及了，”她说，仿佛我们在制订下下周的计划似的，“如果比尔不向我求婚，我可能会从政。”

战争爆发前，邦蒂的男友正在攻读建筑师的学业。他计划在二人订婚前取得资格证，并攒点钱。

“噢，小邦，这主意真不错，”我深受触动地说，“我竟然不知道你会对那个职业感兴趣呢！”

“这个嘛，我也不是那么热衷，至少现在还不是。但我敢肯定，在赢得战争后，很多议员会休息一段时间，而我本来就很喜欢和无线电有关的工作。”

“想法不错。而且你在陆军部工作，会赢得人们的尊敬呢。”

“但我不可能透露这个消息的。”

“当然。”

事情确实好转了。我将成为一名记者，而邦蒂就要去英国广播公司了。

“好了，”我说着站了起来，“我要去写求职信了，还要去消防站试试能不能约到戴维斯上尉。虽然不确定做一名志愿接线员能够帮我拿到《纪事晚报》的工作，但试试总归没有坏处。”

“胡说，”邦蒂说，“这个计划堪称完美。如果在希特勒轰炸伦敦期间，你的接线员工作完全不受影响，那么你也会成为一名卓越的战地女记者。威廉说，你是队里最勇敢的姑娘，德里克·霍布森头破血流地执行任务回来时，你眼睛都没眨一下。”

“好吧，因为我是急救组组长啊。”我说。我实在不想再去回忆这件事情，也许是我大惊小怪了，但那晚真的很恐怖，而且德里克现在还在休病假。

邦蒂又一次拿起了报纸，“你真的很勇敢，”她说，“你会在新岗位上表现得非常出色。好了，你最好马上行动，”她说着把报纸递给我，“上面写着速致函……”

“说实话，”我边说边接过报纸，目光有点呆滞，“我不敢相信有一天会成真。”

邦蒂咧嘴一笑，说道：“你就等着瞧吧。”

我拿起手提包，掏出了最好的一支钢笔，开始写起来。

第二章

专栏暨特约编辑柯林斯先生

Mr Collins, Features & Editor At Large

距离报纸刊登出招聘广告已经过去一周了，我非常努力地想要保持平静。自从给H.伯德太太寄出求职信后，我对关注时事要闻达到了前所未有的狂热程度。我马上就要去参加《伦敦纪事晚报》的面试了。

邦蒂继续以接近审问的严格标准考验着我的知识储备，当我告诉家人和B分队的姑娘时，每个人都兴奋不已，并且对我能够拿到这份工作表示出了过度的自信，这反倒让我有些担心。我将面试通知写信告诉了埃德蒙，不过要过很久才能得到他的回信，在这期间我收到了很多其他人的支持。在我消防站夜班结束的前一天，姑娘们大喊着“祝你好运”，威廉和小伙子们则兴致勃勃地学着电影里那些新闻界的人士呼喊着“拿下头条”“快去啊，小艾米”。他们真是太可爱了，我感觉仿佛半个伦敦——加上整个小惠特菲尔德的人，都在支持我。

今天的伦敦笼罩在一片阴郁、沉闷的灰色天空之下，像是有个巨人不小心扔掉了他的校服，把整个伦敦西区都遮住了。我不顾严寒，穿着一身漂亮的蓝色单排扣羊毛套装和自己最好的鞋子，戴着从邦蒂那儿借来的小小黑色斜檐帽。我希望自己看上去干练而敏捷。就是那种可以随时嗅出独家新闻并能立刻做出判断的人，而不是担心自己的心脏会爆炸的人。

我请了一天假，即便走路过去不到一小时，我还是换了两辆公交车，以免被风吹得披头散发。结果我还是早早地就到了，站在朗塞斯顿大厦外面，看着面前这座巨大的装饰艺术建筑，一阵阵紧张感袭来。

我将在这里工作？这真的是个令人头晕目眩的想法。

我仰起头，一只手扶住邦蒂的帽子，另一只手紧紧抓着手提包，感到有些失去平衡。这时，一个异常严厉的声音突然响起："抓紧时间，磨磨蹭蹭的最让人讨厌了。"

一位壮实的女士出了大厦径直向我走来。她戴着一顶男士的软呢帽，帽子边缘插着一支短短的山鸡毛，给人一种城市里不常有的乡野气息，而她上衣翻领上则挂着一个由野兔和死鸟的某一部分组成的漂亮胸针。她让我想起了蒂尼阿姨，她三岁的时候就猎到了第一只松鸡，从那之后，她开始不断地从树篱那边捕获各种各样的猎物。

"对不起，"我说，"我刚刚……"

那位女士把脸一皱，快步从我身边走过，身上一股药皂的味道。

看着她走过马路，我突然有一种重回校园的奇异感觉。现在，体育课的铃声随时可能响起。

我赶紧让自己清醒过来。我是来应聘一份报道重要事件的严肃新闻记者工作的，必须振作精神，迅速进去。我深吸一口气，再次看了下手表，然后走上了宽阔的大理石台阶，穿过旋转门。

门厅很空旷，里面几乎跟街上一样冷。墙上挂满了巨幅画像，全是表情严肃的男人。这些两百年以来的出版商在油画里嘲弄地看向一个戴着借来的帽子、心怀记者梦想的年轻女人，似乎随时会发出啧啧的指责声。

我小心翼翼地走着，生怕在光滑的地板上摔跤，来到高高的胡桃木前台。

“早上好，我是艾米琳·莱克，来参加伯德太太的面试。”

前台的年轻女人对我同情地笑了笑。

“她在五楼，莱克小姐。乘电梯到三楼，沿走廊左转，再上两层楼梯，一直走到一扇双开门。直接进去就行，那里没人应门。”

“谢谢。”我笑着说。但愿这里的每个人都这么友好。

“五楼哦，”她重复了一遍，“祝你好运。”

在她的热情帮助下，我恢复了斗志，几乎忘掉了刚刚在台阶上那位令人不安的女士。我跟在两个身披大衣的中年绅士后面，等着电梯。他们正就首相昨晚的电台广播激烈讨论着。其中一位绅士对盟军在非洲的行动甚为不满，越来越恼火，不停地挥舞着双手，直到烟头上的烟灰四处乱飞，差点落在他的朋友身上。另一个人似乎根本没在听，但一直大声地喊着“呸、呸！”

当电梯门上的黄箭头停在四楼时，绅士们仍在辩论。我悄悄地在一旁偷听。

“这种做法简直太荒唐了。他们不可能成功的。不过，怎么说呢，反正塞拉西[1]也不知道自己究竟在干什么。”

“一派胡言，你是在吹牛。”

“呸！我赌五个先令猜你错了。”

“我都不好意思问你要。”

我根本没注意到自己在直勾勾地盯着他们看，直到那个拿烟头的人朝我看了过来。

“那么，亲爱的，你是怎么想的呢？厄立特里亚[2]已经没救了吗？

[1] 海尔·塞拉西一世（Haile Selassie I，1892—1975）：埃塞俄比亚帝国末代皇帝。1941年1月下旬，塞拉西在埃塞俄比亚率军抗击意军的侵略。

[2] 非洲东北部国家。

我们是不是根本没必要谈论这个？”

天哪，还没到面试，我就被问到了一个政治方面的问题。

“嗯……”我准备好后说，“我不是很确定丘吉尔先生是否认为这是个好主意，但我觉得，从苏丹方对他们发动攻击是最好的选择。”

那个男人差点把烟头吞了下去。他的朋友先是愣了一会儿，然后大笑起来。

“早就告诉过你了，亨利！他们没有看上去那么傻。”

另一位冷笑道：“谁都可以重复自己在广播上听到的话。”

“其实我是在《泰晤士报》上看到的。”我主动承认，这是实情。他俩都没有理我，又陷入了争论，此时电梯终于来了。

我跟在他们后面进了电梯，礼貌地请电梯接待员按下三楼的按钮。接着，我抬起下巴，帽子下的脸露出自豪的神情。成为一名战地女记者并不容易，我也早就预料到了。我妈妈常说，大多数男人都对胸大无脑深信不疑，而最聪明的做法就是让他们认为你是个白痴，这样你就可以不断奋斗，证明他们全错了。

我爱我的妈妈，特别是每次她在别人面前说胸大无脑的事情时，爸爸总是翻白眼，并且狠命地拍着胸脯配合制造效果。

一想到父母，我顿时轻松了不少。我到了三楼，接着朝楼梯走去。上到顶层后，我先去了趟洗手间，将一缕头发别在耳后，然后站在一幅巨大的画像前，让自己尽量显得自然些。这幅画像上是一位异常严肃的白发绅士，长着一对有力的浓眉。我立刻认出了他，这是奥弗顿爵士，朗塞斯顿出版社的老板，同时也是百万富翁兼慈善家。他同妻子经常在新闻里的慈善活动中出现，我非常钦佩他们。

突然间，我感觉自己要崩溃了。在通向伯德太太和面试的双摆门前，我犹豫着。

深呼吸，挺直腰背。

我推开门，走进一条又窄又暗的走廊。这里与楼下富丽堂皇的前厅形成了天壤之别。正如提醒，这里没有接待员。前面是一排门，其中两扇紧闭，除了传来闷闷的打字声，四周一片寂静。如果我期待着看到一个熙熙攘攘的新闻室，里面尽是跟电梯里那两位一样的人，就大错特错了。或许人们都出去报道新闻了。

我紧紧抓着身前的手提包，注意到右手边不远处有一扇门半开着，于是犹豫过去简单问候一声会不会显得过于唐突。

我打消了这个念头，决定上前敲敲其中一扇门。如果要在这里工作，或许要直接给美国白宫打电话。这里可不是胆小鬼待的地方。

右边的办公室门上贴着一张卡片，上面用规整的手写字标着“奈顿小姐”。旁边的墙上挂着一幅时髦的镶边相框，一位女士牵着一条贵宾犬，看上去十分开心。我看不出这能与世界重大事件扯上什么关系，不过个人有个人的看法。对面墙上也有一幅类似的照片，只是那幅是一位穿着夏装的女士对着一只小猫笑靥如花。

我皱了皱眉。虽然很喜欢小动物，但我实在不懂一家大报社在国家危难时刻挂上此类照片有什么意义。国王或战时内阁成员的肖像画不是更适合挂在墙上吗？

或许，那些照片是为了表明这里的人性格开朗吧。但管他是不是开朗呢，这里安静得可怕倒是真的。

“奈顿小姐……”

另一扇半开的门后传来一个男人的低吼声。

“奈顿小姐！噢，上帝啊……奈顿小姐。该死的，她去哪儿了？我怕不是在跟聋子说话吧。算了，我还是自己来吧……”

随之，传来了隆隆声，突然是一声巨响。

"噢，上帝啊……蠢货。"

"你好？"我边说边朝发出噪声的方向走去，"您还好吗？需要帮忙吗？"

"当然了，我没事。凯瑟琳，是你吗？等等。"

一阵窸窸窣窣的走动声过后，一位四十多岁的瘦削绅士跌跌撞撞地来到走廊。他身着合体的粗花呢裤子和配套的西装马甲，但显得有些狼狈。他的衬衫袖子高高卷起，棕色头发看起来需要打理，双手沾满了黑色墨水。

他绝对是个记者。真是激动人心啊，即使他看上去很凶残。

这位记者见我不是奈顿小姐便怒气冲冲地看着我。他没有自我介绍，只是将遮在眼前的头发用手拨开，结果额头上全是墨水。出于礼貌，我假装什么都没看见。

"您好，"我大声问候道，通常我一紧张，说话就像大喊大叫似的，"我是艾米琳·莱克。我在伯德太太那儿有个面试。"

"噢，上帝，"他有些警惕地看着我，"已经来了啊？"

我面带微笑，希望显得敏锐又聪明。至少，他似乎知道我会来。

"现在是两点。"我补充道，想要帮上点儿忙。

"好吧，那个，恐怕她现在不在。当然，她从来就没出现过，没什么稀奇的。搞什么小恩小惠啊，组织什么低级的慈善活动，或许去交材料了吧，就是这么个情况。"

他打住了。我的脸色不是很好。

"好的。"我说，尽量表现得开心一点。

"所以，你是来面试的，那个……"

"莱克，是的，如果我等一下，会有希望吗？"我环顾四周，想找个地方坐下，但整个走廊都空荡荡的。

“噢，别担心，”他说，语气还算友善，“恐怕我要给你面试了。但我手上全是这该死的墨水……”

我决定对他脸上沾满墨水的事实闭口不谈，以免招致更多的咒骂。接着，我在包里摸索着，拿出一条手帕递给他。我妈妈在圣诞节时给我绣了一条手帕，上面绣了一朵花和我名字的首字母。

“谢谢你，灾难结束。”他开始使劲擦掉自己的杰作，“搞定，好了，进来吧。”

我跟着他走进了办公室，看到门上有个褪色了的名字。

柯林斯先生

专栏作家暨特约编辑

“小心点，墨水流得到处都是。”柯林斯先生说。我发现自己走进了一间平生以来见过的最乱的房间。

他费力地挤到一张堆满了书和报纸的桌子后面，桌上还有一个溢出来的烟灰缸和被打翻的墨水瓶。房间里唯一的一盏灯给整个场景增添了戏剧性色彩，那是一个工业用的万向灯，看上去就像是从废弃医疗用品工厂捡回来的。

我发现桌边地板上躺着一张淡蓝色的吸墨纸，于是弯腰捡了起来，像是呈交自己的资格证一样递给了他。

“啊，对，很好。”他轻轻地擦了擦溅出来的墨水，显得有些沮丧。

过了一会儿，就在我环顾四周，想要看看是不是真如大家所说——记者们都习惯用剩了半瓶的白兰地酒瓶做书立时，他重重地叹了口气，不再收拾眼前的这个残局，而是瞪着我看。

“好了，”他说，“我们开始吧。现在，两点准时赴约参加伯德太太的面试，以及拥有一条虽然小却给予了别人帮助的手帕的艾米琳·莱克小姐……”

尽管他说得磕磕巴巴，但特约编辑一个字也没漏掉。

“跟我说说，”他说道，“来申请这样一份工作，你究竟是怎么想的？”

这跟我期待中的面试开头好像不一样。

“是这样的，”我边说边回忆着跟邦蒂在家准备好的话，“我非常踏实努力，可以每分钟打六十五个字，速记每分钟可以到一百二十五个字……”

柯林斯先生打了个哈欠，我放慢了语速，但还是坚持说了下去。

“我的推荐人评价说，我很有能力，还有……”

他眯了一会儿眼。我试着再强调点什么。

“在过去的两年半时间里，我一直在一家律师事务所工作，所以……”

“那个不重要，”他说，“我们言归正传。”

我打起精神，准备接受诸如谁是政府最高效的员工此类的提问。

“你容易被吓到吗？”

他开门见山。我想到了自己在空袭期间满伦敦地跑，采访着各种人，但还是尽量不要显露得太过激动。

“我想不会吧。”我轻描淡写地回答，心里希望着在必要时，自己能够勇往直前。

“嗯，我们到时候看。你速记不错吧？”

或者是跟在一位顶级记者后面，在追踪国家机密信息时记下他说的每个字。

“当然，一百二十……”

“每分钟五个字，对，你提到过。”

这显然没提起柯林斯先生的兴趣。我推断，如果我是一个整天在截稿日期前赶稿子的专栏作家和特约编辑，我也会觉得初级文员的工作非常无聊。难怪他的办公室一团糟。工作本身就很难掌控，特别是还摊上了一个不靠谱的奈顿小姐。他可能累坏了。

我开始走神。也许这就是我的工作？帮助柯林斯先生在截稿日期前完成工作。当他无情地拷问知情者以便挖到绝佳新闻时，我在一旁提醒他三点跟议会秘书有一个私人会谈。

“也就是说，你跟坏脾气的老妇人能相处好吗……那种特别古怪的老顽固？”

我发现自己的思绪不小心就飘远了。

我不明白特别古怪的老顽固跟《纪事晚报》有什么关系。我想起了祖母，父亲说自从上次战争后她就没笑过。

“噢，嗯，”我自信满满地说，“我能与那些古怪的老……嗯，她们相处得很融洽。”

柯林斯先生扬了扬眉毛，差点笑出声，然而当他从马甲口袋里摸出一个香烟盒时，显然改变了主意。

“那好。”他说，肘部撑在桌子上点燃了一支烟。他长长地吸了一口烟，做了个鬼脸，“所以就是这样，莱克小姐。你看起来很令人满意。”

我尽量掩饰自己的欣喜若狂。

“你心意已定了吗？上个文员只撑了一周。上上个连茶歇都没熬到就跑了。哦，对了，那有一部分是我的错。”他停顿了一下。“有人告诉我，我有时会大吼大叫。”他补充澄清道。

“我相信那不是真的，”虽然想到了呼叫奈顿小姐的尖声疾呼，但我还是撒了谎，“不管怎么样，棍棒和石头……”

“嗯？”

“或许会打断我的骨头，”我大胆地说，“但言语永远不会伤害到我。”

柯林斯先生又看了看我，我有种感觉，他肯定不会告诉我他此刻心中所想。最后，他努了努嘴，点了点头。

“我想你或许适合，”他说，“我认为，你可能真的会适合。你什么时候能开始工作？”

如果我没听错的话，这是我一生中最美妙的一天。我一点儿都不在乎他没有问及几天来我一直在复习的任何话题，他的“开始工作”一出口，我就把原计划想要问的所有深刻问题都抛却脑后了。

“天哪。”我说道，完全毁了之前自己想要打造的深沉形象。我又做了一次尝试。

“谢谢您，先生。真的非常感谢。我可以马上递交入职材料，如果没问题的话。”

现在，我看到了他嘴角的一丝笑意。“我想是的，”他说，“尽管你来了之后可能就会收回刚刚对我的感谢了。”

我肯定不会的，我在心里默默想到，但没有说出口，因为我快成为一家著名报社的员工了，那才是最重要的。柯林斯先生似乎本来就是善于讽刺的个性，我相信他刚才的警告只是习惯使然。

“谢谢您，柯林斯先生，”我跟他握手时说，“我保证，肯定不会让您失望的。”

第三章
H.伯德太太敬上
Yours Sincerely, Mrs. H. Bird
Dear Mrs.Bird

事后看来，我没能就这份工作向柯林斯先生提出一个问题，在某种程度上确实算是一个错误。

我完全忘记了提问，那时脑子里充斥着“是你吗，奈顿小姐”的遭遇以及“与古怪的老顽固相处融洽”的问题，还有最重要的是能够在出版社工作的兴奋。这也就是为什么，当我三周后穿着用妈妈的旧衣服改制的崭新棕色小方格套装，带着我最喜欢的钢笔、三支新铅笔还有包里的一条备用手帕开始工作时，心里满是紧张和困惑。

辞去思卓曼律师事务所的工作时，同事们都给予了我美好的祝福，还让我不要忘了他们。随后，我便回到了小惠威特菲尔德的家与父母共度圣诞节。马上就要去新工作的憧憬，再加上商店设法摆出了最好的商品陈列，一切都是那么美好，虽然我的哥哥杰克没能请假回家。由于是圣诞节，我们所有人都假装不为他悲伤或是担心，实际上我们担心得要命。而邦蒂和她奶奶在节礼日[1]那天看望了我们，让每个人都感到振奋。我还是没收到埃德蒙的回信，但我一点儿也不难过，因为有时会接连几个星期都没有消息，有时会同时收到四封信。我很肯定，自己很快

[1] 圣诞节后的第一个工作日。

就能收到回信——或许上面还画着一棵圣诞树或是一幅雪景，因为埃德蒙本来就很喜欢画画。当然了，我写信把新工作的事告诉了他，即便他之前对我想要成为一名战地记者的梦想嗤之以鼻，但我相信他会为我开心的。我尽量不去担心我们结婚后，他可能想让我辞掉工作，反正我们还没有确定婚期，我就将这个担忧甩在了脑后。

回到伦敦，一月初的天气真的很冷。即便没有极寒天气的相助，我们也能成功，消防站的姑娘们却认为，德国空军在圣诞节对伦敦猛烈轰炸后，天气确实起到了某些阻碍作用。西尔玛非常肯定，这是一个极好的迹象，而琼确信，如果一点寒流就足以影响德军的情绪，那么战事应该很早之前就结束了。

无论如何，当我手中握着世界上最美妙的那封信来到朗塞斯顿出版社时，感觉简直像是到达了人生的巅峰。

亲爱的莱克小姐：

继你与柯林斯先生的面试之后，我正式通知你，你的兼职初级文员一职于1941年1月6日星期一开始。

工作时间为每天上午九点到下午一点，包括十分钟的茶歇，但不含午餐时间。

工资为每周19先令，每年有七天的带薪假期。

工作第一天九点整，你需要向本人，伯德太太报到。

Mrs H. Bird

代理主编 H.伯德太太敬上

伦敦城4区朗塞斯顿大厦朗塞斯顿出版股份有限公司

1940年12月16日 星期一

代理主编！我都不知道伯德太太是代理主编，我的职位是要为这么重要的人工作，而且还是位女士。我深受震撼。即便大多数年轻男人都被征召入伍，但由一位女性掌管《纪事晚报》还是非常前卫的想法。

而这次到达朗塞斯顿大厦时，与其说是紧张，不如说是兴奋占据了首位。要是穿着工作鞋，我可以一步两阶地快速冲上去，但理智制止了我，我乘电梯到了最高层，并试图在到达时保持优雅镇定的姿态。

我明白，初级文员要从底层工作开始做起，但我一点儿都不介意。我想象着自己跟活泼的工作伙伴成为好朋友，在异常繁重的工作期间讨论着当天的新闻，疯狂地打着字，又或是速记着难以预料的快语速的采访。或许——等到合适的时机——一个可以迸发出专栏新闻的点子，又或是哪个同事不幸生病了，我挺身而出填补空缺，出现在一个残忍的犯罪现场或是半夜三更的空袭现场。

我干劲十足地冲到五楼，做好了随时被他们派到下面更大、更明亮的楼层的准备，也就是伯德太太办公室所在地。就算在扫帚间里工作我都不在乎。可是，代理主编的办公室必定非常重要，也许是个大套房。

推开双开门，我进入一个空荡荡的走廊。我之前期待过，周一早上的办公室会非常忙碌，毕竟新闻消息层出不穷。我努力不去想自己的工作可能包括打印一些相当糟糕的消息，毕竟这也是我应该完成的任务。我很开心看到奈顿小姐似乎来了，因为她办公室的门虚掩着，里面传出了她打字的声音——她打字速度相当快。

我冒着打断一项极其重要工作的风险敲了敲门。

“您好，”我一边说一边偷瞄眼前的狭小空间，“很抱歉打扰您，我是新来的见习记者。能不能麻烦您告诉我伯德太太在几楼呢？

谢谢。”

奈顿小姐，一个跟我同龄的雀斑姑娘，有一双美丽的绿眼睛，头发有些杂乱，漠然地望向我。

“几楼？”

“对，请问她的办公室在几楼呢？”

“噢，”她停顿了一下，好像我故意搞恶作剧似的，“就在这层。”

奈顿小姐如果是个怪人，在我看来也太年轻了。我回答说：“好的。”作为一个新人，如果态度冷淡的话是交不到朋友的。

“就在走廊对面，”她补充道，“门上没有名牌的那间。名牌上周掉下来了，还没有人来修。”奈顿小姐的声音降低到了耳语的程度，感觉像犯了重罪似的。

突然有一扇门哐当一声被猛地打开，吓得她差点从椅子里跳出来，随即开始更加快速地打起字来。这或许是个信号吧，我从小房间冲出去，径直撞上了开门人。

“噢，上帝，”我一边后退一边说，抬头看着正在逼近的人，“非常抱歉。”

“那还真得抱歉，”那位女士说，“那是我的脚。”

我低头看到一只擦得锃亮的结实皮鞋，上面被我踩了一个脚印。我尽量稳定情绪不让自己崩溃。我立刻认出了她。她就是面试那天在办公室大厦外面偶遇的那位引人注目的女士。她戴着同一顶羽毛帽子，脸上的表情就跟被希特勒玩弄的丘吉尔先生在新闻纪录片里表现得一模一样。

她好像也认出了我，这下前景更加堪忧了。我又看了一眼她的鞋，准备迎接对方的歇斯底里。

“我真的非常非常抱歉，”我说，“我叫艾米琳·莱克。我是来见伯德太太的。”

将谨慎抛之脑后，我努力绽放出灿烂的笑容。她很有可能认为我是个傻子。

“我就是伯德太太。”那位女士宣布。

“您好。”我低声说，尽量同时展现出惊讶、兴奋和无限的敬意。

伯德太太盯着我，好像我是从月球来的。她约莫七十岁了，但仍然光彩动人，长脸，下巴宽得惊人，一头深灰色卷发。她很像维多利亚女王晚年时候的样子，只不过脾气更加暴躁，很难让人不害怕。

“莱克小姐，你就是通过伤害人来介绍自己的吗？”在我想出回答之前，她继续说道，“这件大衣太热了。”

她身材高大，年纪也不小了，但行动如此敏捷，给我留下了深刻印象。她转身大步走进对面的办公室，潇洒地关上了身后的门，留下我孤零零地站在冰冷的走廊里，惴惴不安。

过了很久，传来一声极具穿透力的叫喊：“你可以进来了。”喊声如此洪亮，好像谁用了扩音器谁就示弱似的。

我深吸了一口气，想象着即将进入一间房子，里面有巨大的红木桌子和一个颇具男子气概的餐具柜，柜子里摆满了银色托盘和水晶酒瓶，用来为取得特大独家新闻的记者们举杯。

然而，我完全想错了。这间房间和柯林斯先生的办公室一样大，虽然多了一扇窗户，少了凌乱的杂物。伯德太太坐在一件普通的木制品后面，而不是一张庞大写字台前面的大皮椅上。

那扇占据了半个后墙的窗户在一月的空气中大开着，刺骨的寒风呼啸而来。但伯德太太似乎并不在意。她已经脱下了大衣和帽子，将衣帽挂在了屋角一个快被压倒的衣架上。

房间里除了一个大型钢制文件柜和两把秘书用的速记椅外，显得异常简朴，这根本不像是掌握一家繁忙报社的女性的办公室。桌子上几乎空无一物，只摆着一个镶绿皮革边的没动过的墨水瓶，一部电话机和一个大相框，里面是伯德太太站在人工湖前的照片。她穿着厚厚的羊毛便服，戴着皮质手套，身边围着一大群猎犬，猎犬全抬着头，用炽热而忠诚的眼神注视着她。

“啊哈，”伯德太太说，“你发现那些家伙了。当然了，脑子跟糨糊似的。”

从伯德太太的表情中很容易得知，如果谁胆敢碰那些家伙，她绝对不会手软，她会直接冲上去要了那个人的命。“全是白痴。”她补充道，骄傲地挺起了胸脯。

“伯德太太，它们都是您的吗？”我问道，想要弥补之前的过失。

“是的，”她说，“给你点建议，莱克小姐，”她身体前倾，令我有些担忧，“狗就跟小孩一样。吵闹、可以训练，但一有陌生访客，就会变得疑神疑鬼，嗅来嗅去，”她皱着眉头，“我有八只。”

我又回头扫了一眼照片。

“狗，”伯德太太厉声澄清说，“跟孩子一样，四个足矣。再多的话，主人就会被逼成整天干活的人或是改信天主教了。”

我点点头，不确定要怎么回答。但伯德太太又打开了话匣子。

“当然，如果我们在德国，这些家伙早就死了。肩高21英寸，除非是阿尔萨斯犬，再高一点的狗就会被杀。”她一拳头打在桌面上。

“太可怕了。”我说，我想起了布莱恩·蒂尼阿姨养的那只大丹狗，好奇它会不会愿意学着蹲伏呢？

“那是纳粹带来的。”伯德太太阴郁地说。

我又点了点头。希特勒根本不知道在这里有多少敌人。

“好了，”伯德太太清了清嗓子，“闲聊是没用的。莱克小姐，我听说你在期刊方面有些经验？”

称《小惠威特菲尔德公报》为期刊，有点夸大其词了。

“不完全是，”我说，“但一直以来，我就梦想在一家报社上班。我希望有一天能成为一名战地记者。”

我亮出了自己的底牌，觉得自己还是挺大胆的。

“战争？”尽管整个伦敦每时每刻都在准备着迎接敌军的炮火，但伯德太太还是震惊地喊叫起来，“我们不想在这件事上大做文章。你清楚你就是个打字员吗？”

我一脸茫然。

“柯林斯先生跟你说工作内容了吧？”伯德太太皱着眉头，恼怒地用右手食指敲了敲桌子。

我犹豫着。现在我想起来了，他并没有。

“打字。”我说，与其说是在回答，不如说是我正在努力思考。

“没错。当然了，我可能还需要你做其他的打字工作。”

“打字。”我重复道。

伯德太太像看白痴一样看着我，我有种可怕的感觉，那可能是她的真实想法。

“就那样。不是，那个，协助记者做事情吗？”

又刮进来一阵刺骨的寒风。

“记者？别傻了，”伯德太太吼道，“莱克小姐，你是个初级打字员。我看不出来这有什么好疑惑的。”

我试图从实际出发思考问题。有什么不对劲。我对打字没有任何成见，事实是我本来就预想到自己会做很多打字工作。

我深深吸了一口气。我不会在第一天就让柯林斯先生失望的。他招我进来，我得感谢他才对。

我回过神来。如果这份工作没有期待的那样充满激情也没问题。我还是伦敦《纪事晚报》的员工。我已经跨进了新闻业。或许比预想的时间要久，但我必须更努力地工作。

“是的，伯德太太，”我说，尽量显得精神抖擞，“不，是的，绝对没有。”

我一点儿激情也没有。

伯德太太不停地用手指敲着桌子。“嗯，”她说，“那就看看你的表现吧。奈顿小姐会教你的。你今天必须签署保密协议，不要浪费时间读信。一旦踏出办公室，一个字都不准提，如果发现负面消息，就把它扔到垃圾桶去。明白了吗？”

“明白。”我勉强说，完全不知道她在讲什么。“负面消息”和“保密协议”的字眼让我兴奋了起来。那听上去很刺激。他们或许不会在这里对战争大谈特谈，但显然，他们还是会处理一些相当严肃的新闻的。

“很好。我没有任务交代你做的时候，你就去帮柯林斯先生的忙。奈顿小姐会告诉你什么时候可以休息。”伯德太太板着脸，“你会发现我非常忙。这不是我唯一的工作。”

“当然，”我满怀敬意地说，“谢谢您。”

她扫了一眼手表：“我迟到了，那再见了，莱克小姐。”

我差点就行了个屈膝礼，但及时想起来伯德太太并不是我的校长，便退到走廊去了。

即便如此，事情还是有了一丝转机。

保密协议。一旦踏出办公室，一个字都不准提。那就看看你的表现。

这是有史以来最激动人心的一天。

“我叫凯瑟琳，”当我站在奈顿小姐狭小的办公室时，她害羞地说，“我希望我们能成为朋友。”

尽管凯瑟琳的说话声音小到接近耳语，但人活泼又热情，很难想象，她是怎么应付怒吼的伯德太太的。她说话时红色的卷发向各个方向炸开，给人一种她的手刚才卡在了插座里的错觉。

“谢谢你，”我说，“我也希望如此。请叫我艾米吧。你的开襟羊毛衫真漂亮。”

“我上周末织的，”她笑嘻嘻地说，突然紧张地望向门口，“伯德太太出去了吗？她这人就是不喜欢聊天。”她愁容满面，“当人们不在时，都是我顶空缺的，所以我可以教你点东西。你的桌子在那边。”

凯瑟琳破旧的橡木办公桌正对着门，我的办公桌则藏在门后。每张办公桌旁边都塞着一个带有层层抽屉的高木柜，所以你只能挤进座位里。凯瑟琳桌子上放着一盆盆栽植物，有点挡住了我对面的展示板。展示板上面钉着一份月历，每周四的日子上都画了个圈，还有几张从杂志上剪下来的羊绒衫图片，一些带有分机号码的名字。每张桌上均配有一列三个木制公文格和一台打字机。我的那台绿色打字机体型庞大，旧旧的，前面印着烫金的三个字：“科罗娜。”它只有三排按键，似乎需要使出攻城木的力气才能敲出一个字。我十分肯定这是它经历的第二场战争，所以它一定非常结实。我坐下来，拿出了自己的铅笔。

“凯瑟琳，伯德太太都写些什么样的文章啊？”我问。

凯瑟琳一脸困惑。

“什么样的文章？”她重复着，“这可是伯德太太啊。”她补充道，好像我的脑子被门挤了似的。

“好吧，”我说，“她提到出了办公室就要守口如瓶，”我压低声音说，“她的工作真的有那么机密吗？”

你能看出来，凯瑟琳经常被问及敏感问题。她始终面无表情。

“什么？”

这个姑娘真是专业啊。秘密的帷幕并没有拉开。

“当然了，”我说，极其热情地开始着自己的新工作，“我理解我们最好什么都不要谈。隔墙有耳嘛，即便是在这里。”

凯瑟琳眉头紧皱，鼻子拧巴起来，看上去就像是被给了一道超级难的算术题去攻破。我对保密完全赞同，但心里确实希望，我们之间的对话不会永远都是这副样子，否则不会取得任何进展。

“哎哟，”她最终开口了，“我看出来他们为什么招你了。你嘴很严嘛。”

听到表扬，我感到自己的脸有点发热。

“那个，”我英勇地说，“我会尽力的。”

“但是，你还是要签署保密协议，”她在抽屉里摸索着，“给你。”

我飞快地从包里掏出钢笔签上了大名，随后才开始看上面的内容。

本人___________________【姓名】

兹同意，作为朗塞斯顿出版有限公司的员工，所有来自《女性挚友》的读者来信必须进行严格保密处理。我保证，不会将信件的内容透露给包括《女性挚友》常任委员在内的任何人……

很不幸，凯瑟琳给错了协议。

“噢，亲爱的，”我说，“抱歉，这个好像是《女性挚友》的东西？”

“是的，”她给了我一个大大的鼓励的微笑，“别担心，你只是不能随意跟别人透露读者来信的内容。伯德太太对此极为严格，”她顿了顿，“正如你所想的，其中一些内容非常私密。”

虽然我想象不出任何东西，但还是报之一笑。

凯瑟琳将我的沉默误认为担心。“别担心，艾米，”她说，“伯德太太不会回答任何挑逗性问题的，所以你不会陷入困境。”

我朝凯瑟琳右手边的书架瞟了过去。上面堆满了期刊。我突然醒悟过来，我俩肯定有什么误会。

“凯瑟琳，”我说，“伯德太太到底是做什么的？”

她哈哈大笑起来，从书架期刊最上面抓起一本彩色杂志。

“你肯定听过‘亨丽埃塔·伯德谈心室’吧？在你我出生前，她就是《女性挚友》鼎鼎有名的人士了，”她靠过来，把杂志递给我，“倒数第二页。”

“抱歉，”我一头雾水地说，“但‘亨丽埃塔·伯德谈心室’和《纪事晚报》有什么关系吗？”

凯瑟林又一次大笑起来，然后突然打住，深深吸了一口气。

“噢，天哪，你不会以为自己为《纪事晚报》工作吧？噢，我的上帝，你真是这么想的！”

“但这里是《纪事晚报》啊。”我说，与其说是肯定，不如说是希望。

“不，不是的。他们在楼下，豪华的那层。我们同属朗塞斯顿出版社，但他们从来不搭理我们。我们就是那可怜的穷表亲，”她还是非常乐观，“噢，真是悲伤。那个招聘广告是我帮伯德太太打的。上面没说清楚，是吗？”

我转头看向杂志的封面。上面是可怕的老派字体，洋洋洒洒写着：

女性挚友

现代女性专属刊物

编织你自己的梳妆巾。

内附图解，样式精美！

标题上面是一幅装饰华丽的花边画。封面剩余的版面被一张抱着巨婴的女人照片占据，圆圈里的字写着：“麦克雷护士说：‘开窗让孩子透透气！’”

这真是1月一个积极的尝试，但我不是专家。我试着去消化这一切。

“二十年以来，伯德太太一直是《女性挚友》最受爱戴的专栏作家，”凯瑟琳好意解释道，“她在1932年退休了，但当我们的主编去年被征召入伍后，奥弗顿爵士亲自打电话把她请了回来。”

奥弗顿爵士。朗塞斯顿出版社的老板。《纪事晚报》的老板。亲自请回了伯德太太。

我盯着那个巨婴。

“艾米，”凯瑟琳用一种对脑子有问题的人说话的口吻继续说，“《女性挚友》是一本女性周刊杂志。你的工作就是负责打出读者问题版面的所有信件。”

我点了点头，却一句话也说不出来。凯瑟琳等着我接受这一切。

终于，我给出了仿佛所有的事情都是绝佳安排的释然的微笑。

可事情离绝佳安排相差甚远。我顿时泄了气。

当凯瑟琳提出带我到处转转时，我正努力理清思路。这根本就不是记者生涯的开始。追在记者后头，或者跟白宫打电话，都离我十万八千里。

我接受了一份完全不相干的工作。

第四章

伯德太太谈心室

Mrs Bird Will Help

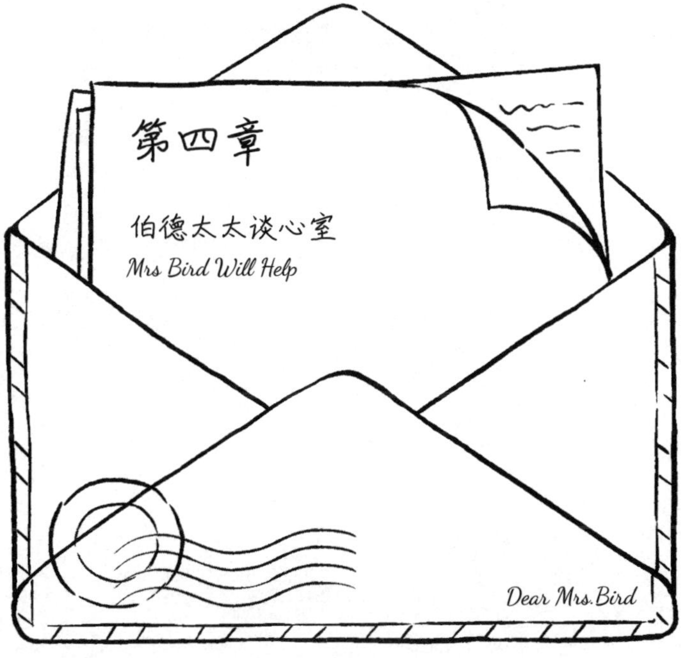

凯瑟琳旋风式地带着我参观了《女性挚友》的编辑部，我紧跟在她后面走在狭窄沉闷的走廊里，脑海里思绪万千。什么样的白痴会辞掉律师事务所的体面工作去给一本女性杂志打印愚蠢的来信？尤其是从新同事的话中得知，这本杂志已经走到了尽头。

“当《女性挚友》销售行情高涨时，这里的记者数不胜数，每个人都坐在这里，只不过我们不知道罢了，所以现在空空如也。”当我们路过柯林斯先生办公室时，凯瑟琳说道，并提到柯林斯先生的门是锁上的。她打开了我们右手边的一扇门：“打字员的办公室在走廊的另一边，虽然现在只剩下你跟我了。”

我朝狭长的记者室望去，那里摆着两排空桌子。离门最近的桌上堆满了纸板箱，这很容易引发火灾，而其他的桌子上什么也没有，不见打字机、墨水瓶和纸托盘的踪迹。墙上钉着一排排的展示板，有些还挂着从杂志上撕下来的杂志，暗示着这里曾经是个热闹的地方。有几页纸开始卷边，房间里有股霉味，散发着一种香烟、芝士和腌黄瓜三明治混合的古怪味道。

“多久没人在这儿工作了啊？”我问。

凯瑟琳双臂交叉，盯着眼前稀薄的空气陷入沉思。“好多年了吧，”她压低声音，“《女性挚友》并没有真正跟上时代的脚步。我觉得有点过时吧，虽然我经常看。”她继续说道。

我点点头，随着跟凯瑟琳聊天的深入，我感觉更沮丧了。

“加入的每个人都留下来了。柯林斯先生撰写小说，写得很精彩。他们用别人寄来的稿子来节省开支。好了好了，过来跟大家打个招呼吧。”

她大步走下走廊时，我扫了一眼手表。已经九点二十分了，柯林斯先生仍没有出现。我感觉自己仿佛置身于晚上关门后的博物馆。

“走廊对面是广告部，其实只有牛顿先生一个人而已，”凯瑟琳走向下一扇门时轻声说，“他今天不在，反正也没几个广告商，他基本无所事事。这里是美工部，负责连衣裙的插图和图片。”她敲了敲隔壁的门，还没等里面的人回应便推门进去了。

“早上好啊，布兰德先生，过得好吗？这位是莱克小姐，我们新来的文员。”

我跟着她走进了一间与其他房间一样的办公室，这真令人沮丧，不过这里至少还有人在做事。一个戴着厚厚玳瑁眼镜的老年人，浓密的头发上抹满了发油，正在勾画一幅时髦场景：一个穿着海军制服的男子扶住了一个看上去很虚弱的女人。

“你好啊，”布兰德先生说，“我们昨天才开过玩笑。”

这是个不寻常的问候，但他显然是个创作型的人。“您好，”我回答道，“抱歉，你们开过玩笑，在……？”

“昨天。这是下周的头条。我正在努力奋斗呢。”

“我明白了，”我说，假装自己很专业，“很漂亮。”

布兰德先生微微一笑。

“这位是马奥尼太太。”凯瑟琳的话音未落，就看到一个丰满、慈眉善目的中年妇女从一大堆纸后面探出头朝我挥挥手。

“你好，莱克小姐，”她说，“我负责印刷部。我这人好说话，但请不要错过截稿日期。”在我跟她打招呼时，她给了我一个鼓励性的微笑，接着凯瑟琳带我离开了他们的办公室。

除了可怕的伯德太太，其他人看上去都很友善。我努力想要打起精神，但现实沮丧得可怕。当整个国家都在联合一致对抗希特勒，尽一切可能投入战争时，我却在打印着读者疑问和无聊的虚构故事。这根本就不是在报社工作。我后悔写信跟埃德蒙提到这一切了。他肯定认为我是个傻瓜。邦蒂也是一样，还有消防站的姑娘们，尤其是A分队讨厌的维拉，她肯定会幸灾乐祸。我本以为自己会开始一段激动人心的职业生涯，真是罪有应得。

回到我们的小办公室后，凯瑟琳开始跟我讲解对讲机的用法，我竭力装出兴奋的样子。跟伯德太太短暂地接触后，我觉得以她的分贝，几乎不太可能会用上对讲机。

“第一个任务，”凯瑟琳说，“要去取信并且将信放在伯德太太的桌上。但只放那些可以接受的。一定要杜绝下流的信件。”她的表情变得异常严肃。

我看了一眼放在桌子上的那期打开的杂志。旁边是一张伯德太太在1915年左右拍摄的照片，照片上的她意志坚定，似乎下一秒就要出拳打人，此外还有一小段文字说明。

亨丽埃塔·伯德谈心室

没有常识和坚强的意志解决不了的问题。

伯德太太为你答疑解惑。如需私人回信，请附上贴好邮票、写好地址的信封，由于伯德太太每天收到大量来信，回信若有延迟，烦请耐心等待。

我想到，邦蒂在陆军部也会打印信件，但这二者似乎无法相提并论。

“我敢肯定，自己会超级忙的，”我开心地说，“伯德太太到底能收到多少信？”

凯瑟琳耸了耸肩：“没多少。”

“但上面不是说大量来信吗？”

“噢，我们这样写是因为别家杂志都这么写。我们收不到那么多来信。”

“好吧。”我说，看到杂志上有一个署名“自卑”的读者就自己与肥胖手臂的斗争写信求助。伯德太太的建议只有寥寥数字：

假装它们是飞机螺旋桨的叶片，使劲在头顶上挥一挥。

我感到沮丧和绝望。英国离破碎的欧洲只有21英里之远，而《女性挚友》还在就几个残存的读者关于手臂肥胖的问题给出建议。我原本期待自己已经开始打印有关墨索里尼的新闻了呢！

“最重要的，”凯瑟琳说，表情依然十分严肃，“就是伯德太太绝不会回复那些令人不快的来信。她的立场十分鲜明。”凯瑟琳顿了顿，朝门口扫了一眼，“伯德太太说，我们这一代很糟糕，经常会放弃很多东西，”在继续说下去之前她又停顿了一下，“伯德太太致力于将他们拉回正轨。不管你手头在做什么，一旦看到什么不悦的标题，就赶紧扔掉它。”

她打开自己办公桌上的一个抽屉，开始翻找起来，而我正在看一个为牙龈不好而苦恼的年轻读者的来信。伯德太太回复说，吃甜食完全是姑娘自己的错，她要做的就是忍住不吃。这答复可安慰不了人。

如果有人寄来一封无法解决的来信，那么这封信就会被销毁，而里面要是附了回信的邮票，我们会把它收到伯德太太慈善业务中保管。这就是她的慈善事业。凯瑟琳指着一个写着大大的“邮票”二字的硬纸盒，随后将其塞回了抽屉里。

我看向下一封来信，是一个收留了在战争中被撤离的三个孩子的太太，虽然他们都是非常可爱的孩子，但她担心自己的亲生孩子马上就要骂人了。不出所料，伯德太太不喜欢粗俗，她的回答非常中肯。

我很好奇她会怎么回复我的求助。

亲爱的伯德太太：

由于面试时没有仔细听，我不小心接了一份很糟糕的工作。

现在我好像是在一艘沉船上干活，为一个声音可以穿透铜墙铁壁的女士打印信件。

我是不是一个十足的蠢蛋？请告诉我我该怎么做。

并非一直这么傻的人敬上

我想象着她的回信。

亲爱的傻瓜：

这完全是你自己的错。建议你停止抱怨，继续熬下去。

亨丽埃塔·伯德敬上

“找到了。”凯瑟琳边说边递给我一张纸，抬头是“伯德太太不能接受的话题”。有人在最顶端印了个“高级机密”的红色墨印。

不会被刊登或被伯德太太回复的话题

（备注：列表内容并不完整，按需随时添加）

婚姻关系

婚前关系

婚外情

肉体关系

一般的性关系（所有提及、暗示或最终会导致的问题）

非法活动

政治活动以及观点

宗教活动以及观点（不包括对教会团体和服务的咨询）

战争（不包括对配给、志愿者服务、俱乐部和实际情况的咨询）

烹饪

“烹饪？”

除非我在学校上家政课的时候错过了什么危险性内容，否则，除了婚外情和非法活动，似乎都是些无聊的玩意儿。

“转给克罗夫特太太，”凯瑟琳说，“她负责撰写‘热锅里有什么？’，主要就是食物配给方面的事。给你。”她递给我一小沓信，“你必须小心翼翼，你可能会发现一些很震惊的事。”凯瑟琳咬着嘴唇说，“他们一般会招聘年长的已婚女性来打印这些信件。你看上去甚至比我还要年轻。”

“我快二十三岁了。”我说，希望听上去能显得成熟一点。

凯瑟琳咧嘴一笑，她告诉我，如果我有任何疑问，随时可以找她。

我转身以一种没那么淑女的热情盯着那张单子。我不是放荡不羁的人，但一张需要避免的不雅词汇的单子听上去确实有趣很多。

不会被刊登或被伯德太太回复的词句

如需更多参考，请参见《从少女到人妻：医生的实用建议》（1921）

A~C

外遇（Affair）

色情（Amorous）

激烈（Ardent）

床（Bed）

卧室（Bedroom）

女睡衣短外套（Bed Jacket）

柏林（Berlin）……

长达四页的清单。

根据伯德太太对堕落的定义，索多玛和蛾摩拉[1]根本不必太担心。反正在你结婚前，不要做得太过火。绝对不能冲昏头脑，如果陷入困境，那不是别人的错，而是你自己的错。

[1] 《圣经》中被上帝毁灭的两座城市，这里的人犯下了同性关系的罪孽。

事实上，就算你用一种最无辜的口吻来描述一段关系，你也将不得不再次冷静下来，因为伯德太太（会帮你答疑解惑）很大可能不会给你回信。

幻想的翅膀好像被剪断了，我只能屈服于现状，开始读信。

有些是用墨水小心翼翼手写的，末尾有一个确切的名字，另一些则是用铅笔写的，没有落款或只是加了一个虚构的名字，比如“忧心忡忡的未婚妻”或“水手的女友”。还有一些信里附了一个贴着邮票的回邮信封，明显是想获得直接的答复。除了一两个男人写来询问有关妻子的问题外，几乎所有来信者都是妇女或女孩。

我打开了一封来自弗洛伦斯太太的来信，她抱怨钙片对自己的冻疮一点儿效果也没有。“现在走路就是一种折磨。”她描述道。我确信，这应该不是伯德太太的禁区，于是振作了些。接着，一位乐观的迪顿夫人来信说，自己的女儿通过了急救测试，让我们帮她看看，自己的女儿能否胜任军队护士的工作。

我希望这封信能被看作是对战争的一种贡献，便把它和弗洛伦斯那封信放在了可以接受的文件夹中。

但随着我打开的信越来越多，可以用的内容就越来越难找到了。一个读者爱上了一个刚刚离婚的家伙，这在伯德太太看来，是绝对不能触碰的，还有一个喜欢上年轻小伙子的人被告知，她表露感情的方式令人尴尬。无须确认列单，我就确定这几封信都被归为令人不快的来信。我在办公桌那儿找到了剪刀，用力将信剪成碎片，丢进了垃圾桶。

对于其他来信来说，情况就没那么明朗了。即使它们应被划入不被伯德太太回复的列表里，但有几封看上去似乎也没那么不合理。

亲爱的伯德太太：

我今年十五岁了，我朋友说，她们会接受男孩们的晚安吻。我可以拒绝吗？还有婚前婚后的亲吻有什么不同吗？我担心，如果我同意男孩们亲我会让自己看上去很廉价。

害羞的少女敬上

在我看来，十五岁就能提出这样的问题真的很不错了。我翻到伯德太太列表的J~L一栏。吻、亲吻以及涉及亲吻的行为全部不能接受。我不情愿地把“害羞的少女”的信归为不被接受之类剪掉了，随后扔进了垃圾桶。这个话题并不是所谓伤风败俗的内容，不能帮助她让我非常失望。

越来越多不符合伯德太太标准的来信出现后，我开始读给凯瑟琳听，希望她能帮上点忙。

“亲爱的伯德太太，”我大胆地读出来，“我丈夫说我冷酷无情。”

“噢，不行。”在我还未切入正题时，凯瑟琳便打断了我。

我将信一撕两半，又打开了另一封信。

“亲爱的伯德太太，等未婚夫从部队休假回家时，我就跟他完婚……”

凯瑟琳看上去很乐观，令人鼓舞。

“但我对婚姻生活一无所知。”

“她把婚姻生活四个字加粗了。”我说。此时，凯瑟琳眼神凶狠地盯着前方，她肯定在思考。

“我有十足的把握，婚姻生活不可能。”她说。

“具体来说，亲密的一面……”我充满期待地补充道。

“噢，天哪，不行，”凯瑟琳边喘着气边看向门口，好像伯德太太随时会破门而入大发雷霆似的，“亲密不能被提及。”她压低声音说，“伯德太太在1911年就已经拒绝回答此类可怕的问题了，她现在也不准备回答。”

凯瑟琳非常坦诚地宣布了这一命令，我哑口无言，随即又打开了一封信。

“‘亲爱的伯德太太，你能给我点建议，如何把锅里烧焦的热油搞出来吗？’噢，这要转给克罗夫特太太，对吧？”我自问自答，继续在剩余的来信中筛选着。

“热锅里有什么？”凯瑟琳有气无力地说，脸上明显放松了下来。

我打开了一封笔迹优雅的信，标题是“感情平淡”，来自一位不错的女士，她自称“来自英国东北的失望者”。

“嫁了个好男人，但他对关灯后的事好像提不起任何兴趣，我感到很失望。”这封信措辞很巧妙，所以我觉得值得一试。

“不，当然不行，”凯瑟琳边说边摆弄着从不合适的发髻中掉落的一缕头发，“这就是关系问题，伯德太太不喜欢关系问题。”

“但他们结婚了啊。”我争辩道。

“那不是重点。”

“他一点儿兴趣也没有。”

“艾米琳。”

“这一点儿意思也没有。”

“等等，”凯瑟琳说，“你不应该看那些细节的。你读到第三行就该打住了。”

“我没有。”我撒谎道。

“真的吗？”

“那好吧，或许再多看一点点。但听上去确实不怎么健康。他们结婚一年了，她还没见过他不穿睡衣时的样子。”

“艾米琳！”凯瑟琳的脸唰的一下红了，我决定不再继续往下读了，以免又引起什么麻烦。“说真的，你不应该看那些伯德太太列表上的内容的。你太年轻了。”

她站起来，看上去忧心忡忡。

我觉得这有点过了，凯瑟琳的岁数看上去不比我大，但我不想第一天就连续犯错误，于是我道了歉，并保证之后会努力做得更好。

可我觉得很不安。不仅是对写这封信的女士，还有那个“害羞的少女”以及其他那些被认为存在不合理诉求的来信者。

我可以看出这些来信者态度诚恳，我认为她们真的很勇敢。伯德太太只是一家杂志的陌生人，但读者还是一如既往地将自己的秘密倾诉给她。有些人听上去真的是碰上麻烦了——丈夫出门打仗或是出轨后的孤独感，甚至是那些需要一点指引的年轻人。在我看来，此刻，每个人的问题都很严重，伯德太太不给她们回信实在是不人道。毕竟这本杂志的名字就叫《女性挚友》啊。她们把伯德太太当成了朋友。几乎所有看过的信都被剪成碎片丢进了垃圾桶。

我打开桌子上的最后一个信封。读者用铅笔和尺子画了几条淡淡的线，虽然写得很工整，但看得出来，她写了很久。

亲爱的伯德太太：

我今年十七岁，爱上了一个海军的小伙子，他善良大方，发誓说他也很爱我。他带我出去跳舞，现在我用一种自己觉得很错误的方式报答了他。我的朋友安妮跟她男朋友也是一样的状况，现在我们都很担心，而且安妮怕被她爸爸发现。求求你帮帮我们好吗？我们不想失去自己的男朋友。

我随信附了一个贴好邮票的回邮信封和一张上星期的大衣款式的邮购单，我妈妈认为这是合适的做法。

一片混乱敬上

凯瑟琳正在检查几件初春春装的跨页图解，颇为麻烦，所以我又静静地读了一遍“一片混乱”。如果我会对其他读者表示同情，我就会特别关心她和她的朋友，而她们正在走入禁区。

我和邦蒂本身也有过类似的经历，当时，我们就像好闺密一样坐在防空洞里聊到深夜。邦蒂被威廉迷住了，虽然埃德蒙可能对我的职业梦有点不耐烦，但他一直都很关心我，也很善良。穿着制服的他尤其帅气。

我瞬间感觉自己就是“一片混乱”。

但不同在于，我们知道界限在哪里，不管我们想不想，我们都不会越过那条线。或许由此来判定要不要坚守立场，做或不做是个很狭隘的观点，但邦蒂和我曾经见过在这个战场发生过非常糟糕的事情，从头到尾都乱套了。

我坐在桌前，假装又看了一遍“一片混乱”的来信，但思绪早就飘到了十万八千里外。

读书时，邦蒂和我都有属于自己的小群体。邦蒂、我、奥利弗和基蒂，四个人形影不离。我们参加同样的学校社团，同属一个队伍，喜欢同一个电影明星，在同样的男孩面前炫耀。没什么特别，只是做着每个人都会做的平凡事情罢了。

但当我们十六岁那年拿到学校的毕业证书后，基蒂开始跟一个比我们都大的男孩交往。他叫道格，二十岁。基蒂说他很成熟，而我们都很幼稚，这可能是真的。但无论如何，在我们对加里·库珀[1]和埃罗尔·弗林[2]着迷时，基蒂爱上了道格。她说他也爱她。接着她就怀孕了，而道格知道后，便消失得无影无踪。

我咬着嘴唇，盯着"一片混乱"的来信。凯瑟琳说得对，我是年轻，可这并不意味着我一辈子都生活在山洞里一无所知。

基蒂被送到了爱丁堡，跟一个从未谋面的阿姨生活在一起。我们被禁止探访她，所以她只能靠自己。她拼了命地想要保住自己的孩子，但孩子出生四天后便被带走了。我说服邦蒂跟我一起去恳求基蒂的父母再考虑一下。然而他们只是感到尴尬和愤怒，拒绝了我们的请求。

基蒂为她的小儿子取名皮特，如果他还活着，现在应该快六岁了。

我把胳膊肘撑在桌子上，双用手托着腮，完全忘了在一个新岗位上要努力展现出敬业的好形象。

"你还好吗，艾米琳？"凯瑟琳又恢复了友善的表情，"别担心，你会掌握技巧的。"

"当然了，"我说，"就是刚接触有点陌生而已。"

凯瑟琳看上去对我充满了同情。"又是一封不合格的信吗？"她看到"一片混乱"贴好邮票的回邮信封时问，"你想让我把邮票放到盒子里吗？"

"不，不用。"我仔细考虑了一番后说，"是来自'担心一只猫'的来信。我认为伯德太太会喜欢这个话题的。"

凯瑟琳迟疑了一会儿笑了。"很好。宠物总是受欢迎的，"她又

[1] 加里·库珀（Gary Cooper，1901—1961）：美国20世纪四五十年代的著名影星，代表作有《摩洛哥》。
[2] 埃罗尔·弗林（Errol Flynn，1909—1959）：澳大利亚演员、编剧、导演、歌手，代表作有《侠盗罗宾汉》。

顿了顿，“艾米，我知道，无视其中的一些信确实有些残酷，但伯德太太说，如果人们陷入了愚蠢的困境，只能算是咎由自取。”

我不认为“一片混乱”是受责备的那个人。她相信他是爱自己的，仅此而已。她和我唯一的不同在于，我了解自己的想法，而且埃德蒙不是道格那种圆滑的油头。如果没有人帮“一片混乱”，她的下场很有可能跟基蒂一样。

“当然了，凯瑟琳，”我说，“我会把它跟其他信一起剪碎的。”

凯瑟琳温柔地笑了笑，重新开始打字。我等了一会儿，假装清理办公桌上铺开的信件。

随后便把“一片混乱”的信塞到了我的抽屉里。

第五章

亲爱的“一片混乱”

Dear In A Muddle

接下来的几周里，我投入到了各项事务中，尽力把事情做到最好。当我告诉邦蒂我找的工作不是《纪事晚报》而是《女性挚友》时，她给予了极大的支持，还说她认为这听上去一样棒。消防站的西尔玛、琼和年轻的玛丽也觉得这是一份很棒的工作，并且能够做出一番成就来，这给了我不少鼓舞。我给埃德蒙的信中将其描述成了一个荒诞的故事，还带着点悬疑色彩，希望他可以看到有趣的一面，但他没有回信。事实上，除了一月中旬寄来的一张圣诞短笺之外，我已经很久没有他的消息了，我开始担心他是不是陷入了什么麻烦。我不想显得大惊小怪，所以只是在跟邦蒂和威廉出去吃烤梅干面包时提到了一次，但我看得出，他们也有同样的担忧。邦蒂立即说，如果发生了不好的事情，军队总会通知我的，所以没有消息就是最好的消息。然后比尔又接着说，别担心，艾米，埃德蒙可是钢铁男，厉害得很。然后他们彼此使了个眼神，以为我没注意到。

但我相信了他们的话，并且决定坚持自己的看法，说自己一点也不担心。邦蒂的男友威廉是个消防员，比起她，这是我能做出的最好的努力了。可怜的邦蒂经常装出一副大无畏的表情，虽然我们都知道这份工作危险无比。当军队因为他有趣的耳朵沟道（里面的部分——

你从外面看不出来）而拒绝招他入伍时，比尔加入了消防队。在埃德蒙和我哥哥杰克参军离开后，他的心情真的糟透了，但他确实干得很出色。几乎每天晚上，邦蒂都看向窗外，想着她的男友不得不面对的爆炸和火灾等一系列糟糕情况，与她相比，我就更不能在埃德蒙身上过度慌张了。

在杂志社，伯德夫人的标准导致她朝几乎所有的事情大发雷霆，特别是大多数令她失望难过的读者。我期待着出现一篇可以慢慢暴露问题的文章，并且对于有趣但可以接受的来信保持着坚定的乐观情绪，虽然信件总是寥寥几封。刊登最多的内容无非就是为了鼓舞士气劝她们加入青年俱乐部。

“一片混乱”的信还躺在我的抽屉里。我真的特别想帮她，但凯瑟琳已经将规矩讲得清清楚楚，我知道伯德太太是绝对不可能回信的。我甚至考虑过自己给她回信，或许是以一个朋友的立场，但那也是不可能的。首先，“一片混乱”会好奇我究竟是谁，而且，万一被伯德太太发现了，又该如何是好？

《女性挚友》或许不是我理想中的报业工作，但至少，它跟《纪事晚报》在一幢大厦里。总有一天，《纪事晚报》会抛出橄榄枝，而来自伯德太太优秀的推荐信可能就是决定性的一步。凯瑟琳提到过，她和奥弗顿爵士是私交甚好的朋友，所以你永远也不知道未来会发生什么。

我还是想要做点什么。“一片混乱”并非唯一寻求帮助的读者，而“伯德太太不能接受的列表”几乎将所有求助的人都拒之门外。

亲爱的伯德太太：

我今年二十一岁，深爱着一个同龄的男孩。我知道他也爱我，而且他在被派往海外之前，已经向我求婚了，但我不确定要不要答应他。因为他告诉过我，自己曾经跟另一个女孩有过亲密关系，即便这发生在我们相识之前，我应该原谅他曾经跟别人亲密过吗？

求求你告诉我该怎么做。

不胜感激。

D.沃森（小姐）

沃森小姐听上去是个正派的人，她的男友也是。我觉得这算不上什么可怕的罪恶，毕竟都已经过去了，而本来可以保持缄默的他，却将真相一字不漏地向她坦白了。我碰了碰运气将信交给了伯德太太，但她死活不接受。我拿到了被撕成四片的信，上面还用红色墨水写了“亲密关系”并圈了出来，再加了一个大大的“否”字，看得出她很恼怒。

亲爱的伯德太太：

我已经跟一个自认为很爱我的男人结婚五年了。现在他却告诉我，他爱上了一个在服役期间认识的女孩。他说他不会离开我，但我知道，他们周末一起出去度假了，而现在我发现那个女孩怀孕了。我不能忍受跟他继续生活下去。我该怎么做？

请您刊登我的信好吗？我不敢让您给我家回信，怕被他发现。

不开心的妻子敬上

这是最悲伤的一封信。我不禁好奇该怎么给她建议，但“不开心的妻子”本身绝对没有错，或许伯德太太会对她表示同情？我把这封信跟其他两封平淡无奇的信放在一起，交叉手指祈祷着，但还是没戏。一道长长的红线画过整封信，伯特太太在上面写“否”的力气大到墨水都喷溅出来了。除此之外，她还在旁边写了大大的“婚外情”并在下面画了三道线。

很难不感到沮丧。在《女性挚友》的这段短暂时间里，我明白，“不开心的妻子”并非个例。我不会天真到以为世界上不存在此类难题，但显而易见的是战争让这一切变得难上加难。对于大多数问题，我都不知道该如何作答，但我确信，一个友善的回复要好过沉默。我痛恨自己不得不把信全扔掉。

凯瑟琳逐渐将柯林斯先生大部分的活儿派给了我。她更愿意打印那些样式和伯德太太在美容方面的建议，毫无疑问，这些建议非常奏效，大多都是让人不要化妆，或是将一些让人心惊的东西混成泥敷在脸上。柯林斯先生负责写专栏和小说，我不得不承认，即便这跟记录英国皇家空军在托布鲁克附近攻打轴心国轰炸机的新闻完全不同，但比起上一份打印法律文件的工作，还算得上一个不错的转变。

由于伯德太太负责的慈善活动很多，所以她外出的时间要远远多过在办公室。她每次出门参加会议前，我们都会听到走廊里传来一声巨大的吼叫，那是她在宣布自己的目的地以及预计返回的时间。我花了好久才适应，就像有人大吼“地铁上下铺——三点十五分”时总会让人吓一跳。

一天早上，就在我接手新工作的几周后，走廊里传来了一阵轻微的撞击声和一阵叮叮当当的响动。

“那是克拉伦斯。”凯瑟琳说，这时一个尖尖的嗓音喊了起来，

“第二批信件，”紧跟着变成了一个深沉的嗓音，“投递，奈顿小姐。”

“进来，克拉伦斯。”凯瑟琳说。

“那好吧。”那个声音说，乍听上去很惊慌，接着又变成了女高音。

作为朗塞斯顿最敬业也是最腼腆的信差，克拉伦斯今年刚满十五岁，但身高已经长到5英尺10英寸了，不稳定的皮肤状况令人难受，他一天会过来几次。他对战争抱有强烈的兴趣，对凯瑟琳则陷入无可救药的迷恋状态。

每当她不经意的视线扫过来，克拉伦斯便一句话也讲不出来了，他直接把要跟她说的话全部对准我。

“早上好，莱克小姐，”简单的一句话就跨了三个八度，“奈顿小姐。”他补充道，嗓音尖厉得都能跟蝙蝠对话了。

“早上好，克拉伦斯。”我说。

“你好，克拉伦斯。”凯瑟琳说。

克拉伦斯的表情看上去就像巴不得就地死去一样。

“莱克小姐，有你的包裹，”他说着转过身背对凯瑟琳，希望能轻松一点，继续说道，“我们在阿比西尼亚活捉了他们。”好像这两者存在什么关系似的。

“他们打不过我们的小伙子的。”我说，知道这会让克拉伦斯开心一下。

“快去干活吧，克拉伦斯，”凯瑟琳温柔地说，“要不然伯德太太就要问你话咯。”

克拉伦斯朝她那边瞥了一眼，被刚才的话吓住了，尴尬地挥了挥手便匆匆离开了。

我立即开始处理当天的信件，马上得到了收获，因为第一封信就是向伯德太太咨询战争储蓄邮票的事。这个内容不错，很安全，所以我今天开局很顺利。第二封信来自一位刚刚罹患甲状腺肿大的太太。虽然我不属于那种神经质的人，但信的内容读起来还是有点沉重。我对着列表再三确认，然后决定，如果我们能够去掉信里的一些医学术语，或许能过关。

当然了，下一封信来自一位想要离婚的女士，我不情愿地剪碎它并丢进了垃圾桶。一直看到最后一张明信片，明信片全部由粗体字构成，内容单刀直入。

亲爱的伯德太太：

您知道怎么瘦脚踝吗？现在一切还能忍受，因为我白天穿着皮靴，参加活动只能穿晚礼服，但是夏天太痛苦了，我快受不了了。求求您给我点建议好吗？

不幸的双腿敬上

我替“不幸的双腿”感到难过，因为目前的生活已经够有挑战性的了，还不能尽情享受长礼服带来的那一点点的乐趣，但她确实解决了我的一个难题。我已经有足够的信可以占满那期杂志的读者问答版面了。

把信都装进伯德太太专属的牛皮文件袋后，我从凯瑟琳办公桌边上挤过去，走进跟平常一样空无一人的过道，这里时常弥漫着一种淡淡的煮白菜和肥皂的混杂味道。这种气味不怎么好闻，我将它归咎于破旧的管道。

伯德太太外出参加“疏散猫咪”会议了，我把文件夹放在她的办公桌上，便去了美工部告诉马奥尼太太。截至目前，我已经在规定时间之前完成了任务。她正在向布兰德先生解释如何制作一款简单的香肠调味料，我兴奋地加入了他们的对话。我很喜欢他俩，虽然对没能共享原来的记者室感到很遗憾，跟他们在一起肯定比关在我们那个脏兮兮的小房间有趣得多。

马奥尼太太让我去催一下柯林斯先生负责的影评专栏，我只好不情愿地离开了这场对话，敲了敲后者的门。对于他反常的行为，我仍旧很警惕，但今天，他看上去心情不错，而不像往常那样独自坐着沉思静默。

“莱克小姐，是你吗？”他头也没抬地说，“进来吧。”

我很快就了解到，在半昏暗、周围一片混乱的环境中工作，周围一片混乱就是他自己的做事方式。我早就习惯了他的手稿——凌乱不堪、皱巴巴的，偶尔是撕成两半后又粘在一起。其中一份手稿上，他草草写了整整半页纸后，又重新开了个头。尽管他很愤世嫉俗，但我还是认为他很看重自己的作品，不会随便拿些老掉牙的材料糊弄了事。

“所以说，”他说，“怎么样？你已经比前两任文员撑得久了。亨丽埃塔没刁难你吧？”

柯林斯先生是目前为止唯一一个直呼伯德太太姓名的人。

“每个人都很友好，”我客套地说，“我正在学习有关读者问答版面的工作。”

“嗯，”柯林斯先生说，“凯瑟琳跟我说过，填满那一页确实挺难的。”

我点了点头，心想他知不知道那些读者来信被扔掉的情况呢？

“信件有很多，”我说，“但大多数，伯德太太不愿意回。有些人真的陷入了困境，但她说她们只会让人感到不愉快。”

“她是这样的，”柯林斯先生说，“我必须澄清，我对这个一窍不通，所以我一直坚持写小说。编故事在一定程度上比解决实际生活问题容易多了。”

我瞟了一眼书架。白兰地酒瓶仍在原处。

“我为她们感到难过，”我想到了“一片混乱”悲伤地说，“帮不上她们的忙真的是太遗憾了。”

柯林斯先生靠在椅背上，若有所思地摩挲着下巴。看上去他并没有刮胡子。接着，他又向前靠了靠。

“别丧气，艾米琳。从我还是个男孩的时候，亨丽埃塔就开始负责这个问答版块了。恐怕你永远也改变不了她。说句公道话，我们亲爱的代理主编让我负责故事和专栏，是因为她知道我会做下去，并且会尽全力做好。信不信由你，我真的希望人们喜欢这些故事。”

他几乎是在自言自语。我点点头，开始说自己多么喜欢他的作品，但他挥手打断了我。

“这算不上文学，”他说，“天知道，竞争对手把我们打得落花流水，可怜的杂志社也朝不保夕。但坚守的几个人都在全力以赴。看看布兰德先生的插图，多美啊，真的。艾米琳，别担心亨丽埃塔了。只管尽力去做，做到尽善尽美。我保证，终有一天，你会看到回报的。”

他挠了挠后脖颈，然后伸展着双臂，好像是要打哈欠似的。“上帝啊，我怕是把我俩都搞烦了。说教结束。莱克小姐，找到你所擅长的，然后精益求精。这才是关键。”

他低头看了看乱糟糟的桌面，我知道，这是他想要恢复工作的信号，于是我传达完马奥尼太太的消息，便回到了自己的办公室。奇怪的是，我甚至觉得自己受到了些许鼓舞。

莱克小姐，找到你所擅长的，然后精益求精。

受到一个喝白兰地的愤世嫉俗的中年人的鼓舞确实很奇怪，更何况他好像比我更不满意自己在《女性挚友》的工作，但实际上我真的受到了启发。柯林斯先生对于故事的看法是正确的，他从未让《女性挚友》的读者失望过。故事中的英雄勇气可嘉，女英雄们胆识过人，而且结局总是圆满的。这比伯德太太处理问题要有远见多了。

凯瑟琳在我的桌上留下了一张字条说她出去办事了，所以我就一个人坐着，咬着铅笔头思考着。

我并不清楚自己擅长什么，至少现在还不知道。我只知道，自己想成为一名战地女记者，向人们传达重要新闻，并且以某种方式取得改变。然而现在我被困在《女性挚友》杂志社，甚至对伯德太太有能力改变的一小部分人的诉求都视而不见。

只管尽力去做，做到尽善尽美。

然后我作出了决定。我的心跳加速，一边想着自己打字到底能有多快，一边往打字机里塞了一张白纸，随后从抽屉里拿出了“一片混乱”的来信。像“不开心的妻子”等人的问题，我尚且无法应对，但我知道应该如何给“一片混乱”回信。我曾见到我的朋友基蒂陷入同样的困境，在事态恶化时，我几乎没帮上什么忙。

我又看了一遍“一片混乱”的来信，咬着嘴唇，努力像那种人们碰到困难时转而寻求帮助的有经验者那样思考。一个友善且真诚待人的伯德太太版本。如果被发现，我就真的完蛋了，可我至少要试一下。我开始打字，用一种类似伯德太太那种言简意赅的说话方式，但没那么残酷。这比想象的要容易得多，我告诉“一片混乱”，不管去不去看电影，她都不能以任何方式去报答她的小男友。她应该坚持自己的立场，如果他离开她，那就是他自己的损失。

我差点产生了伯德太太也会同意的错觉。

但在信的结尾，我停下了。我到底应该怎么署名？

我听到走廊的门被推开了。可能是凯瑟琳办完事回来了。我不能冒险让她看到我所做的一切。我把纸从打字机上撕下来，抓起我的钢笔，急匆匆地写道：

祝你好运。

亨丽埃塔·伯德太太敬上

第六章

并非每个人都是善良的

People Are Not Always Good Sorts

当凯瑟琳一边喋喋不休地嘟囔着自己差点把防毒面具落在了地铁上，一边走进来时，我已经将信塞进了自己的包里，漫不经心地打印起一篇专栏文章，装作没有发生特别的事情一样。如果不是我在"一片混乱"的信末尾签上了亨丽埃塔·伯德太太的名字，那感觉就像是给自己朋友写信一样。

但事实并非如此。我伪造了她的签名。

用的是《女性挚友》抬头的信纸。占用了《女性挚友》的工作时间写信。

所以，说实话，这跟我给朋友写信一点儿也不一样。

于是离开办公室时，我小心翼翼地不敢发出一点儿声音，根本不敢正眼瞧凯瑟琳一眼。

"噢，天哪，这么晚了我必须回家了，明天见！"我大声喊道，一口气说完。

接着，我抓起帽子和大衣急匆匆地离开了办公室，她根本就没看到我由于愧疚而涨红的脸。

离开大厦的过程十分漫长。电梯每到一层都会停，我站在里面大汗淋漓，接着，我用半走半小跑的笨拙方式跨过了门厅，全程都在担心有人在我肩头上重重地一拍，当场活捉我。

等踏上外面由于下雪结冰的道路时，我迫不及待地将证据丢进了邮筒，然后跳上了一辆错误的公交车，去了一个离家很远的地方。

我再也不能这么干了。这错得太离谱了。即便我坚信伯德太太永远都不会发现，但这么做还是太疯狂了。

我在想邦蒂会作何评价。我觉得她会说我的脑子坏了，而且一旦有人发现，我就会被解雇。她这样也没错。我希望自己能够帮上“一片混乱”的忙，但假装是伯德太太给出的建议？邦蒂真的会以为我疯了。至于埃德蒙，我想都不敢想。

我决定对此事只字不提。

在本周剩余的几天里，我发了疯地工作，想要成为那种所谓的好员工。虽然我搞砸了一切，最后落得个在《女性挚友》工作的职位让我失望不已，但我仍保留着消防站的工作，所以算是尽了自己的绵薄之力。看所有报纸的习惯依旧没变，吸收着有见地的政治观点，渴望着有天能得到去《纪事晚报》工作的机会，哪怕只是那么一丁点儿的希望也不放弃。我每天给埃德蒙写信，尽量写得轻松愉快。

在办公室，我用那台古老的打字机快速地打好伯德太太版面上的问题和柯林斯先生的两篇浪漫故事后，主动请缨帮凯瑟琳和其他人，协助完成他们自己不是特别喜欢做的每项工作。慢慢地，当马奥尼太太称赞我是“珍宝”时，我很开心，在《女性挚友》的生活终于有了起色。

然而，接下来的一周，事情又变得棘手起来。

我已经很努力地筛选掉那些令伯德太太不快的来信了，但由于来信数量稀少以及对不道德的定义门槛极低，很难凑够数量。每次打开一封信，我都满怀希望，温和的开头使我备受鼓舞，但只读到第二行中间，就出现了“已经不爱我了”或“我现在怀孕了”的字眼，希望一次次地被打碎。尽管伯德太太坚信，只要态度热忱，再加上一次轻快的散步，没有什么问题是解决不了的，但大多数《女性挚友》读者的烦恼太棘手，以至于整整一辆车的新鲜空气也无法解决。

我还是无法忍受剪掉其中一些不符合标准的来信。于是，我偷偷地将它们藏在抽屉里，虽然并不知道该做何处理。

周一，由于递交了一份咨询出轨丈夫的太太的来信，我被伯德太太狠狠训斥了一顿。我真心为她感到难过。“我的心碎了，”她写道，“当我发现，深爱了二十年的丈夫竟然跟自己的一个同事私奔了……”

但伯德太太根本不在乎。

“莱克小姐，”她厉声说，“出轨。你疯了吗？”

两天后，我又因一个担心自己新婚之夜的少妇陷了困境。“我朋友说她的新婚之夜没什么好写的，但我还是对即将到来的一夜充满了忧虑”再次引发了另一个坚决的回应。

“我能问问你吗？莱克小姐，列表上有没有写‘愉快’二字？”

但我的确也有一些意外的成功。一个特立独行的读者来信询问比顿夫人是否真实存在，是否很早去世了（“当然存在了，莱克小姐，二十九岁走的。”）；还有一个觉得加拿大的生活十分孤单的海外读者（“情绪低落改变不了任何问题，莱克小姐，我们必须告诉这些人要振作起来。”）。这几封信的反馈都不错，但从“令人不快”的标准提升至可以接受范围的来信还是屈指可数。

“说实话，凯瑟琳，”一天早上，当我在拼命想要凑齐交给伯德太太的来信时说，“如果我们总是拒绝回复，总有一天会没人再写信来的。”

“总会有些坚持不懈的人。”凯瑟琳说。她今天穿了一件式样复杂的双面针织开襟羊毛衫，看上去有些不安。

“不会多的，”我说，“你看看其他的周刊，里面全是关于坏丈夫、生不生孩子，或是当你的男朋友已经驻外参军一年，你对于能否重逢的疑虑所给出的建议。”我想起了埃德蒙，大多数时候我压根都不知道他身在何处。“那才是人们真正关心的话题啊，而不是什么这个六月会不会有蚊患。谁担心那个啊！”

凯瑟琳紧张地盯着门口。

“我的上帝啊，凯瑟琳，她不在。”我说。

不能因为自己很疲惫就胡乱发脾气，这是不对的。前一晚的空袭很猛烈，虽然我在消防站加了个漫长的夜班，但半个伦敦应该也彻夜未眠。我们同病相怜。可我还是觉得，对读者的来信视而不见是错误的。

“我们应该帮助像这样的女士。”我说着，开始读一封署名“困惑者”的来信。

“亲爱的伯德太太，我真的很爱我的未婚夫，但他突然对我变得非常冷淡。他说他是喜欢我，但谈不上痴迷。”

“艾米琳，”凯瑟琳的脸色煞白，轻声说，“别念了。”

我并没有停下来。

“我要跟他结婚，期待他能回心转意吗？”

我凶巴巴地瞪着她，但她根本就不是我生气的对象，这真的很不公平。

“为什么伯德太太不能帮帮她呢？”我问，“如果他真的不爱她，这个女孩会很痛苦的。我们只要告诉她，天涯何处无芳草不就可以了吗？还有，还有，这一封。”我打开抽屉，掏出来另一封绝望悲伤的来信，一封我之前没舍得扔掉的信。

“亲爱的伯德太太，我是一个三岁孩子的母亲，在战争开始前便失去了丈夫。我朋友不多，当一个非常善良的士兵被安置到我家后，我们变得亲密起来。然而现在，让我恐惧的是，我发现自己怀了他的孩子。我给他写信，但没有收到回信。我很绝望——求求您告诉我，我该怎么做？”

“艾米琳，别念了，”凯瑟琳不耐烦地说，“你知道，伯德太太不会搭理这类人的。”

“这类人？”我说，想到了基蒂和她的小儿子，“天哪，凯瑟琳，这种事情有可能会发生在你我身上的。这并非只是一类人的问题。你再看这封。”

“亲爱的伯德太太，当初，他们疏散在伦敦的孩子时，我不忍心与自己的小儿子分离。两个月前，我们被炸得很惨，我的小儿子会终生瘫痪。”

我停了下来。我不是个爱哭鬼，但我发现自己的嗓子哽住了。我给伯德太太看过这封信。她只是说，这个女人咎由自取。

“说实话，凯瑟琳，”我说，“如果我们谁的忙都不帮，那《女性挚友》读者问答版面还有什么存在的意义？”

我知道自己选错了对象。我应该去说服伯德太太的。

凯瑟琳叹了口气。

“艾米，瞧，”她平静地说，“我知道这种情况很糟。有时，我也觉得非常难受。但你无能为力。如果伯德太太说，让我们无视那个，呃，你知道的，那个……怀孕的人，我们只能听命从事。”她同情地摇了摇头，头发也随之晃动，“即便我们不喜欢这么干。”

我弯腰去捡一个掉在桌子下面的信封。

“如果我怀了孩子，”我对着漆黑的木地板说，“我希望有人能帮忙。”

我听到凯瑟琳的椅子蹭地板的声音。接着，传来了一个陌生的、非常冷漠的声音。

“这会发生吗？莱克小姐。”

凯瑟琳办公桌后的挂钟开始报时，提醒我们伯德太太会在十一点回到办公室，她之前去外面的街上解决一个被撞倒的酒鬼的事了。

在挂钟当当响着报时时，我依旧在桌下低着头，不知道是否可能撑到十一声钟鸣。

“莱克小姐？”

“在，伯德太太。”我说着，磨磨蹭蹭地抬起了头。凯瑟琳站得笔直。她的脸色就像是在杜莎夫人蜡像馆里看到克里平医生[1]的蜡像受到惊吓后出逃的女士一样。

“莱克小姐，我相信，”在潜在的堕落状况面前，依旧平静的伯德太太说，“这是一种假设吧？”

“啊，对，天哪，当然了，”我说着，显然是一副完了的样子，“凯瑟琳和我正在讨论一封读者来信。”

我看到凯瑟琳脸色煞白，突然记起来，讨论来信是严重违反规定的，但为时已晚。

“我知道了。”伯德太太说，看上去她并不了解状况。

“那个，我是说我们在讨论，”我解释道，尽力想要恢复最优员工的姿态，“其实基本上都是我在说，真的，凯瑟琳只是被迫在这里做个听众而已。”

我希望自己至少可以将朋友从危难关头中解救出来。

---

[1] 霍利·哈维·克里平（1862—1910）：通常被称为克里平医生，臭名昭著的谋杀犯，由于谋杀妻子在伦敦被处决。

“莱克小姐，你刚刚说什么？”伯德太太问，样子有点像要发怒但又保持着冷漠。她穿着一件又旧又大的裘皮外套，看上去就像是一头大熊刚刚失手弄掉了一条味美多汁的鱼。“我竟然不知道，作为一个兼职文员，你有权说这么多事情。”

我做好了准备。来《女性挚友》不到一个月，我就要被解雇了。

而且，如果我真的丢掉了工作，也就意味着现在根本没有别的工作给我做，这会让父母担心得发疯的。但至少，我有了相关的战争经验，或许将来有一天，这甚至可以帮我找到一份战地记者的工作。

或许我可以加入空军妇女辅助队，这个主意很不错。经过训练后，我可以打包降落伞，然后加入我哥哥杰克的空军中队，确保自己能搞定他的降落伞。或者去加入航空运输协会，这样我就能够成为一名女飞行员，在各地搞运输，即使有规定我不能朝任何人射击。

在伯德太太训斥我期间，我又有了更多的想法。或许我可以继续待在消防站，参加摩托车课程，成为一名骑摩托车的通信员。我碰到过几个做这份工作的姑娘，她们棒极了——聪明又勤奋，而且总是迅速投入最重要的任务中去。要是杰克知道我学习骑摩托车，他肯定会笑掉大牙，但那也意味着我可以留在伦敦，这也是我非常想要的。邦蒂、消防站的姑娘们、威廉和他的哥们儿可以跟我一起去看电影、跳舞等等，所以，没什么不同。我们还可以邀上凯瑟琳一起。

或许离开《女性挚友》是件好事，虽然说还没上几周班就被解雇会给我留下很糟糕的记录。我会说，这是一个错误，我只是非常渴望去为战争做出自己的贡献。离开伯德太太拒绝的读者让我于心不忍，但反正我也帮不上她们任何忙。

“而且我也不认为《女性挚友》的读者会让这类事情毁掉自己一个下午的心情，你说是吧？”

伯德太太的长篇大论终于到了尾声。这个结尾可真是一鸣惊人。

“不，”我坚定地说，“不，她们不想。”

我稳住自己，想要逃脱现场，但事实证明，伯德太太只是喝杯茶暂时休战而已，接着她又决绝地回到了临门射击的关键点。

“莱克小姐，你真是一无所知，”她暴怒着，听起来这就是一个犯罪现场，“你会慢慢知道，并非每个人都是善良的。”

伯德太太双手背在身后，好像检阅部队似的。“尤其像这些人。”她说，朝我桌上乱成一摊的信件点了点头。

“婚外情……失去了理智……孩子……真让人看不下去，”她咆哮着，停下来等我们完全理解，“还有，甚至是，莱克小姐……竟有这个胆。”

那副表情看上去就像是我们犯了叛国重罪。

“当这些女人的丈夫正在前线为自由世界的未来抛洒热血时，她们却在享受着自己的快活时光。我根本不觉得她们值得帮助，你认为呢？”

从我读到的来信内容来看，我不觉得她说得对，但鉴于伯德太太现在正在气头上，所以也没什么争论的必要了。而且，说实话，我为什么要在乎读者问答版面呢？

但当伯德太太开始了她第二阶段的教育，解释着人性有多险恶时，我意识到，我真的在乎，我真的，实实在在地能感到她们的痛苦。

我在乎那些往这个过时的、毫无价值的周刊写信的女性。伯德太太基本没什么信件，所以她完全有时间回复每一封信。然而，她却雇了像我这样一个低级职位的助手帮她把信一封封剪掉，这样她就可以满伦敦跑忙着自己的慈善事业。自己的家被炸掉，你肯定也不好过吧，我这样想着，缄口不语，不顾伯德太太一而再再而三地高谈阔论，也不顾她一遍遍地重复着要挺直脊梁骨。

她或许不在乎这些读者，可我在乎。

来《女性挚友》工作是一个错误，但放弃这份工作会更糟。或许跟伯德太太反抗没什么希望，可如果我丢掉了工作，下一任打字员根本就不想努力又怎么办？如果没人支持那些写信来、绝望透顶的女性又该如何是好呢？

我曾经一直认为，报纸上关于战时的报道都是准确无误的。战争、敌军伤亡还有政治家和领袖们发表的重要通告。但现在，我开始觉得自己可能想错了。政府总说在后方每个人的付出对于战争都有着至关重要的作用，在支持前线战士的同时需要保持正常的生活，就好像一切如初，只有这样，阿道夫才不会认为自己的阴谋得逞了。在男人休假时，我们需要精神抖擞，坚韧不屈，心情愉快地涂上口红，展露自己最美丽的一面，而当他们再次奔赴前线时，我们也不会哭泣或是感到沮丧。当然，我当然同意这一点。

但如果陷入困境或出现了差错呢？报纸上没有提及那些写信给伯德太太的女性，她们的生活因为战争发生了翻天覆地的变化，她们思念自己的丈夫，她们感到孤独以至于爱上了错误的男人，还有那些天真的年轻女孩，在艰难的时候努力想要理清思路。这些问题人们都会有，可现在局势如此混乱，她们只能靠自己坚持下去。

谁又来做她们的后盾呢？

我仍然想成为一名合格的记者。一名像我之前读到过的战地女记者，她随身只带两件皮毛大衣，就意志坚决地奔赴西班牙内战的前线探索真相追踪报道。我也想参与到那种行动中去，感受那种激情。

不过成为一个新闻记者的梦想得推迟一下了。伯德太太还沉浸在另外一个年代。三十年前，或许她的观点还能被人接受，但现在已经过时了。这不是她一个人的战争。这是每个人的抗战，是我们大家的抗战。

我想要干好这份工作。我想要留在《女性挚友》帮助那些读者。虽然我还不清楚该如何下手，但人们需要帮忙。

是时候放下身段了。

“伯德太太，”我振奋精神说，“我感到非常抱歉。恐怕我还不了解整体状况，”笨头笨脑似乎是最好的理由，“现在我清楚多了。我真的很抱歉，自己接受的速度太慢了。您不必再强调了。现在我能给您看一封署名‘对法国失望’太太的来信吗？”

我递出一封信，伯德太太接过去了，脸色仍然凶煞。过了好久之后，她微微点了点头。

“莱克小姐，你的道德水准非常低，低得不能再低了。”

她说得好像我是被一群特别可怕的妓女养大的，或是沾染了一身欺负弱小的恶习似的。不管怎么样，我还是尽力表现出后悔莫及的样子。

“我不想再看到那样的信，”她指着我的桌子发出最后声明，“我不会看的，更不会回信。她们都不是好人。”

她一边说一边将我之前给凯瑟琳读的来信全部扔到了垃圾桶。

接着，就像在一艘恶劣天气下打败了西班牙无敌舰队的巨大帆船，她在有限的空间里气势磅礴地出了门。

凯瑟琳和我静静地坐着，直到听见伯德太太办公室的门被砰地狠狠甩上。

“哎呀。”我说，得意得忘乎所以。

“啃，”凯瑟琳悄悄地说，眼睛瞪得有汤盘那么大，“你刚才很勇敢。”

“你觉得我俩算是打了个平手吗？”我说着突然咯咯笑了起来。

“我认为差不多是那样，”凯瑟琳说，“你能帮我澄清，真是太感谢了。”

“嗯，那个也不是这样，”我说，“你早就让我闭嘴的。把你牵扯进来，我很抱歉。我再也不会提那些愚蠢的信件了。”

“没关系，”凯瑟琳说，“说实话，我还挺享受的。现在我得去一下收发室。”争吵结束后，她看上去放松了不少，急匆匆地朝楼梯口走去。

当凯瑟琳离开后，我往后靠在椅背上，长长地舒了一口气。

“我不想再看到那样的信。我不会看的，我更不会回信。”

看上去清晰明了。我会全力以赴。我会严格遵照伯德太太的指示，绝不让她看到一封不符合列表规定的来信。

如果伯德太太不愿意回信，那我就自己给读者们回信。

当然，这是冒险，冒着极大的风险。但我之前用伯德太太的名义给“一片混乱”回了信，也没发生什么不好的事情。没有人知道。我咬着嘴唇思考着。对，我能行。如果我小心再小心，我相信自己能做到的。

我从文件柜里取出来一大沓柯林斯先生的文稿放在办公桌的前面，这样即使凯瑟琳走进来也看不到我在看什么。随后，我偷偷摸摸地从垃圾桶里把之前伯德太太丢掉的信件捡了回来，重新看了一遍。

我对其中的一些人完全不了解。我根本不知道该说什么。我的个人经历根本提供不了任何帮助。我瘫坐在椅子里，咬着指甲，想起了柯林斯先生告诫我的话：只管尽力去做，做到尽善尽美。

我必须刻苦学习了。对于一个合格的问答专栏作家所具备的资质，我需要做一番研究，以免让读者陷入更加糟糕的状况。我瞬间就开心起来了。这就是记者一直所做的工作——挖掘一个大新闻。战地记者懂得如何秘密行事。我也会以同样的方式来帮助读者的。

即使我自己解决不了这些问题，还是有很多其他有名的杂志提供了答案。我不会照搬它们的说法，但我可以借鉴学习。我对跟同龄的女孩们对话充满了自信，所以即便帮不了别人，我也可以从帮助她们开始。

等到凯瑟琳和因迟到而慌张不已的茶点女服务员布塞尔太太一起出现时，我感到很兴奋。我的垃圾桶里塞满了被剪碎的读者来信信封，而我已经将三封信藏在手提包暗处，准备带回家。我要买回来所有能买到的女性周刊，向邦蒂和消防站的姑娘们借来她们手上所有的藏品。我可以写完回信后通过大厦外面街上的邮筒寄出去，即便有人回信感谢伯德太太"她"所给出的建议，反正看信的第一人都会是我，我也会确保伯德太太不会看到这些信。

她永远都不需要知道其中的细节。

这是最高级别的间谍行动，如果布塞尔太太没有像往常一样警告我早茶的危害，我肯定会感到一阵恶心。

"等着瞧吧，等你四十岁，"她宣称，"你现在正在改变的半路上，一切变化都会在你臀部显现出来。"

听到这个令人心碎的消息，我做出了恰当的回应，转而开始兴致勃勃地挑选饼干。由于种类有限，没过多久，我就带着一杯茶和一块碎了一点点边的姜汁饼干回到了打字机前面。

我对自己的计划感到十分兴奋。而凯瑟琳也因为找回了伯德太太一个丢失的包裹而开心不已，话也多了起来。

"我很高兴自己找回了它，"在布塞尔太太转移到下一个部门给他们提供增肥的食物后，她说，"里面全是新式样和样品。如果我们丢了这个的话，伯德太太肯定会大发雷霆的。鉴于今早发生的事情，我们最好还是低调一点。”

我突然发出了一声尖锐的笑声，这不像是我的行为。

“我想说！”我咆哮着，嘴里塞满了食物。

凯瑟琳将手指放在嘴唇上，发出嘘的声音。

我回到了柯林斯先生的作品上。

《想入非非》。本刊最新浪漫连载小说的更新章节。

“傻乎乎的小克拉拉，”我照着他的手稿打着字，“在这个镀金又幸运的生活中有无数的精彩篇章等着她。真希望她能够睁大眼睛，看看年轻的上校有多爱她……”

都是些令人心碎、风花雪月的内容。我不停地打着字，故事也变得越来越戏剧化。我只是一个兼职的初级打字员，兢兢业业地完成分内的工作。

第七章

左右为难

A Quandary Over Next Steps

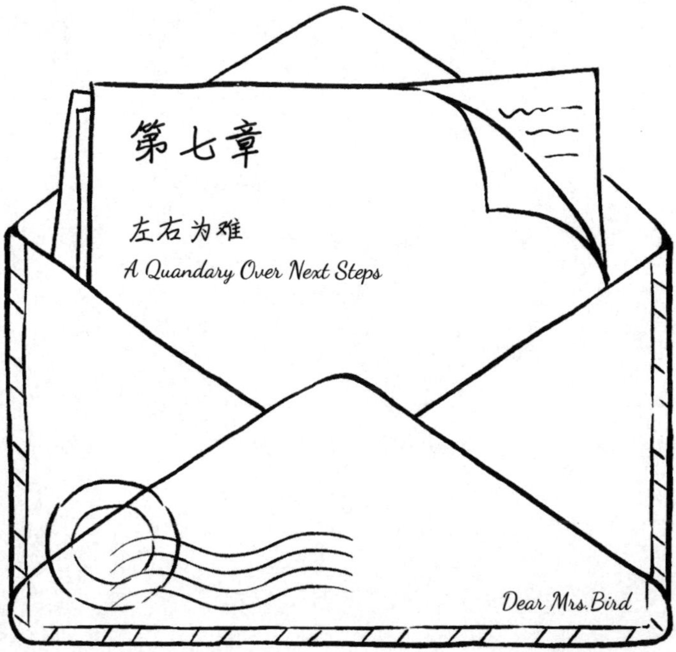

我和邦蒂之间没有任何秘密。你不可能向自己的终生密友隐瞒任何事情。我肯定，她不会同意我的计划的，但我就是特别想告诉她。我希望，如果自己将帮助这些人的理由解释清楚的话，她会理解的。

结束了《女性挚友》上午的工作后，我回到家，包里藏着一小沓信，腋下夹着一堆从报纸经纪人博恩先生那里得来的女性杂志。刚才下了一阵暴雪，我在大厅地上使劲跺了跺脚。上楼后，我把鞋里塞满报纸，以便吸干水分。就在踢踢踏踏上了三层楼后，我大声跟邦蒂打招呼，却没有回应。也许她又上了个晚班正在补觉。我继续上楼，来到了客厅。

邦蒂没有睡觉，而是穿着她平生第二好的一条蓝色裙子满面忧愁地站在壁炉边。

“艾米，很抱歉。”她说，还没等我摘下帽子，她便递过来一个信封。是一封寄给我的电报。我们从没收到过电报。我脑子里只能想到一件事情。

埃德蒙。

我觉得自己的脸色瞬间煞白。我看了看邦蒂，又看了看信封。接着，我深深吸了一口气。

在我打开信封看到里面的五行字时，邦蒂来回徘徊着。

然而，这并不是我所担心的事情。

实际上，电报上说埃德蒙的状况非常好，这反倒让我对于接下来该怎么做左右为难了。我很开心得知他没有被德国人一枪打死，但剩下的内容让我很难振奋起来。

“我真的很抱歉，”邦蒂重复道，“你需要手帕吗？”

她把自己的手帕递给了我。手帕漂亮又干净，绣着柠檬色的边。

“不用了，谢谢。”在一个极难的处境下，我还是保持礼貌地跟她说。

邦蒂看上去很苦恼。“你想要坐下来吗？”她说，“或许我要坐一下。是埃德蒙吗？可怜的，亲爱的埃德蒙。”

邦蒂关上了收音机，刚刚播放的是一首鼓舞人心的曲子。跟所有人一样，她知道来自海外的电报肯定没什么好事。

“他表现得非常英勇吗？”她问，显然希望了解有关埃德蒙可能死去的更多消息。邦蒂很善于处理危机事件，却没什么耐心。

“不，”我慢慢地说，“不，上面没说那个。实际上，小邦，他跟一个护士私奔了。”

“什么？”邦蒂的眉毛夸张地拧在一起，“我以为他死了。”

我把电报递给她，想着该说些什么才合适。她看了电报内容后，反应很激动。

“他过得那么好，为什么要给你发电报？”

我张着嘴盯着她。我没打算强装坚强，虽然已经尽全力了。

邦蒂把柠檬边的手帕塞进袖子，就好像是这件烦人的物件导致自己被误导而浪费了感情。

“电报？”她尖叫起来，“他没死，给你发什么电报！”

她开始大声读出电报的内容，我不知道这是不是明智的做法，因为她看上去已经气疯了。

"……爱上了温迪。周六结婚。不伤感情。就此别过。附注……"邦蒂突然停下来，抬起了头，"艾米，他甩了你。真是一头蠢猪。"

邦蒂善于将一件事情解释得特别清楚。

在她愤怒地撕毁电报前，我拿回电报放在了壁炉上，这种做法明显不合适，因为这看上去像在最后时刻邀请你参加一个激动人心的仪式。我想，对温迪来说，它或许就是这种象征吧。

我试图冷静地思考。埃德蒙没事就是最大的安慰。但除此之外，我好像感到肚子上挨了一拳，我真的病了。

"那个，"我最终缓了过来，"埃德蒙一切安好，没有死，我们必须为他感到高兴。那很棒。"

"嗯，是啊，当然。"邦蒂点了点头，拼命地想要融入当下的对话。接着，她放弃了，说道："但他简直就是个恶棍。"

邦蒂说得没错。我挣扎着想让自己慢慢接受这个事实。在过去的几周内，埃德蒙安静得出奇，没什么来信，而我对自己说，他是去战场打仗的，这比整天担心他的安危要好。我从来都没想过他会爱上别人。

"他怎么能这样呢？你才刚刚给他寄了那件背心。"邦蒂的语气听上去像是我为他搭建了一辆坦克。

她又说对了。虽然我的编织技巧糟糕透顶，但我可以为你织任何你喜欢的东西，那件背心可花了我很长的时间。

"或许他没收到吧。"我说。

膝盖有点抖，我重重地坐了下来。

"我去给你拿点喝的。"邦蒂说。在人生最美好的阶段，我们没怎么喝酒，然而，今天过得也不怎么顺利，或许是个畅饮的好时机。

她揭开了饮料柜的盖子，一个球形的盖子，又大又丑，邦蒂的祖母却以为我们会觉得这很具现代感。邦蒂和我之前就有约定，一旦德军攻占伦敦破门而入，我们就把这个容器对准他们从楼梯上推下去。大英帝国的全部内涵都体现在了充满朝气的橙色器具上，我们认为德军会非常愤怒。

“我可以给你搞一杯威士忌苏打。”喜欢看美国电影的邦蒂说。

现在是下午三点二十分，我们俩从来都没碰过威士忌，更别说是在大白天了。或许贝蒂·戴维斯[1]整天都这么干，要不是埃德蒙抛弃我，这应该是个激动人心的时刻。我根本没发现他变心了。我怎么能丝毫未察觉呢？我双手抱着头，努力不让眼泪流出来。我觉得自己愚蠢极了。我很受伤。

邦蒂把酒水递给我。我敢打赌，贝蒂·戴维斯不会难过的。实际上，我断定她一开始就不会跟埃德蒙订婚。他对她来说，有点过于理智了，反过来说，他也认为流行女演员太招摇。毕竟，我说了自己想成为战地记者的梦想就被他嘲笑得不行。

我闻了闻威士忌。邦蒂急切地看着我，举起了她的酒杯，我也一样。接着，我们像是内行人似的来了个一口闷。

瞬间，我的肺像是被火点燃了，我们俩都剧烈地咳嗽起来。过了一会儿，我擦了擦眼睛，试图振作起来。

“贝蒂·戴维斯，”我说，“对于埃德蒙，她会怎么做呢？”

“对他开一枪后逃跑，”邦蒂气喘吁吁地说，她靠着我坐在沙发上，抚平自己的裙子，“说实话，艾米，我知道那件背心看上去像疯子在停电的时候织的，也确实会让他对你产生些许不满，但跟别人私

[1] 贝蒂·戴维斯（Bette Davis，1908—1989）：美国演员。

奔简直是罪大恶极。“

“可不是嘛！”我附和道。

事实是，我很爱埃德蒙，至少我自认为爱他，而且我们在一起好多年了，所以订婚看上去也是水到渠成。我很好奇究竟是什么让他改变了心意，不想结婚了呢？是我的过错，还是温迪太完美了无法错过呢？我不知道哪个才是对的。

我听上去就像是给伯德太太写信的读者之一。

坐在冬季昏暗的客厅中，我在考虑要不要冒险再喝一杯。现在，灼热感已经散去，好像味道也没那么糟糕，我确实觉得它有某种哲学意义上的帮助。

我朝壁炉上的电报点了点头。

“我在想，温迪是个什么样的人。”我说。

“我敢打赌，她一定糟透了。”邦蒂答道，虽然毫无证据，但她对我忠心耿耿。

我们俩沉默地坐了一会儿，考虑着事态的严重性。

“我得告诉大家。”我说。

邦蒂表现出同情，“他们会理解你的。说实话，每个人都希望帮助你，让你开心起来。如果你愿意，我可以告诉他们。反正我得告诉威廉，”她说，“他肯定想替你杀了他。如果你哥哥没有提前干掉他的话。”

我勉强挤出笑容，开始列名单。我听上去没有期待的那么坚强。

“妈妈、爸爸、奶奶和韦弗尔牧师。”

韦弗尔是我们的牧师。他有痛风，一只眼睛不怎么好，但如果你分辨出应该看着哪只眼睛说话的话，一切就很完美。他肯定觉得，被解除婚约会令人非常难堪。

实际上，告诉任何一个人都不会好过。爸爸会说：“艾米，这个男孩真的是一等一的大笨蛋。”而妈妈会插嘴说：“我不觉得咒骂有什么用，艾尔弗雷德，但我必须说，埃德蒙确实很傻。”

总而言之，这似乎有些难以承受。

“小邦，”我说，“我要成为一个老处女了。”

“别这样，”邦蒂反驳说，“你还有机会。”

“不，我已经错过了机会。我只能孤独终老了。”

我努力让自己消化被埃德蒙抛弃的事实，忍下这口恶气。没有人喜欢一个自怨自艾的人，即使被压垮了，我也会向前看。毕竟，我是那个梦想着奔赴现场做记者的人。我不能躲在角落里动不动就哭。

我一用力，从沙发上站起来，一边说话一边在客厅里踱来踱去。

“我不准备再提这档子事了，小邦。从现在开始，杜绝婚姻话题。我将专注打拼事业。”

“太棒啦！”邦蒂说，完全忘记了我最近堪称灾难性的职业选择，“谁要去关心那个恶心的埃德蒙！”

她又喝了一大口威士忌，站了起来。

“很抱歉，”她气喘吁吁地说，“我觉得我喘不过气来了。”

我拍了拍她的背，但无济于事，于是，我打开了收音机希望能帮她缓解一下。

现在去消防站接线员的换班太早了，喝完酒后，我回到自己的房间换上了制服，梳理起目前的状况来。尽管我把眼泪忍了回去，努力装得很勇敢，但事实上我被压垮了。我坐在床上，旁边放着带回家的一沓杂志，多希望自己能睡上一个月，一觉醒来后，所有的事情都变好了。我连自己的未婚夫都留不住，竟然还想给《女性挚友》杂志来信的读者提建议，有点自不量力了吧。

我完全没有资格，尽管什么忙都帮不上，但我想最起码可以给予她们同情，让读者们知道，她们不是孤军奋战。我只是被无情地抛弃了，但我有朋友和家人可以依靠，无论发生什么，无论什么时候，他们都是我最坚定的支持者。当我坐在自己的卧室难过时，邦蒂正在隔壁的厨房里用仅存的肉酱做我最爱吃的三明治，希望能让我高兴一点。尽管把埃德蒙的事情告诉父母有些困难，但我知道，他们会听我的话，并会安慰我说事情总会变好的。西尔玛以及消防站的其他姑娘会告诉我埃德蒙是个超级大笨蛋，反正她们从来都没喜欢过他。或许这个过程会很煎熬，但我有很多倾听者，不需要自己一个人熬过去。

如果一个听众也没有，该多悲哀啊！如果除了向杂志社的一个完全的陌生人写信寻求安慰和建议之外，别无选择呢？然后，经历万难之后，他们根本不理我也不回信。那会让情况更加糟糕吧。

我擦干了眼泪，擤了一大把鼻涕。我不能再这样闷闷不乐地坐着了。埃德蒙抛弃了我，我感觉自己一无所有，但他还活着，而且在电报里看起来兴奋极了，所以我只好祝福他，然后继续生活下去。我已经比很多人要好得多了，而且，就像妈妈经常说的，奶奶被关了半辈子，不是为了让今天的女人无所事事等着男人来照顾她的。

没错。

“没错，”我大声喊出来，“来吧！”

我擤了鼻涕，随后从包里拿出了读者来信、钢笔和笔记本，又伸手拿了那沓杂志最上面的一本。我翻到倒数第二页的读者问答版面，取下笔帽，开始记笔记。他们给出的建议很实际，大多也富有同情心，他们回答了很多伯德太太绝不会接受的问题。那些在男人面前失去理智的女人、被男人伤害的女人、担心男人的女人，为孩子忧心忡忡或受够了自己的父母。有些读者确实很傻，但没有一封信是伤风败俗的。还有一些杂志承诺会给她们回信，解释一些不能刊登出来的问题。

我看了看从《女性挚友》带回来的几封信。比起那些被成千上万人阅读的大篇幅的彩色杂志，帮助一两个寄来邮票和回邮信封的读者是微不足道的。

《女性挚友》真正需要的是刊登一些得体的建议，让更多的读者看到。我希望伯德太太可以看看其他杂志。

我重读了带回家的那封来自“困惑者”的信，她的未婚夫对她丧失了兴趣。“他说他是喜欢我，但谈不上痴迷。”埃德蒙对我的感觉也是如此吗？如果让我讲实话，我对他的感觉也是如此吗？突然间，我大大松了一口气，因为我们不用结婚了。要是他没遇见温迪，而是出于责任跟我结了婚，那会很可怕的。或许事情都存在好的一面。

我准备好怎么回复“困惑者”了，我决定先打个草稿，来点鼓励人心的建议。但信里既没有回信地址，也没有信封。我的胜利希望顿时破灭了。终于有我能自信满满地理解并且有可能帮上忙的来信了，现在却没法回信。

我心烦意乱地把信丢到了床上。

糟糕的一天加上一大杯威士忌，让我对事情产生了一种乐观的态度。我们为什么不尝试帮一下“困惑者”呢？或者其他看《女性挚友》的处于相同处境的姑娘？伯德太太估计都不在乎。她甚至都不会注意到多出来的一封信。

但如果被发现了呢？

不，风险太大了。不顾后果的鲁莽举动。就好像是深入敌后，在敌人眼皮底下发密报。只有最疯狂或是最勇敢的战地记者才会有这样的举动。

自从收到埃德蒙的电报后，我第一次笑了。

第八章

菠萝块的谣言

A Rumour of Pineapple Chunks

比起被埃德蒙抛弃，我偶然进入女性期刊行业的新闻对于我的家人来说已经没有什么价值了。当我告诉他们自己不再是订婚状态时，我的父母提议我周末回家一趟，还承诺能吃上蜜糖布丁和最后一罐菠萝块，我实在无法拒绝。更妙的是，我哥哥杰克终于拿到了多年来的第一次休假，所以我回家就能见到他了。

在过去的一周内，我兢兢业业地工作，在伯德太太眼里，我就是个模范，勤奋工作的我选出了几封安全可靠的信，连她自己也挑不出任何毛病。更重要的是，我还偷偷地给三个读者回了信，一边思考着回复一边打着草稿，回家时就打印出来，并且在签“H.伯德太太敬上”的落款时尽量保持笔迹一致。

模仿伯德太太的签名是最难的一步，我当然不会掉以轻心。如果之前给“一片混乱”的回信被人发现，我还能假装无辜，但给越来越多的读者回信将我推向了十分危险的境地。话虽如此，这还是跟面对德国坦克炮火，又或是在每晚的大轰炸里保护伦敦不被烧毁不可相提并论。如果这么看的话，我没担太大的风险。

所以我在每封信都签上了伯德太太的名字后才寄出去。

“困惑者”的信还在，而且我已经草拟了一份简短的回信，很容易就能塞进每周“亨丽埃塔·伯德谈心室”的版面中，但我没胆量真的将它交给马奥尼太太排版。我隐约感觉到，伯德太太根本就不看最终的印刷本，因为凯瑟琳放在她文件档里的那些杂志似乎都没有被翻动的痕迹，但我还不是十分确定。我需要进一步地调查。

我没有将此事告诉邦蒂。我讨厌自己隐瞒了这件事，但她对于我失去埃德蒙的事异常关心，所以我相信，她会觉得这只是我头脑发热而已。如果我对她实话实说，我坚信自己能够说服她，偶尔回个有帮助的信或许不是草率的决定，然而，就连我自己都觉得，在伯德太太不知情的情况下，偷偷把一封信塞进杂志里是过分了。

在我变成单身职业女性后的第一周，邦蒂和我启程返回小惠特菲尔德的家。尽管我有点担心父母对埃德蒙存在偏见，但离开伦敦不失为一件好事。这个村庄很幸运，避开了多次空袭，虽然由于一架飞离航线的轰炸机坠落，也被炸毁了一片田地。总之，一想到能在一个温暖舒适的床上睡上两晚，不需要半梦半醒地逃去防空洞，也不用在消防站戴着那顶铁皮帽，我就觉得比在蒙特卡洛[1]度过一周的假期还要好得多。

邦蒂和我赶上了一列从滑铁卢开出来的早班车，上面全是穿梭于部队临时营的战士和周末回家的人。火车上挤满了前往韦茅斯的军人，不管我愿意与否，邦蒂都觉得这是帮我找到埃德蒙顶替者的大好时机。在一个拥挤不堪的车厢里，我们享受着开往汉普郡的乡村之旅，同行的都是十分友善的军官，他们坚持把座位让给我们，还送了一块巧克力和两支香烟（虽然我们并不抽烟），以及几个期盼我们写信去的地址。

[1] 摩纳哥最大的城市，世界闻名的大赌场就建于此。

2月初的雪下个不停，我们沿着小惠特菲尔德车站的小路踩着积雪吱吱呀呀地往家里走去。这条路我和邦蒂走了上百次。她的父母在她上学前就去世了，虽然她还有祖母，算不上一个完全的孤儿，但从一开始，就经常是邦蒂、我和杰克一起行动。

深知我家人的个性，面对即将到来的同情和可能的愤怒，身为鼓舞士气部长的邦蒂开展了出色的工作。

“你的父母会为你在《女性挚友》的工作兴奋不已的，”她说，“因为你现在从事的新闻记者工作，受伤概率远比在《纪事晚报》工作要小得多，他们会很满意，所以事情也没那么糟糕。”

“嗯，”我说，“我觉得他们不会担心我的工作。他们怨恨埃德蒙，我们估计得花一番大工夫劝他们不要揍扁他才是。”

邦蒂哈哈笑了起来：“那也不是个坏主意。”她用胶鞋踢飞了一大块雪以示强调。

就在牧师山前，我们拐进了公地，很开心看到在皑皑白雪下覆盖着的荒原橡树林挺拔矗立。杰克、邦蒂和我的童年都是在这片树林里奔跑着度过的，我们互相追逐，拼命奔跑，直到大喊“到家”为止——如果你触摸到树就表示安全，不会被抓住了。开战前，杰克、埃德蒙和威廉这三个男孩绕着它们跑了一圈，都想在参军前达到各自的最佳状态。

有时候在伦敦，当空袭真正来临时，我会闭上眼睛想象着荒原橡树林——一如既往的平静和可靠。只要它们还挺拔矗立，那么我们都会安好。

当我们拐过最后一个弯进入格列贝巷时，潘尼菲尔德宅邸映入眼帘。这是一座乔治亚式的可爱小房子，房子周围长满了垂柳，窗户呈对称样式，就好像是一个孩子详细地告知建筑师该如何设计房子似的。我一直很喜欢第一眼看到家的感觉。但今天，在我被一个巨大的雪球不偏不倚地砸中脑袋砸掉贝雷帽时，我就像父亲的老摩托车一样噼里啪啦地骂了起来。

“杰克·莱克！”我吼道，因为不用费心思就知道是谁扔的，“杰克·莱克，如果你认为你是……”

我哥哥又扔过来一个雪球，正好砸在我的脸上。

“他就在侧门旁边，小艾。”邦蒂大叫着，完全没有因攻击而慌张，而是扔掉了行李箱，开始收集弹药。她一半的童年时光都处于我哥哥的攻击下，对目前的攻势心知肚明，“我去砸他。”

“你不行的，小邦，你个老家伙。”随着我哥哥的吼叫，一颗导弹从邦蒂头上呼啸而过。

“没砸中！”我咆哮着，继续挖雪，“还好意思自称战斗机飞行员？你扔的跟女童军差不多！”

杰克用一连串的动作做了回答，所有雪球都正中靶心。

“女士们，”他用爽朗的嗓音嘲笑道，“我那是给你们机会呢。”

雪开始渗进我的大衣，我的羊毛手套已经湿透了。

“猪头，”我喊着，“小不点。”

“我们怎么进去呢？”邦蒂轻声说，她脸上至少被砸中了一次，现在活像个人行道指示灯，“他很有可能在后门设了陷阱。”

我哼了一声。他当然会这么干。这是一个完美的计划。在欧洲中部被一个精神错乱的疯子变态轰炸的同时，英国正在竭尽全力维持一个自由的世界，而我们三个像孩子似的在雪地里嬉闹着。尽管所有事情都很简单，父母总是小题大做的时代已经过去了，但此刻，似乎一切都没有改变。

“只有一个对策，小邦，”我压低声音回答，“攻城木。围好围巾。”

我们将湿漉漉的围巾遮住了脸。小邦将帽子压得低低的，而我在心里祈祷着自己的帽子没有掉落在车道中央。

这是一次最高等级的自杀行动，但我们已经看穿了他设的局，十码后，我们拼尽了全力往我哥哥脸上扔着雪球。在英国皇家空军大衣和皮手套的防护下，到目前为止，杰克毫发无伤，可他笑得太剧烈了，不小心吞了一大块雪下去。他英勇地还击，设法把我们控制在一臂远的距离，就这样，我们像两只幼鸟一样被一条大狗拽得到处乱窜。

我们三个人朝彼此大喊大叫，笑个不停。

“孩子们，真的是！你们这是找死。”

我妈妈站在门口并没有大声喊叫，但我们立刻停止了争吵。

妈妈一如既往地苗条，身着淡蓝色的棱纹开襟羊毛衫和百褶裙，镇定自若，她微微摇了摇头，但还是笑了。

“你们都在造反，真是败给你们了。杰克，去把你妹妹的帽子捡回来；艾米琳，别逗你哥哥了；还有邦蒂，赶紧过来，让我看看你怎么样了。快点——迅速行动。”

我们按照指示松开了彼此，捡起在混战中掉落的帽子、箱子和包。就当我妈妈热情地亲吻着邦蒂，夸她跟之前一样漂亮时，杰克将贝雷帽斜戴在我的头上，紧紧地抱住了我。

“见到你真好，老妹，”他说，“很抱歉听到你的坏消息。男人都是蠢蛋。你还好吗？”

“我很好，谢谢。”我说，被他的关心感动了。

“是因为背心吗？妈妈说，她不知道他应该穿上它还是把它当成雨衣用。但至少，你现在离《泰晤士报》越来越近了。”

他朝我咧嘴笑了，蓝色的眼睛扑闪扑闪的，耳尖由于受冻变得通红。他看上去就像个十岁的小孩。

“你知道，如果你想，我会把埃德蒙打个半死。真的。”

我摇了摇头：“没关系，谢谢。真的，这样是最好的结果，真的。”

“什么，当个老处女？”他看上去一点儿也不相信，“啊，没事，还好你有我。别担心，我有一堆可以说上话的哥们儿。乔科·卡莱尔或许值得一试。不，乔科不行，他刚订婚。或许查斯是个好小伙。”他想了半天，“实际上，查斯也不行……名字不怎么样。”他皱了皱眉，随即开心了起来，“小艾，交给我吧，我会好好考虑一番的。”

我使劲点了点头。这比让他相信我现在没事简单得多。

“我们进去吧，”我提议，“他们都说今天有菠萝块哦。”

这足以分散杰克的注意力，阻止他想要把我嫁给他半个中队的哥们儿，我们一起走进走廊。妈妈正在帮邦蒂脱大衣，用一种不同寻常的语调感叹着：艾米的状态这么好，真的是惊奇啊。

邦蒂当然知道这是给她的信号：你会告诉我真相的对吗？我女儿现在已经心碎了，不是吗？

我咳嗽了下。妈妈转过身来，将邦蒂的大衣搭在手臂上，随即双手紧紧捧起了我的脸，绽放着笑容。

“亲爱的，你看上去真不错！”她哭道。

我当然知道她其实想说：如果再看到埃德蒙·琼斯，我肯定不会为自己的行为负责的。

“谢谢，妈妈，我很好。”

“是啊，你很好！”

“我很好。”

“那很好啊！”

“事实如此！”

妈妈丝毫没有谈及其他话题的迹象。照这样下去，我们很有可能会谈到复活节。

接着，妈妈将我拉向她，紧紧地抓着我的手臂，好像永远都不会撒手。

“男人都是蠢货，亲爱的。”她轻声说。她的声音很凶，随后又变轻了，“当然除了你父亲之外。但他们剩下的全是蠢货。”

我几乎都呼吸不了了。如果我的家人都这么用力抓，我很有可能会被捏碎一根肋骨的。

“还有杰克，”我朝她的头发吹气，“杰克很好。还有我们都喜欢的格雷戈里叔叔，不是吗？所以，他们不全是……”

妈妈又捏了捏我。

“这才是我的女儿，”她说，“非常正确。他们不全是。很好。”

“你妈妈在发表蠢货的演讲吗？”爸爸走进了玄关。

“你好呀，邦蒂，近来如何？”他说着吻了吻她表示欢迎，“还在陆军部工作？但愿你能好好检查一下丘吉尔的语法。德国人对那种事情都很傲慢。”

邦蒂向他保证，丘吉尔先生的语法是一流的，但并未提及她从来都没跟他打过交道，也从来没有在陆军部的大厦里见过他。

“隔墙有耳，莱克医生。”为了表现得庄重，她补充道，效果非常好。

“你父亲肯定会以你为荣。”他说，虽然已不记得父母的长相，每当提到他们时，邦蒂还是表现得跟往常一样开心。

接下来就轮到我了。

“你好，爸爸。”在我打招呼的同时，爸爸给了我一个吻，接着便皱起眉头，隔着眼镜看着我。

“我本来就不喜欢他，”他说，我知道他在撒谎，“就是个蠢蛋嘛。当然了，你妈很担心，但我告诉她，凡事要看好的一面，至少我们的外孙不会遗传到那个傻瓜的基因。”他朝我眨眨眼，“我想那让她好受了点。”

“谢谢你，爸爸。”我说。这是我从爸爸那里听到的最长的一段话，他又使劲捏了捏我的胳膊，说了句“做得很棒，女儿”，虽然我什么也没做。我脱下大衣和围巾，挂在了祖父母留下来的高高的维多利亚式大厅衣帽架上，跟着他走进了客厅。

我可以听到他在低声嘟囔着什么。

“真是可恶，”他说，“我一定会揍扁他的。”

我们的午餐很丰盛，包括没有多少肉馅的土豆肉馅饼和经过精确测量的一小勺奶油加蜜糖布丁或是菠萝块。在此期间，就《女性挚友》的工作，我受到了父母的盘问和杰克的嘲笑。在我激情澎湃地描述完每个人是多么友善，办公室的建筑结构有多结实后，每个人都同意说，我收获了一份牢靠并且有实质报酬的工作，不仅成了职场女性的先驱者，更重要的是，在我母亲眼里，那幢大楼是整个伦敦最不容易成为德军空袭的目标。

“《女性挚友》做的是帮助别人的工作，这太棒了，”我妈妈说，好像是我向无家可归者分发着半克朗金钱似的，“而且，当我们陷入目前这个愚蠢的困境时，至少你们这些年轻姑娘可以干一番事业。”

我妈妈坚持称战争为“这个愚蠢的困境”，仿佛是为了果酱海绵蛋糕而吵吵闹闹。撇开那个不谈，我很庆幸自己父母的观点很前卫。我爸爸也附和着。

“艾米，”他说，“你现在已经加入了一群可敬女性的行列。”

“妈妈，奶奶还好吗？”杰克说。

我爸妈对视了一眼。

“疯。”杰克自问自答道。

“子。”我几乎在同时说道。

“嘿，孩子们。”妈妈说，并没什么意思。

“小邦，你觉得呢？”我爸爸问道，“别介意，有什么说什么。”

“嗯。她还那么疯狂吗？莱克医生。”邦蒂问道，她跟我奶奶很熟。

爸爸大笑起来。“我想大概就是这么回事。”他说，“上帝保佑埃克塞特[1]的好人们。我敢肯定，当战争平息，她回到家后，他们肯定会大松一口气的。”

妈妈看了看我们大家，“现在，杰克和邦蒂负责清理餐桌，艾米跟我去村子里的图书馆还书，”她看了看手表，“他们只开到两点。”

邦蒂开始认真地收拾起布丁碗，我认为，这主要是她不想让我有所察觉。她跟我打赌说，妈妈肯定想跟我好好谈谈埃德蒙的事。

妈妈把我当成三岁小孩似的撵出了餐厅，催促我穿上大衣。不久后，我们便手挽手地穿过雪地，赶往图书馆，我注意到，她并没有带要还的书。

---

[1] 英国英格兰西南部城市。

她兴奋地说个不停，告诉我镇上最近的新闻，我肯定，她现在正想方设法地让我放松警惕，产生一种安全的错觉。

“麻烦了。”正当我们穿过鸭塘旁边的路时，她说。她停下来，双手放在臀部，说实话，她好像演得有点过了。“我好像忘记带那本图书馆的书了。不过没关系，我们就走走好吗？”

当我们沿着商业街走的时候，雪花在身边飞舞，妈妈把我拉得更近了些。

“现在，”她说，“我想跟你简单聊聊。”

邦蒂赌赢了。我在想能不能快点聊。天冷死了。

“妈妈，我很好。真的。我真的一点都不在乎埃德蒙。”

我妈妈看上去漠不关心。“嗯，亲爱的，我看得出来。而且我真的很开心。那孩子那么傻。对了，能跟我说说亲爱的邦蒂的情况吗？我受邀去拜访塔维斯托克太太，我想跟她好好聊聊。”

战争爆发时，邦蒂的祖母就搬到乡下的小房子去了。塔维斯托克太太不会阻止邦蒂留在伦敦的，但她每天都在担心自己的孙女。

“邦蒂很好啊。”我说，事实也是如此。

“很好。她工作怎么样？”

“忙啊，”我说，“非常机密的工作。”

“当然了，”我妈妈说，“还有威廉，他怎么样了？你认为他们会结婚吗？”

“我希望如此吧。”我说着，小心翼翼地避开了人行道上的一块黑冰。

“他没有被派往海外，他们真是超级幸运啊。”妈妈激动地说。她朋友的儿子基本上都被派往海外了。

“我不觉得威廉也是这样的想法，”我答道，“他还在为自己耳朵的问题不能应征耿耿于怀呢。”

在我们走向林区东侧的狐狸灌木林时，妈妈将脖子上的围巾绕得更紧了些。

“消防员的工作非常危险。”她说，不用提醒，我也知道，这是显而易见的事情嘛。我知道他每天执行的是什么样的任务。我有种预感，妈妈马上就要发表“你在好好照顾自己，对吗？”的大篇幅演讲了。我试图把事情淡化。

“妈妈，没有什么是不危险的。”

她停下了在雪地里跋涉的脚步，转身看着我，抓起我的双手。

“亲爱的，我们真的对你在伦敦经历的一切感到无比自豪，但你凡事要万分小心，好吗？塔维斯托克太太很担心邦蒂。”

“妈妈，我和邦蒂都会好好照顾自己的。”我说。

她笑了，知道我上钩了。“我知道。我只是不确定，如果发生任何事情，塔维斯托克太太该怎么办。我们都不知道。没有人愿意看到有人出事。我们很爱你。”

她继续大谈特谈着，跟杰克一样蓝色的眼睛试图隐藏在帽子下，努力不露出担心的神情。

“我们不会有事的。”我坚定地说。

这并没有起什么作用。妈妈撇了撇嘴。

“我是认真的，艾米，”当我像个十几岁的孩子一样翻着白眼时，她说，“你们必须照顾彼此。不能再让塔维斯托克太太担心了。而且我也没看上去那么年轻了。”

她斜眼看了我一眼，我俩都忍不住哈哈大笑起来。

“我们换个话题吧，”达到自己的目的后，妈妈说，“你应该知道，终有一天，你会碰到一个很棒的人，对吗？”

我开始了早已准备好的“做一个老处女，成为一个职业女性”的演讲，但还没说几句就被打断了。

“别傻了，”她说，“你可以二者兼得。一旦这个愚蠢的困境结束，你和邦蒂以及你们所有的朋友都会重新步入正轨，得到你们想要的一切。否则我们就只能浪费时间和那个疯子战斗。”她扬起下巴的样子让我觉得，在她更加放荡不羁的青春岁月里，肯定招来过警察的侧目。“说实话，艾米，别让埃德蒙耽误了自己。那样做根本就不对。”

我咧嘴笑着，知道自己又处于了劣势。

“总有一天，你会遇到一个好小伙子的，不管怎么样，你目前就在杂志社干出一番事业来吧。你或许不会到处奔波撰写战争的文章，但也算是个开始。而且这本小杂志还不便宜呢。我已经订阅了。”

“真的吗？”我惊讶地说。我妈妈好像是那种更喜欢读弗吉尼亚·伍尔夫的书的人，而不是《女性挚友》。

“当然是真的了，亲爱的，”妈妈说，略有愠色，“这是你的事业。而且杂志的内容相当不错。那个‘热锅’版面的想法都很奇特！”

她继续说着，努力装出一副很支持我的样子。

“护士很博学，故事真的很扣人心弦，还有‘亨丽埃塔·伯德谈心室’……”她突然词穷了。

“严厉吗？”我建议道。

我妈妈笑了：“我本来想用‘强有力’这个词。但对于写信的人来说，肯定起到了很大帮助吧。”

我说了声“嗯”。还真的极少听到对伯德太太的表扬。

“真的，妈妈，伯德太太认为，人们——特别是年轻人——大多数都不怀好意。”我用靴子踢碎了一大块雪。

“那么你就要证明，她的想法是错的，对吗？”我妈妈答道，“让她看看一个正派的年轻人的能力。”她抓住我的胳膊，“我认为，该来点我们莱克家族传统的坚毅力了，对吗？”

我对着围巾笑了笑。妈妈从来都不会认输。我爸爸的一个朋友曾经评论道，如果让我妈妈掌权，第一次世界大战早在1916年就结束了。爸爸则说，如果妈妈掌权，那么她肯定会把这该死的勾当扼杀在襁褓中的。妈妈经常说，一路向前固然重要，但更应该为自己的信仰挺身而出。

我点了点头。她是对的。来点莱克家族传统的坚毅力就够了。

雪还在不停地下，我们掉转头往潘尼菲尔德宅邸走去，虽然回到家的感觉很愉快，但我还是迫不及待地想要回到自己的办公桌前。

第九章

我们不认识一个叫哈罗德的人

We Don't Know A Harold

给读者回信必须小心谨慎，并非仅仅出于担心被发现。比这更糟糕的是，如果给出的是无用的建议，那么只会让读者更难过，所以我尽量从大局出发，鼓励她们多点时间多点思考，而不是仓促地做决定，但绝对不能屈服。其他杂志也帮了大忙——学习他们的措辞语以及说话方式，虽然不是字字照搬，但也努力使用类似的方法。

亲爱的伯德太太：

我今年二十二岁，很爱我的妈妈，但她总在我跟男友去电影院或舞厅时要求同行。她还经常赞美他，并且做他最爱吃的食物。我不想伤害她的感情，但我在想，她有时候是不是有些过分热情了。

我该怎么做呢？

乔伊斯·狄金森（小姐）敬上，普雷斯顿

“恶心，”伯德太太说，“不行。”

“亲爱的狄金森小姐，”我回道，“我相信，你妈妈完全是出于好意，而且你们都深爱彼此。然而，我建议你可以跟她说说心里话，解释你们都需要自己的朋友圈……”

现在，邦蒂在陆军部换成了白班，所以我把信带回家，下午就坐在客厅的打字机前，认真考虑着回信的内容。一旦得到满意的内容，我就会打出来，签上伯德太太的名字——这仍然是最糟糕的部分。第二天，就将回信丢进朗塞斯顿出版社大厦外面的邮筒里寄出去。

到目前为止，进展都很顺利，偶尔我也会忘记这本不该是自己的分内工作，而且不应该这么做。伯德太太比以往任何时候都要忙，不是匆匆忙忙赶去打理自己的慈善事业，便是火烧眉毛地跑去火车站解决国内可怕的突发意外（“怀孕的母牛掉到了水沟里，一群废物没办法救它出来”）。除了在每周的编辑会议上对每个人咆哮着下达指令之外，她把其他的事情全权交给我们处理。

就像有天早上，在《女性挚友》将要刊印的那天，一个广告商忘记按时送过来他们的除臭剂广告。错过截止日期可是天大的罪过，广告部的牛顿先生差点吓出心脏病来。

“噢，天哪，噢，天哪，”他不停地感叹，所有人都聚集在美工部陷入了僵局，“如果没有‘窝露多’[1]的广告，第十二页就会出现两栏的空白。什么也没有。伯德太太会怎么说？她会怎么说？”

“先别担心伯德太太，”马奥尼太太威胁说，显示出她强势的一面，“这是我定的截止日期，他们却搞砸了。”

“大家抓紧了，”唯一保持镇静的柯林斯先生说，“马奥尼太太，你觉得我们上周关于‘胆汁豆’的广告如何？我认为那个尺寸正好合适。”

马奥尼太太的脸色缓和了些，牛顿先生的脸色也没那么苍白了，

[1] 一款除臭剂品牌。

开始为大家发言。

“但谁去告诉伯德太太呢？柯林斯先生。谁去告诉伯德太太？”

柯林斯先生看上去丝毫不担心。“谁也不用去，”听到他的话后，我们都惊呆了，“我们下周再刊登‘窝露多’的广告。走运的话，她永远都不会发现。噢，别这样啊，你们这些人，”正当大家陷入惊慌时，他继续说，“有谁见过我们的女主编瞧过一眼最后印发的杂志？”

“那就好了嘛，”柯林斯先生说，“那就放‘胆汁豆’吧。谁要是担心，就来找我。说实话，还是别来了，”他平静地补充道，“不会有事的。”

接着他就大步走了出去，走向自己的办公室。

“天哪！”凯瑟琳说。

“他总是随心所欲，想做什么就做什么。”马奥尼太太说。

“我要被解雇了。”牛顿先生说。

但柯林斯先生是对的。伯德太太什么都没发现。

这就是我需要的证据。我一直想知道，我们的女主编会不会看最后刊印的杂志，但那只不过是一厢情愿的假想，不足以证明什么。但现在，柯林斯先生一副胸有成竹的样子，加上伯德太太确实没有留意到一块大大的广告版面已经由健胃药取代了腋下的美丽讲究，这一切都说明，我可以将自己的计划付诸行动了。

我将“困惑者”的信混在其他要刊登在下周“亨丽埃塔谈心室”的几封信中后，口干舌燥、手心冒汗。我稍微改动了一些用词，将肯定会露出马脚的“痴迷”换成了另一个词，这样凯瑟琳就看不出来了。当你的未婚夫已经弃你而去时，你还能很清醒，我非常希望看到回复的“困惑者”能够得到些许的安慰。

把来信以及我的回信混到交给马奥尼太太排版的打印稿文件夹里实在是太简单了，但最重要的是要亲自交过去。我知道，在杂志付印前，伯德太太不会再看校样，所以从这一刻开始，我就再没有退路了。

我的应急计划并不高明。如果被发现，我就声称是伯德太太自己写的回复，只不过忘记了而已。这简直算不上什么计划，但这是我唯一能想出的对策了。如果柯林斯坚信，伯德太太不会发现一个占据半个版面的广告被替换掉，那么一封短短的来信更不会有什么危险吧？

我决定涉险一试。

是时候将我的秘密行动告诉邦蒂了。我已经拖了很久。邦蒂不是个泼冷水的人，但她特别看重诚实，所以不论如何，刚开始她对这个计划肯定不会买账。我确信，如果自己告诉她所有的内情，她会同情的，所以我准备下周六碰碰运气。

太阳终于露出了笑脸，在几乎无云的冬季天空中努力散发着光芒，于是，邦蒂和我决定去海德公园散散步。她提议，在去肯辛顿查看最新的炸弹破坏状况之前先绕着蛇形湖快走一圈，然后再喝茶、去电影院看电影。在经历一次惨烈的空袭后，每每看到矗立了几个世纪的大楼被夷为平地以及被烧毁的教堂，我总会感到特别悲哀，但有些纪念碑、雕像，甚至公园和大型百货商店依然屹立不倒，看到这些还是令人有所振奋。德国空袭似乎一直都试图将我们炸成碎片，但每个人都坚强地站了起来。当看到完好无损的大本钟，圣保罗大教堂也在我们的阻拦下幸存下来时，人们的脸上便重新浮上了笑容。

邦蒂急着要出门，所以我们没吃午饭就动身了，只啃了一片本来买来喂鸭子的面包。

“你觉得伯德太太开始喜欢你了吗？”邦蒂说着，扔了一块面包皮，面包皮砸中一只鸭子后反弹到了湖里。那只肥肥的小家伙英勇地奋力游过去抢救面包。

“我不这么认为，”我说，朝手套呼着白气，“或许可以忍受我吧。其实，她对谁都提不起兴趣来，包括她的大多数读者。”

公园里挤满了享受明媚二月天的人。我避开了一位扶着骑三轮车小女孩的老绅士，看到一个年轻女人试图将一辆大号婴儿车推过草地的同时，尽量让她那两个吵闹的小男孩待在自己的可控范围内。她比邦蒂和我大不了几岁，但看上去疲惫不堪。其中一个小男孩把他的兄弟推倒在雪地里，没过几秒，他们就打闹着哭叫了起来。

“这星期有个人写了一封信，她为一个不适合自己的男人生下了孩子。”我话锋一转，“但别告诉任何人，好吗？”我补充道，语气跟凯瑟琳一样。

“别说了，”邦蒂说，对这种不幸的话题转换并不陌生，“嗯，这种情况很常见。”

我笑了笑，继续说下去：“伯德太太不愿意帮她，她心胸有点狭窄。”

“嗯。”邦蒂说着，望向了远处的什么东西。

“这很不公平，”我坚持着，“有些人过得很糟糕。”

“现在处于战争时期。”邦蒂说，这话不无道理。

“所以她们需要帮助，”我激动地说，“你不这么认为吗？这也是你工作的一部分，不是吗？”

“嗯，是吧，”小邦说，仍然看着远方，摆弄着自己的头发，“但要是伯德太太不愿意，你也没什么办法，不是吗？”

“说实话，”我说，“有，有点办法。”

邦蒂转过头。我还在盯着正在撕扯吼叫的男孩们。

“艾米，”邦蒂说，“你在计划什么？”

她对我很了解。

“那个，”我说，“一切都在掌控之中。”

邦蒂闭上了眼：“我问的不是这个。”

从她的表情上看，我最好要低调淡化处理将要说的话。

“有个女孩，”我说，“她的情况跟基蒂一样，换句话说，她快要陷入基蒂的困境了……”

邦蒂的瞳孔慢慢放大，好像是看到了什么恐怖的东西。

“于是，我给她回了信。”我脱口而出。

邦蒂的眼睛瞪得大大的。

“冒充伯德太太。”我补充道。

邦蒂张大了嘴巴。一只孤独的鸭子嘎嘎叫着，好像在说：“噢，天哪。”

“小艾，”邦蒂说，“你不会吧。你……我的老天。”

我决定把“困惑者”的来信混到下期刊载的事情先缓一缓。

“都会没事的，”我乐观地说，“我只是想要帮忙而已。”

“哎，你不能，”邦蒂看着我，仿佛我是个疯子似的，她的眼睛瞪得大大的，像个卡通人物，“艾米，这是你的大好机会。你本来正离自己的梦想又近了一步。这怎么会没事呢？”她的声调越来越高，“你会搞砸一切的。噢，小艾。”

她表现得难以置信。我开始了早已排练好的说辞。

“伯德太太根本不会看信的。我可以给她们回信而永远不会被她发现。”

“但如果被她发现了呢？”

“她不会的。噢，小邦，你应该看看那些来信。”我说，我真的很想让她理解，“她们那么悲伤。人们非常担心一些事情——你刚刚也说自己很担心战事。每个人都尽了自己的全力，但有些人陷入了困境。而伯德太太把她们的问题全部丢到了垃圾桶。这不公平。”

“艾米，”邦蒂说，“我知道这很难。但你真的不能再这么做了。我是认真的。”

她又朝我后面看了过去，我转过身。

“我说，”我说道，“那是威廉吗？”

我从来都没像现在这么开心能够看到邦蒂的男朋友。

邦蒂本人丝毫也不惊讶，毕竟她刚刚一直盯着那个方向看，那是很奇怪的举动。

“别转移话题，”她说，“艾米，答应我。”

“就是他，”我说，很高兴能趁机忽略她的问题，“不是吗？跟他在一起的是谁？”

“没有谁，”邦蒂沮丧地说，“没事。”

“没事？”

“我不知道。”邦蒂说。

“发生什么了？”我感到事情有点不妙，盯着她问。

她的脸涨红了。

“没什么，”她说，“好吧，或许有点什么吧。不管怎么样，艾米，你真的不能跟读者的问题有任何牵扯。”

邦蒂最后狠狠地瞪了我一眼，像妈妈一样拉直了我的围巾，不耐烦地哼了一声。她命令道："你要表现好点，面带微笑。"

威廉大步朝我们走来。站在他旁边的一个穿着军装的人，是我有生以来见到过的最魁梧的人。

我就想嘛，看个鸭子而已，邦蒂搞得那么正式。她让我换下了打着补丁的羊毛裙和贴身的套衫，换上了一件只能在春天才会想起来穿上的薄薄的马海毛衫。

"噢，这肯定就是哈罗德了吧。"她开心地说。

"我们不认识什么哈罗德，"我说，"邦蒂，这是你一手计划的吗？"

威廉高兴地挥挥手，那个大块头也一样。

"并不算是，"邦蒂内疚地说，"好吧，是，好了吧。但威廉说哈罗德很可爱。"

"你之前见过他吗？"我说。

"没有，可是你看看啊，他又高又帅。"

她可以再说一遍。如果太阳正在努力地想要展露光芒，现在估计就有完全消失的可能了。

"他们走近了，"邦蒂一边说一边疯狂地挥着手，显得很活泼，"快笑呀。"她像个傻子一样咧嘴笑着，口技演员似的咬着牙说。

我奉命行事。

"他说笑话，你要笑，"邦蒂建议道，她觉得哈罗德肯定会说笑话的，"还有，闪一闪你的睫毛，"看我没有回应，她严厉地看着我，"眨眨眼。"

"听着，小邦，"我一边说，一边按照指示笑得像个白痴，"你这么做是很贴心，但我已经说了，我现在不想见任何人。我要专注自己的事业。”

“那很好，”邦蒂说，“但我说，你现在正在摧毁自己的事业。不管怎么样，”她说，“我敢打赌，他极其优秀。”

邦蒂从来没用“极其优秀”来评价任何人。她的声音也很奇怪，声调太尖，说实话，有点吵了。

小伙子们走了一会儿，来到了我们的身边。我还没来得及说什么，就听到一个高亢的嗓音响起。

“极其优秀？你们是在说我们吗？太棒了！”

难道哈罗德随身带了个喇叭吗？

现在逃脱也太迟了。用报纸经纪人博恩先生的话说，我现在就是一条被套住的咸鱼。

“你好啊，邦蒂。你好，艾米。”威廉说。

我放弃了。

“你好啊！”哈罗德喊道。

“你好。”我用一种微弱的声音说，但愿不会被误认成一种女性的激动表达方式。

“这是哈罗德。”威廉说。

“是的。”哈罗德不必要地吼着。

“然后这是艾米琳。”威廉说。

“你好啊，”我说，“这是邦蒂。”

到目前为止，我们大喊着介绍了彼此。我当然不想对哈罗德表现无礼，但我真的不知道该说什么。

哈罗德的确引人注目，身高至少有六尺三，绝对有资格代表英国橄榄球队出战。他身上穿着一件应该算英国境内最大尺码的军装，咧着嘴绽放着灿烂的笑容。

他伸出一个网球拍大小的火腿，噢，原来是他自己的手。

“太棒了！”他喊道，声音比之前还要大。他用力地摇着我的手，尽管我也很想配合他，但存在肩膀脱臼的危险。我得出结论：哈罗德为人十分热情。

“哈罗德之前跟我是大学校友，”威廉说，“他现在在皇家工程学院做拆弹工作。”

他无限自豪地介绍着。对于威廉来说，每次提及所有的朋友都去参军，唯独自己不行是相当痛苦的。邦蒂不时担心，他会认为自己就是个失败者，但我经常安慰她，这样的想法是不对的，而我们俩都知道她的担忧不无道理。

现在，他站在这里，使出十八般武艺炫耀着自己这个大块头的兄弟，万一我对他有好感呢，如果我喜欢他，邦蒂就会很开心。这是非常善良的举动，我不能生他们的气。而且，哈罗德本身也很优秀。

“很开心认识你，哈罗德，”我的话让邦蒂暗自欢喜，“我们可以一起走去肯辛顿站吗？”

这个提议得到了大家的一致赞成。哈罗德说，他听说，前天晚上书店被炸了，但无人受伤，我们都松了一口气。接着威廉插话说，现在有个男人在为那些只能在肯辛顿地铁上睡觉安家的人演奏尤克里里，我们都觉得这是一剂良药。尽管有关袭击的新闻发人深省，但我们四个还是努力想要保持乐观的态度，一起开开心心地一路走到了商业街。

哈罗德看上去是个好人，即便他的笑声确实大得让人耳朵疼。他甚至对《女性挚友》表示出了恰如其分的兴趣，在我无话可说时，他静静地没有表现出任何不快。但我不想嫁给她，也不想对他眨眼睛。

我猜测，他大概对我也没什么兴趣。我只能按照指示不停地微笑，谈论着同事们。我希望他没有把我当成一个彻头彻尾的笨蛋，既然威廉费心费力地安排我们认识，我也不想给他留下一个坏印象。

“正好碰到你们很有意思。”我走在威廉旁边说，经过巴克斯百货商店时，我想起来自己的蓝色棉布已经用完了，“你们要跟我们去喝茶吗？”明知这是早就规划好的，我还是问了，但也放弃了希望。

“你愿意我们才去。”他说，棕色的眼睛十分真诚。他看向邦蒂的方向，她正在跟哈罗德讲笑话，“邦蒂想知道，你们俩会不会喜欢彼此。我只是跟哈罗德说出来走走。你应该给他个机会，艾米。他是个不错的小伙子，救过很多人的命，非常勇敢。”

我叹了口气。对他来说，这世界上最重要的事情莫过于勇敢了。

“比尔，亲爱的，你过来帮我看看这件大衣。”邦蒂说着，把他从我身边拉走了。哈罗德和我对视了一会儿。

“我们走走好吗？”他大声说，“光站着太冷了。”

“走吧。”我实在不知道该说什么。

“我们被设计了，是吗？”哈罗德的声量几乎降到了正常值。

我们又对视了一会儿。看到他愁容满面，我扑哧笑了出来。

“对于今天发生的一切，我很抱歉，”他说，“我前天在酒吧里碰到了比尔。他一直提到邦蒂，还提议跟你们俩见个面。这对你是不是很难接受？”

“噢，不，完全不，”我说，“对你呢？”

“非常困难，”他说，又恢复了一贯的音量哈哈大笑起来，“不，当然不，别难过，”看到我皱了皱眉，他继续说，“我真的不会处理这种关系。给我一颗炸弹，随时都可以。对了，我刚刚是不是说话声音特别大？”

“有点。”我说。

“抱歉，老毛病了，耳朵有回声杂音。不是永久性的。他们给了我两周假期等待症状消失。”

“噢，天哪，很抱歉。”我愧疚地说，我还以为他天生就喜欢大喊大叫呢。

“没关系，”他说，马上降低了音量，“有时候会这样。工作会有点吵，就那个样子。要不然我压低声音说，还是这样会让我像个神经病？”

我又哈哈笑了起来。哈罗德人很好。但我还是没有感觉到爱情，我很确定，他对我也没什么感觉，所以扯平了。

“有点。”我说。

“你看，”他说，“如果我提议我们只做朋友，会不会太粗鲁了？”

我恨不得亲他一口，这真让我如释重负。

“哈罗德，”我的喊叫引起了三个行人的注意，“我很愿意跟你做朋友。谢谢！”

“太棒了！”他喊着回答，看上去也既高兴又如释重负。

我们大步返回邦蒂和威廉所在的地方，我将我们未萌芽便已失败的恋情消息告诉了他们。邦蒂很坚强地接受了现实，而比尔问哈罗德是否想要去酒吧来一杯。他们把我们护送到茶室后，我打起精神，准备在他们离开后迎接邦蒂对于《女性挚友》质问的第二阶段。

“别这样啊，小邦，”我一边挥手跟他们告别，一边说，“我来请你喝茶，你想吃多少面包我都管够。”

“好吧，”摆出一脸愠色的邦蒂说，“但贿赂我也没用。对于哈罗德，我简直是失望透了。”

我点点头，以为自己已经摆脱了困境。

“噢，别忘了，”邦蒂说，“你得一字不落地告诉我工作上的事情。”

第十章

请叫我查尔斯

Please Call Me Charles

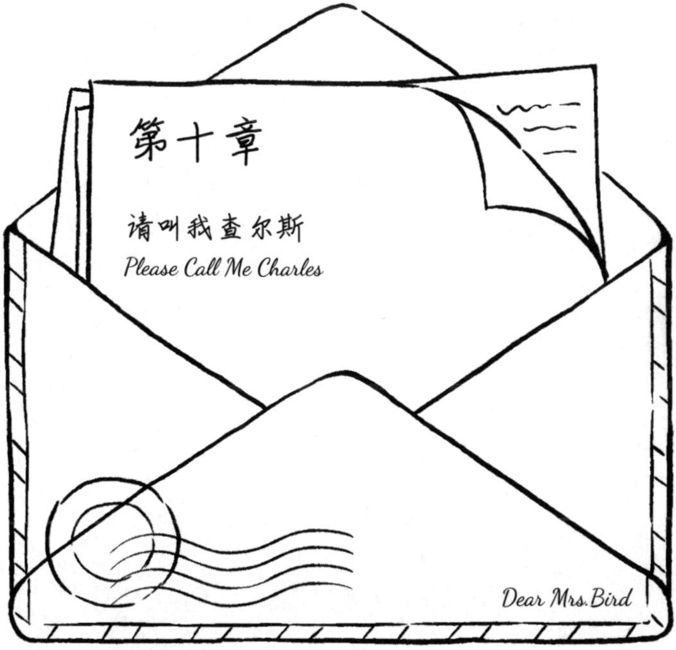

我们一边排到了等座位的长龙队伍后，一边伸长脖子想看看茶馆今天供应什么样的蛋糕。队伍移动的速度非常缓慢，实在令人很失望，特别是我俩现在饿得前胸贴后背，所以我和邦蒂边嘟囔边朝那些落座的人投去了恶狠狠的目光。

“看那边两人，”邦蒂说，“占着四个人的位置，却什么都不吃。”

我顺着她指的方向望过去，吓了一跳。

“天哪，是柯林斯先生。”我说，没认错人。

他面朝我们坐着，穿着自己的花呢西装，发型要比平时整洁些。另一个穿着军装的男人背对我们坐着，这两个男人正在聊天，柯林斯先生正在点头，表示深有同感，这让我大吃一惊。

邦蒂审视着他们。“你那个柯林斯先生？”她说，我的脸不由自主地就红了。

“他不是我的柯林斯先生。”我说，还没等我下一句话出口，他的视线从他朋友身上移开，看到了我们。有那么一会儿，他好像没认出我。等认出我后不久，他就轻轻地向我们友善地招了招手。接着他转头对自己的朋友说了几句，出乎我的意料，他竟然示意我们过去。

我不好意思地朝他挥了挥手，邦蒂抓住机会，咯咯笑着说：“好吧，看上去你是他的那个莱克小姐。”对于这个子虚乌有的评价，我自然选择了无视。

“走啊，”邦蒂说，“或许我们可以跟他们坐一起，那就不用排队了。我说……跟他在一起的那个家伙是谁？”

穿军装的男人坐着转过身，想看看柯林斯先生贸然挥手的对象是谁。他有着与柯林斯先生一样的黑头发和瘦长身材，但年轻多了，不到三十岁。

邦蒂和我朝他们的桌子走去。

“莱克小姐，”就在两位男士起身的同时，柯林斯先生礼貌地说，“见到你很开心。”

“您好，柯林斯先生。”我说，“这是我的朋友玛丽戈尔德·塔维斯托克。”

“您好，”邦蒂优雅地说，“请叫我邦蒂吧，每个人都这么叫我。”

“见到你真开心，邦蒂。”柯林斯先生说着跟她握了握手，彬彬有礼的程度让我怀疑自己是不是认错了人。“我可以介绍一下我同父异母的弟弟查尔斯·梅休上尉吗？查尔斯，这是我的同事莱克小姐。我可能提到过，她就是现在给亨丽埃塔施加了很大压力的年轻姑娘。”

一听到有人提到我的名字，我就觉得很难为情，我们握了握手，查尔斯·梅休上尉说“请叫我查尔斯”，柯林斯先生解释说“每个人都这么叫”，惹得大家哈哈大笑。一想到柯林斯先生在办公室之外还有个弟弟以及另外一种生活，我就觉得很新鲜。大家一度觉得，他存在的意义只是为了出现在办公桌前疯狂地写作，把那儿搞得一团乱而已。

我们四个人都站着，导致女服务员没路可走，很快便引起众人的围观。

“女士们，”柯林斯先生有些生气地说，他挽救了局面，“由于我们大家才刚刚见面，这听上去可能有点不太合规矩，但莱克小姐和我是同事，所以可以邀请你们加入我们吗？我弟弟现在可能觉得我有点无聊，如果再没有人跟他聊天的话，他下一秒就会从窗口跳下去的。我们点了蛋糕哦。”他花言巧语地对我们说。

“您真的是太善良了，谢谢您。”邦蒂机智地回应道，避免了任何拒绝的机会。

在一个周六，我竟然碰巧跟工作上的领导和他的弟弟在喝茶，这太可怕了。凯瑟琳会大吃一惊，而伯德太太很有可能会大发雷霆。但我饿疯了。

“谢谢您，柯林斯先生。”我说，至少他还没有完全丧失理智，说出“请叫我盖伊”的话，我知道那是他的名字，如果真是那样，我可就真的无话可说了，所以我很感激，“那太好了。”

“谢天谢地，”柯林斯先生说，“我们可以坐下来了吧。”

邦蒂以迅雷不及掩耳的速度脱下了帽子，冲过去坐到了柯林斯先生的旁边，把梅休上尉旁边的位置留给了我，我觉得称呼他为查尔斯还是不太合适。

“我必须说，我一点也不觉得无聊。”上尉的声音平静又友善，“当然了，你们能够加入很棒，”他立即补充道，“你们刚才是出去散步了吗，女士们？”

柯林斯先生又陷入他惯常的沉默中，为了不出现冷场，我觉得自己有责任表现得有趣些，不让他失望。

“我们去散步了，”我证实了他的猜测，“我们去看了看现在已经不存在的书店，在那之前，我们去给鸭子喂面包了。邦蒂成功砸中了一只。”我继续说，听上去好像是我们有意为之似的。

“实际上是两只。我不是故意的。”邦蒂试图挽回颜面，但好像搞得更糟了。

“好吧，”梅休上尉绝望地说，“那个，呃……”

“温和的血腥狩猎活动之一。”柯林斯先生说。

邦蒂继续解释着。

“真的，”她说，“就是些面包皮，或许可能砸中它们，但大部分面包都被我们在路上吃光了。”

“我们没吃午饭。”我说。

“天哪，”柯林斯先生说，他拦住了最近的一个餐厅人员，“服务生，可以再加一份我们点的东西吗，如果快点就更好了。谢谢，记在我账上。”

他看了邦蒂一眼，那种眼神仿佛在说，他觉得她下一秒就会去翻垃圾桶寻找食物了。

“噢，太好了，”她充满敬意地说道，向他绽放了最可爱的笑容，“真的就是些很小块的面包皮。”

我转向梅休上尉，觉得自己应该道个歉。但话未出口之前，我就发觉他正在努力忍着笑。

“非常抱歉，”他说，终于忍不住哈哈大笑了起来，“但这就好像在跟表演小品的弗拉纳根和阿伦[1]喝茶一样。当然，不是想看那个。噢，天哪，这样说是不对的。”他突然收住了话匣子，惊恐地看着我。

“请原谅我，”他脸红地说，“我只是想说，你们让我很开心。

[1] 第二次世界大战时期著名的音乐厅双人喜剧家。

我的部队最近很惨，可怜的盖伊每天也被痛苦折磨得喘不过气来。”

“别担心，梅休上尉，”我说，想着他真是个正派的人，“你肯定认为我们永远也出不去了。”

“从没这么想过，”他说，“还是请叫我查尔斯吧。”

“好吧，查尔斯，”我说，觉得有些失礼，“请叫我艾米吧。我们重新来一次？”

“重新来一次。”查尔斯和邦蒂异口同声地说。

“必须这么干吗？”柯林斯先生说，“我不确定自己还能不能再听一遍鸭子的故事了。噢，谢天谢地，服务生来了。”

他心不在焉地朝那个端着满满一托盘食物的姑娘招了招手，并用他最夸张的眼神瞪了我们一眼。

“好了好了，你们这群人，别假惺惺了，开吃吧。”

他举起一个茶壶，对着我们。

“女士们，我向你们致敬。这是弟弟回家后，我第一次看到他笑。现在，谁想先尝尝芥菜苗？”

随着破冰行动的开展和食物的到来，邦蒂和我重新恢复了理智，不再胡说八道。尽管跟柯林斯先生聊天很奇怪，我时不时地觉得，他会大吼着“吸墨纸，莱克小姐”，但我告诉自己，明天我们可能就会被炸得粉身碎骨，所以还是享受当下吧。相比起他同父异母的哥哥，梅休上尉更加安静，看上去有些害羞，但还是加入了我们的对话，陌生人总会留给你非常友善的印象。我们对于大轰炸空袭都轻描淡写（“我阿姨的朋友格温妮丝被炸飞了，失去了一切，但他们找到了那只猫——太棒了！”），不去触及敏感话题。

“查尔斯，你会在伦敦待一段时间吗？”邦蒂问。

“再待几天吧，”他说，“如果我哥哥还能忍受我那么久的话。”

“不会超级无聊吗？”柯林斯先生问，神情非常关切。

“盖伊，”查尔斯深情地说，“你才四十六岁，跟埃尔金石雕[1]还差得远呢。女士们，请别理他。”他喝了一口茶，顺着茶杯沿向我挑了挑眉。我笑了。

“你喜欢看电影吗？”邦蒂脱口而出。

我惊恐地看着她。

“我们本就计划好喝完茶后去看《佐罗的面具》，所以我在想，你会不会也想一起去看？当然，欢迎你们俩一起来。”她看着柯林斯先生补充道，并不是故意的。

查尔斯笑了笑：“谢谢你，邦蒂，你真是太好了。但我不想不请自来，或是抛弃我的哥哥。”邦蒂说“没关系了”时不是很开心，而柯林斯先生说“没关系”时看上去很开心。

“那就这样吧，”柯林斯先生说着皱了皱眉，“你知道今晚会不怎么好过，对吗？”

“嗯，是啊，”我边说边收拾着自己的东西，“我们知道沿路回家的所有防空洞。”

“我必须说，我很佩服你们的勇气，”查尔斯说，“我发觉，比起其他地方，待在这里更加令人恐惧。”

“我哥哥也这么说，”我说，“但我认为，你除了坐以待毙，也会随机应变的。”

[1] 藏于不列颠博物馆的古雅典雕刻品残件。

“莱克小姐，”柯林斯先生说，“即便你很喜欢随机应变，但如果查尔斯能与你同行，我会更放心，如果你被炸飞，我肯定会很伤心的。这里我来搞定。万事小心。”他对我们大家说道，在我们对他请我们喝茶千恩万谢后，他用典型欧洲人的挥手方式示意我们离开。

灯火管制已经开始了，外面漆黑一片，我们都拿着手电筒，邦蒂和我戴着白色围巾，以免被公共汽车压到。尽管如此，查尔斯还是坚持走在人行道的外侧。

“很有绅士风度，”我一边小心翼翼地走，一边透过围巾说，“但要是你被撞了，战争取胜可就损失了一员大将。”

“我不会被车撞倒的，”查尔斯温柔地说，“而且不管怎么说，你们对于各自的岗位都至关重要，如果你们遭遇不幸，后果同样严重。”

“我就打打字。”我说，而查尔斯说“我肯定你做的远远要多过于此”，突然，邦蒂很严厉地瞪了我一眼，仿佛在说“我还没忘记我们之前的对话哦，你懂的”。

我们友好地沉默着走了一会儿，今天已经不是第一次让我觉得，如果自己理智地保持缄默该有多好。外面冷得发抖。过去两周天气都很差，但今晚的天空很晴朗。柯林斯先生是对的，德国人之后会忙起来。

上了年纪以及带孩子的人在黄昏前就回家了，公交车上坐满了跟我们一样的年轻人，人们聊着天，憧憬着自己的周六夜晚。商店姑娘们下班后换上高跟鞋涂了红唇，谈着男孩和跳舞的事情；穿军装的小伙子们则聊着姑娘和战争。当公交车小心翼翼地沿着海德公园穿行时，邦蒂向查尔斯询问着军队的事情，而我望向了车窗外的黑暗。

我们一到剧院找到位子，邦蒂就大声嚷嚷着自己要去洗手间，而且很久都没回来，查尔斯和我看了几个新闻短片，全是乐观向上的画面。其中一个关于陆军运输部女驾驶员的短片，展示了她们打开卡车发动机盖，自信地摆弄着发动机。汽车发动后，前排的一群人欢呼了起来，其中一个人喊道：“玛维斯，是你！”一个女人说：“不，不是，文森特，我比她瘦。”惹得整个剧场的人都哈哈大笑。

但我觉得很不自在，特别是坐在穿着军装的查尔斯身边。喝茶时，我就告诉他关于消防站的工作，现在我悄悄跟他说，我在想，如果自己哪天可以的话，是不是也可以成为一名AFS摩托车通信员。

“干得好，”查尔斯悄悄回答，“激动人心。”

“是吗？”我说，“我只是刚刚开始学而已，尽管会等一段时间，但我应该可以入选的。”

接着查尔斯又温柔地说：“如果你愿意，我可以教你，要是你不介意用一辆旧车练习的话。”

“哎呀，”我终于勇敢地说，“那真的是太好了。”

就在那时，邦蒂终于回来了。

“你没事吧？”我偷偷地问。

“啊，当然了。”邦蒂说话的方式让人觉得，在洗手间待上二十分钟完全是很正常的举动。

“查尔斯准备教我骑摩托车。”

“天哪。”邦蒂带着敬畏的口气说，好像他正在组织去月球漫步一天的计划。

我转头看着她。她正在聚精会神地盯着大荧幕，上面正在放马克斯·米勒对着一餐厅的修女说笑话的场面。他肯定展示了一流的喜剧，因为邦蒂笑得整张脸都扭曲了。

“说实话，”她轻声说道，“谁又会想到今晚是这样呢？”

电影放到一半时，影院经理来到台上宣布刚发生的空袭。换在一年前，每个人都会迅速抓起各自的防毒面具冲向最近的防空洞，但最近这种情况时有发生，所以没有人离开自己的座位，还有几个包厢的人在喊："发生就发生吧，我们要看泰隆·鲍华[1]。"影院经理还得到了两声口哨声和一小圈掌声。邦蒂和我对于能留下来感到非常开心，因为此刻正演到一个特别扣人心弦的情节。电影结束后，警报还没有解除。

邦蒂宣布，她又要去洗手间了。

"再见了，查尔斯，"她说着跟他握了握手，"很希望我们能再次重逢。艾米，跟查尔斯道别，等他走后，在这里等我。"她很专横地结束了对话，非常不符合她的一贯风格。接着她便消失在一个穿着皮毛大衣的高个子太太后面了。

尽管他们平时放电影的音量都会比较大，但《佐罗的面具》还是没有盖过上空轰炸机的噪声。我们此刻走出了剧院，站在了大厦前面，声音更吵了。查尔斯和我必须大喊大叫才能在喧哗声中听清彼此的声音。

"你们不是真的想赶公交回家吧，对吗？"查尔斯吼道。

"噢，我们经常这样，没事的。"我大喊着回复，就在这时，响起了恐怖的呼啸声。大厅的人都愣在了原地，直到一声巨大的撞击声撼动了大厦。"真是一次重击。"我多余地添了一句。

"好了，现在，"查尔斯喊道，"我不想表现得过于安全至上，

[1] 泰隆·鲍华（Tyrone Power，1914—1958）：美国知名演员，出演过《西点军魂》《黑天鹅》《碧血黄沙》等。

我也不在乎你们俩是不是经常躺在躺椅上看着整个城市陷入炮火，但今晚，如果可以的话，我们坐计程车回去。”

他脸上仍然挂着笑容，还是那么彬彬有礼。我刚想争辩什么，但想了想，如金鱼一样闭上了嘴。除去善良的眼睛和沉默的魅力，查尔斯让我觉得他是一个明确知道自己行为意义的男人。

又传来一声呼啸，这次的声音小得多，但还是听到了附近一幢遭受轰击的大楼传来轰隆隆的巨响。尽管影院的玻璃门早就用木板牢牢做了防护，我们很安全，但查尔斯还是挡在了我前面，阻断了任何可能的炮击。

“现在，”他没理会刚刚的巨响说，“你觉得要去看看邦蒂的情况吗？”

她又消失了好久。

“好主意，”我说，查尔斯挽起我的胳膊，在售票处前面排队的人群中穿梭，“她宁愿死，也不要被炸死在洗手间里。”

查尔斯斜眼看着我，我们哈哈大笑起来。

“噢，天哪，”我说，“我通常没这么蠢的。”

“你是我见过的最聪明的人了，”查尔斯说，“瞧，她在那儿。”

邦蒂在小吃摊那儿晃荡，似乎是到了该回家的时候却故意躲了起来。

“我们打车回去，”我们转身往回走时，我说，“否则查尔斯会觉得过意不去的。”

“我肯定会的，”查尔斯说，“现在你们就在这儿等着，我去找辆车。”

查尔斯从肥大的大衣口袋里掏出一支小小的军用手电筒，自信地大踏步走过了大理石地板，穿过遮光帘，从出口出去了。

“天哪，”邦蒂说，“他人真好，不是吗？”

外面又响起了一阵不祥的隆隆声。

“邦蒂，”现在就剩我们俩了，我说，“你肚子不舒服吗？”

邦蒂一脸茫然。

“你一直去洗手间，”我轻声说，“一去就去那么久。”

“噢，那个啊，”她咯咯笑着说，“这很好，不是吗？”

这次换我一脸疑惑地盯着她了。

“我这是给你们俩创造单独相处的空间啊，你个傻瓜，”她抱怨道，“他喜欢你。”

“噢，别说了，”我说，“胡说八道。”

“不，不是的。反正不管怎么样，你也喜欢他。我看得出来。我准备让他在离开前约你出去。”

“邦蒂……”

“现在这样，”她意味深长地看了我一眼，“等回到奶奶家时，我会假装身体非常不舒服，没了命地往前门冲。你得赶快跟上来，但在那之前，你要说，今晚搞成这样，你感到非常抱歉。”

我朝她翻着白眼。

“他会说，他绝对要再次见到你，你就表现得可爱点，然后说，我肯定病得不轻，得马上来看看，那会让你显得很会照顾人。但如果他喜欢，你可以把电话号码留给他。”

“噢，小邦，”我说，“在现实生活中，没有人会说‘绝对要再次见到你’这种话的。你肯定是电影看多了。”

“我有吗？”小邦说，“我倒是学了不少好点子。这太令人激动了。我都把可怜的哈罗德给忘了，你呢？”

“我都快忘了我们是朋友了。”我严肃地说。

“查尔斯！”邦蒂大喊着，仿佛被困在波涛汹涌的大海中的一块石头上。

她用胳膊勾着我，拖着我朝大门口走去，查尔斯站在那边，耳朵被冻得通红。邦蒂厚着脸皮抓住了他的胳膊。

“太感谢你了，你拯救了这一天，”她感激地说，“那个，我有点不舒服。”

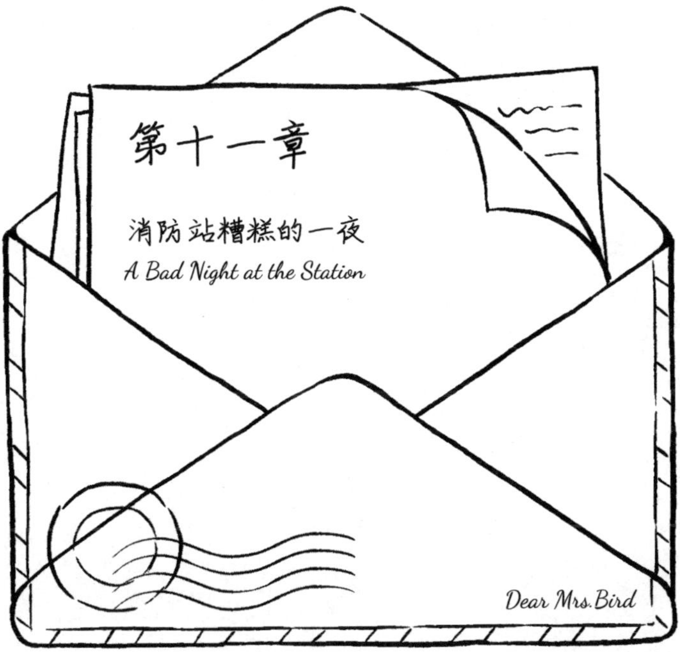
第十一章
消防站糟糕的一夜
A Bad Night at the Station
Dear Mrs.Bird

第二天晚上，我穿着厚厚的消防站的大衣，拎着装有今晚三明治的提兜顺着罗兰街大步走着。已经连续两晚天气晴朗了，月亮现在就像个叛徒似的发光照亮了伦敦每一寸土地，造就了轰炸的最佳天气。我现在思绪万千，若有所思地向消防站走去。

我正处于一种被艺术家们称为“百感交集”的情绪中。周六过得非常开心。我跟着邦蒂从计程车里跳了出来，查尔斯刚说了“天哪，除了邦蒂生病之外，这真是愉快的一晚，我们可以再约一次吗？”，我说邦蒂喜欢看电影，而查尔斯说尽管他很喜欢邦蒂，也希望她能早日康复，但如果我们俩都同意，能不能就他和我单独出去呢？

于是，我把电话号码给了查尔斯，道了别，握手的时间比严格规定的要长了些，但一切都很顺利。

邦蒂当然很兴奋，但这只是一个暂时的停战，因为第二天，她就我工作上写回信的事情又对我进行了一次严厉的批判。她认为我这样做简直是疯了，即便我只是想要帮忙，但对于被解雇的风险，我还是要重新考虑下。

除了对查尔斯激动得发狂外，剩下的全是紧张不安。明天，新一期的《女性挚友》就会寄到办公室，里面包括了那封我偷偷塞进“亨丽埃塔谈心室”的来信。

尽管已经努力给尽可能多的读者回信，我还是痛苦地意识到，把信塞进杂志里是完全不同的举动。我告诉自己不要再因这个烦恼了。今晚如果有空袭，我要担心的事情就多得多了。

卡尔顿街消防站离邦蒂奶奶家只隔三条街，我就算闭着眼，也能走到那里。时不时地，轰炸越来越近，整个街区都被德国燃烧弹引发的橙黄色的巨大火焰点亮，我使尽全力跑回家。我并没有惊慌失措，但我推断，即便是丘吉尔先生，也会觉得采取快速行动是最明智的主意。但如果高射炮枪支轰轰作响，那么在警报解除前，我是不会离开消防站的。如果外面是枪林弹雨，炮声震耳欲聋，出去就丧失了意义。

我绕过人行道上的一个大弹坑，穿过了马路，跟博恩先生打了个招呼，他正在给用木板封好的报摊门上锁。他穿上了监察员的工作服，一边转身看我一边往手上哈气取暖。

“晚上好，博恩先生，”我说，“没戴手套吗？你会被冻伤的。”

“晚上好，艾米。那个愚蠢的送报男孩拿走了。你那位年轻的哥哥还好吗？还在打敌人吗？”

“努力在打，博恩先生。”我轻描淡写地说。

“好孩子。”博恩先生和蔼地说，我向他太太问好。他们的独生子赫伯特之前是皇家空军的一名后炮手，但在英吉利海峡被击落后一直没有消息。我试图不去想他们被通知当天的情形。博恩先生正在叠报纸，所以你看不到他的脸，而伯恩太太如往常一样站在店铺收银台旁，眼泪无声地顺着脸颊滑落，她的眼神像是在说“一切都完了”。赫伯特是他们唯一的孩子。

“警报解除前，不要回家，好吗？”博恩先生关切地说。

我向他保证我不会的，他说他知道我私下里会默默祈祷的，这是实情。

我跟他挥手道别，转过一个弯，朝贝拉米街走去，那里的一个大坑原来是一个自行车店铺。现在透过那个坑，你可以看到街对面，但我的脑海里经常会浮现出，自己对着几块碎石废墟上的手写招牌打招呼，上面写着：去度假了——马上就回来！店主丹尼斯先生一家曾住在店铺楼上，幸运的是，店铺遭遇轰炸时他们一家正在南海城[1]拜访他妹妹。丹尼斯先生回来想看看能不能挽救些什么东西，虽然什么也没剩下，他还是表现得十分坚强。

“我总说，我应该经常离开这儿。”他说，每个到场来看望他的人都欢呼了起来。接着，他跟每个人都握了握手，又在赶火车回南海城前，跟几个朋友去了酒吧，丹尼斯先生说：“我们很快就回来。如果希特勒问起，告诉他，我去度假了。”

第二天，一个当地人就摆出了这个招牌。这惹得大家都笑起来，但更让大家想起了丹尼斯一家。我们知道，他们会回来的。

威廉今晚在消防站值班，其实最近他都在值班。他刚被提升为B分队的副主管，这是他应得的，我们都为他兴奋不已。他比任何人工作都要卖力，而且出奇的勇敢，虽然我承认，自己有时会被他的拼命吓到。我很支持勇敢，这是他的工作要求。但我也希望，在战争结束时，邦蒂的心上人会安然无恙。

我加快了脚步。西尔玛和琼估计已经到消防站了，她们现在是B分队的全职员工。再加上年轻的玛丽和我这两个志愿者。我们会坐成一排在办公桌前聊着天，假装一切正常，直到警报拉响，电话开始响起，打来的全是房子被炸或是爆炸的燃烧弹导致半条街都陷入火灾的人们。接着大家就忙起来了。玛丽和我每周自愿来值班三晚，不过经

[1] 英国海滨度假胜地，位于汉普郡波特西岛南端的朴次茅斯。

常会增到四至五晚。

跟威廉和小伙子们比起来，这根本算不上什么。如果伦敦西区很安静，那么你可以用仅剩的一分钱打赌，码头那边肯定会急需救火员的。每天换班时，我会见到他，但第二天早上六点下班时，我见到他的次数非常少，如果见到，他也经常是全身湿透，筋疲力尽，思绪还回荡在另一个世界。每当我到家，我总是故意制造点动静好让邦蒂知道我回来了，然后她就会从房间里冲出来，主动烧上水。这意味着，在不用大题小做的前提下，我可以告诉她一切安好。不管发生了什么，我总是跟她说，威廉看上去特别好。

此刻，恰好轮到我换班，我打开了消防站的侧门，从两个正在修拖泵的B分队组员旁边经过，那个拖泵被倒塌的墙砸中了。

“早上好，小伙子们。”尽管已经是下午了，我还是这样喊道。

“晚上好，小天使，”其中一个人从拖泵下面吼道，“谢谢你能过来。我们快渴死了。”

“马上就烧水，弗雷德，”我一边解开围巾一边对着他的脚说，“你也一样吗？罗伊？”

“没问题，真是好姑娘，”罗伊听上去气鼓鼓的，“顺时针，弗雷德。你再那样转，我就会被压扁了。”

我挤过摇摇欲坠的机器，爬上陡峭的楼梯，来到了电话间，姑娘们已经到了，在聊着天。西尔玛拉起制服裙子的腰带，展示着一小块赘肉。

“瞧，你没有芝士吃。如果他们连糖果都开始限量了，我可能会放弃这一切，成为一名模特。”她无可奈何地笑了笑。

“你们好啊，姑娘们。你看上去棒极了，西尔玛。”我说。我知道西尔玛基本不怎么吃东西，因为她想把口粮省下来留给自己的孩子们，“有什么有趣的事吗？”我脱下外套和帽子。

“阿道夫一直在等你，”琼说，“我觉得随时都会来。”

“如果是这样，我们最好趁空闲的时候喝点茶聊聊天，”西尔玛说，“你昨天散步怎么样，艾米？你出去的时候有碰到什么人吗？”

自从跟埃德蒙分手后，姑娘们就马不停蹄地帮我寻找接替者。我并不介意，这让我们多了点无聊的谈资。在没有空袭的晚上，我们可以睡在志愿者房间，一般我们会坐在双层床上喝着可可，胡言乱语。而当空袭严重时，如果碰到任何休息间隙，我们也会天南地北地聊天，好放松下精神。帮我找个丈夫无疑是最好的选择。

“嗯，碰到了，”我说，“一个叫哈罗德的高个子男人。”

她们三个一脸无辜的样子，异口同声道“啊呀！”，又说：“太棒了”。我确信她们都参与到了这个计划中。

“但他不适合我。”我的话粉碎了她们的希望。我决定先不提查尔斯。我们才只见了一面，我不想半个B分队的人为此疯狂。

“他那么糟糕吗？”琼说，她认为，找男人基本都是在浪费时间。谈到这个话题上，她主要是指自己的丈夫。她拍了拍我的肩膀，“没关系。”

“你还年轻着呢。”玛丽说，她只有十九岁，却认为我已经是个老古董了。

“一定会有人在等着你的。”西尔玛安慰我说。

“嘿，我们的茶水呢？”楼下传来了喊声。

琼的声音突然变得很低很敏感。

“别灰心，艾米。”她说，看上去很严肃。

我是老处女，又不是病人，但跟平时一样，事情都会过去的。

琼和玛丽急匆匆地去准备茶水了，西尔玛和我则做着换班的准备工作。威廉从门边伸进头来打了声招呼，脸上的坚毅表情像在说，他宁愿跟自己的队友们待在一起，接着就消失了。

西尔玛是个杂志迷，经常买《女性挚友》。当我提及自己的工作一点儿都不吸引人时，她认为我只是在谦虚。

“上周的‘热锅里有什么？’，”西尔玛沉思道，“炖羊脑。我都闻不出那是什么味道。”我们俩都笑了。“然而，”她接着说，“我的孩子们吃饱了。你解决读者来信还好吗？有什么好消息吗？”

她咧嘴笑着，习惯了我说不能告诉她的回复，但我的胃猛地一沉，这跟炖肉没关系。我当然没有将写回信的事情告诉西尔玛，尽管她是个分享建议的好对象。西尔玛年近三十，有三个孩子。她比我更有经验去帮助那些人。

“我不该说的，”我说，“但……”

西尔玛瞪大了眼睛。她拉过椅子，坐在我身边。

“噢，没什么可怕的。”我的语调很轻松，但实际上，我正在想着一封自己不忍心丢掉的读者来信。

亲爱的伯德太太：

我今年十八岁，父母对我十分严苛。我们住在一个军营附近，那里的男人都非常友好。

我跟一个同龄的男孩成了朋友。我们只是普通朋友，但我父母禁止我与军人之间有任何联系，他们将我禁足在家。我跟这个男孩出去看了电影，但他们不知道。我的朋友们都跟男孩们出去，我也不想失去他。

请告诉我，我该怎么办？

受够了的赫尔

我知道伯德太太不会理睬“受够了”的，但我为她感到难过。然而，我不确定要给出什么样的建议。在我看来，十八岁的成年人绝对有权利跟别人交往了，可我肯定不会鼓励她违抗父母之命。我不知道该如何建议。

我可以听到琼和玛丽在志愿者房间里一边泡茶一边聊天大笑着。小伙子们还在楼下，戴维斯上尉把自己关在了办公室里。我往前靠了靠，压低声音说。

“塞尔，如果有个年满十八岁的人想要跟一个军人出去，你会怎么说？如果玛格丽特这样做呢？”

西尔玛的女儿才九岁，但不管怎么样，我把实情告诉了她，并没有提及“受够了”的名字。

西尔玛眯起了眼睛。

“我会把她锁在自己的房间里，直到战争结束，”她笑着说，“上帝保佑她。我第一次见亚瑟时，他穿着自己的海军军装，一下子就吸引了我。如果她的父母把她关起来，她就只能爬窗出去了。”她仔细考虑了一下，享受着这个挑战，“她应该请求她妈妈邀请附近的一两个男孩来喝茶，在她妈妈的监督下。算是尽力了。”西尔玛停下说，“然后我会让他也充满敬畏之心的。”

我俩都笑了，但我在心里记了一笔。西尔玛的建议很实际，又不会过分严厉。

“所以说，”西尔玛说，“我适合去‘亨丽埃塔谈心室’工作吗？”

如果她知道就好了。她会比伯德太太好上千万倍。如果是西尔玛掌权，我压根就不会考虑偷偷把信塞到《女性挚友》的杂志里去。

我的胃里又像是打翻了五味瓶，升起一阵焦虑。

“对了，”西尔玛说，“沏茶的人去哪里了？等等……”

我们竖起耳朵听。警报再次响起。

琼和玛丽急匆匆地回来，玛丽手上还端着茶盘，几乎在同时，我们听到了飞机和高射炮的呼啸声，接着是今晚的第一波爆炸声。

在玛丽分发茶水的同时，西尔玛点了一支香烟，并将钢盔拉低了些，盖住了头发。我也戴上了自己的，拉紧了帽带。

“听上去很近，”跟博恩先生一样，琼噘起嘴巴接着说，“今晚会很忙。”

她说对了。

就在这时，在四个人中，我的电话最先响起。我马上接了起来。“消防站。请问是哪里？”我说话的同时，外面的一声巨响使我们的小楼震了几下。我新拿到的茶水杯突然翻了，倒在茶碟里，茶水流了出来。

“很抱歉，能重复一遍吗？”我问道，操作室里的几部电话同时响起，电话那头的太太大吼出自己的信息。她隔壁的隔壁被炸弹击中了。

“你知道那里住了几个人吗？”我一边问，一边草草记下了一条街道的信息，发现就在半英里之外，“有孩子吗？”

我痛恨问出这个问题。

“六个，”她告诉我，“烟雾太大了，我们什么也看不清。”

“别担心。”我说。我的声音很平静，很开心打电话的人看不到此刻的我眉头紧皱。“待在原地别动。他们会尽快赶往现场的。”

我感谢之后跟她道了别，就好像我刚刚只是记录下了一个餐馆订位信息，而不是半条街被烧得精光的求救信号。在我第一次做志愿者时，这似乎很残酷，但不管发生的灾难多么恐怖，我们的工作一定要保持绝对的冷静。在忙得焦头烂额的夜晚，你不能让自己胡思乱想。正如戴维斯上尉所言，那帮不了任何人，特别是在你发现状况很糟糕的情况下。

我把纸从便笺簿上撕下来，戳到归拢所有来电信息的长钉上。西尔玛和玛丽也将自己的戳到了上面，戴维斯上尉从办公室走了出来。

“两个水泵加一个重装备中队，玛丽。”他说，抬头看着黑板，摆弄着圆盘，想看看应该如何分配队员。玛丽早已站起身来，朝门口走去，按响了外面的门铃。其中一个队员跑了进来接受命令。自从我观察的这几个月以来，他的表情就没变过，一种有趣的介于严肃和忍不住想要赶紧做完这一切的结合体。如果战争要打上二十年，我都不确定自己能不能适应。

“戴上钢盔，姑娘们。”戴维斯瞪着玛丽说。

我的电话又响了起来，西尔玛的紧跟着也响了起来。琼正在费劲地想要听清楚电话那端模糊的声音。电话那端炮声连天，我们头顶的机关枪扫射个不停，如果有人能听清楚就真的是个奇迹了。

“消防站。请问是哪里？”

我们全部重复着同样的工作。西尔玛的香烟慢慢燃尽，在烟灰缸里熄灭，玛丽不停地按铃，直到所有的队员都被派了出去，而戴维斯上尉命令西尔玛打电话给朗伯斯区寻求支援。大家说对了。这是新年以来最繁忙的一晚，时间一点点过去，炮弹的巨响越来越近，越来越吵。我们正处于激战地带。头顶上的飞机轰鸣不止，还有不断传来的机关枪和越来越多炮弹的爆炸声。

“他们今晚不把我们打倒是绝不会罢休的，”在接电话的间隙，西尔玛实事求是地承认道，“我希望妈妈把孩子都关在煤窖里了。”

“但愿邦蒂没事。”我说。我知道她会去隔壁的防空洞。如果我们中有一个人落单了，那个人便会经过花园，穿过大门，到哈伍德太太家里去。哈伍德太太作为外交使节团的遗孀，独居在此，家里还招待了一些参访的政要。邦蒂说，你永远都不知道身边坐着的是谁。有可能是哈伍德太太的管家莫恩，也有可能是抽着烟斗的重要人物。

在这样一个夜晚，即使你身边坐的是希巴女王[1]，也没什么不同。肯定会有人被击中的。最糟的情况就是，你接到了一个电话，告知我们，其中一个人的家人或朋友被炸弹击中了。然而，你什么忙也帮不上，只是简短地祈祷一下后便继续工作直到最后一秒。我们不想让小伙子们失望——毕竟，他们才是在外面浴血奋战的人，顶着枪林弹雨进行着灭火工作。

凌晨时分，我们都急需提神的东西，在接电话间隙，我试图想吃带来的三明治——边缘都已经卷起来了。本来，我们是不允许在桌边吃东西的，但现在全员出动，连戴维斯上尉都开着一辆六泵车出去了，所以我想应该没什么问题。

西尔玛站在通告板边上，看着戴维斯上尉用粉笔写下的“教堂街，晚上8:15”。她盯着他办公室外面的大钟，一句话也不说。我们都知道她在思考着什么。

担心组员是这份工作最糟糕的部分，所以我开始跟她讲一些《佐罗的面具》的情节，好让我们不要一直挂念在外已经执勤很久了的小伙子们。飞机轰隆隆地飞过。琼和玛丽用指头堵住一只耳朵，另一只耳朵紧紧贴着听筒，想努力听清楚那端的话。这是一份无用功。炮弹就在我们的头顶，震耳欲聋。

突然，一声巨大的轰隆声让我放弃了讲述，这巨响声太大，我们

[1] 又称示巴女王。传说中，她是一位阿拉伯半岛的女王，在与所罗门王见面后，慕其英明及刚毅，与所罗门王有过一场甜蜜的恋情，并孕有一子。

仿佛置身于云雷之中。当整幢大楼开始晃动时，我们一下子就趴到了桌子下。墙上的大钟哗啦坠落，带下了几块灰泥，茶杯、茶碟和盘子哗啦哗啦地响着，我的茶具从桌子上掉下来，在我身边摔了个粉碎。玛丽发出了一声尖叫，随后显得十分难为情，但我们谁都没有责怪她。突然间，巨响四下传来，好像我们都被这巨响吞噬了一样。紧接着又是一次巨大的爆炸，整幢大楼又摇晃了起来。

即便这次我们的电话没有响起，不过肯定很快就会有电话响起的。就连琼也表现出了忧虑。

“天哪，”坐在地板上的西尔玛靠着我大喊道，她捏了捏我的胳膊，“刚才可真险。你没事吧？”

我点点头。“当然没事。”我挤出一个微笑，看了看其他姑娘，“手指头和脚指头还健全吧？”

其他人晃了晃手，西尔玛和我也朝她们晃了晃手。

“该死的希特勒。”在阵阵枪声中，琼扯着嗓子吼道。

“我想我坐在了自己的铅笔上。”玛丽喊着，想要表现得很开心，挪了挪屁股，检查着下面。

“真倒霉。”我喊道。我给她竖起了大拇指，并用唇语问：“没事吧？”

她跷起大拇指作为回应，疯狂地点着头。又是一声巨响，所有的东西都开始摇晃起来。这次没那么近，但很明显，他们还没能成功切断上面的电话线，因为我们又听到了响起的电话铃声。

“好像是我的。”琼喊道。我们看着她开始往外爬，准备去接电话。“哎哟，我的膝盖。”外面的炮声依旧，她挺直了身子。琼无所畏惧。

“去你的希特勒！”她在离开我们的临时碉堡时大喊了一声。

电话铃声响个不停。现在我们扯着嗓子喊都听不到彼此的声音，我不知道琼的想法和她所能做的事情是什么，但作为我们中间最坚强的一个人，她是我们所有人的领袖。玛丽、西尔玛和我面面相觑。我们可以一整晚都待在桌子下面，也可以开始努力工作。

“准备好了吗？”我吼着，其他人点了点头。

“去你的，希特勒！”我们咆哮着爬了出来，接起了电话。

第十二章

该死的，一半都没了

Half of It's Just Bloody Gone

希特勒对我们的愤怒不以为然，一直轰炸伦敦西区到深夜，点亮了整个地区。

连续几个小时，我们都在不停地接着电话。一个男人提供了他在莱瑟姆路的地址，但他说，在哪儿不重要，重要的是，如果我们能找到什么就太棒了。

“该死的，一半都没了，天哪，真该死，都没了。”他在电话那端说。

据报道，我们周围全是火灾。没有轮到值班的年轻通信员也全被派出去寻找消防队员，告诉他们不必返回消防站，而是直接去火灾最失控的地区了。三点一刻，敌军在发动了最恐怖的轰击后，开始收手。不久后，警报解除铃拉响，有人致电妇女志愿服务队，请求她们务必派出移动餐车，好给消防员们提供继续奋斗下去的补给。

早上六点，早班开始了，我终于可以离开座位，转动着自己由于长期趴在电话前而僵硬的肩膀。我想赶快回家，确保邦蒂、哈伍德太太和莫恩都安然无恙。这真是漫长的一夜。

“你什么时候到岗？”西尔玛看到我揉了揉眼睛问道。

“九点，”我说，“我还能补一两个小时的觉，”我转向琼，

“小伙子们有消息吗？我想替邦蒂问问。”

琼一直负责通告板，而我早就忙得顾不上看了。

“他们还在教堂街，”她看着手表说，“在那边待了好久。”她看到我的表情后，声音放轻了下来，“他们不会有事的。”

“如果比尔不像上周我听说的那样干，他们就不会有事。”

讨厌的维拉——A分队的全职队员，刚刚走了进来。

“汤米·刘易斯说，比尔在一个任务中冲在了前线，就差3英寸，一条腿就断了。”维拉夸张地说。

她拿下钢盔，漫不经心地甩了甩头发。维拉和我平时就不和。每个人都知道她对威廉有好感，经常在背后说邦蒂的坏话。

“闭嘴吧，维拉。”西尔玛说。

维拉装作很无辜，这确实是有点夸张了。

“好吧，我相信，艾米琳会知道怎么跟邦蒂说的。如果这是我的好朋友，我知道自己该怎么做。”

我觉得应该由我自己决定是否告诉邦蒂这个消息，但维拉就是不住嘴。

“噢，你不知道吗？威廉之前在牧人丛路的仓库差点就没命了。汤米说，一根巨大的梁柱倒在了他们附近，他们没当场被砸死就算万幸了。我过会儿再来哦。”她讪笑了一下，离开了房间。

我没有说话，开始整理自己的报告。

“她就是在搅局，艾米，”西尔玛说，“你知道她的为人。事情没有那么糟。”

我咬着嘴唇纳闷，为什么除了我之外，其他人似乎都知道内情。这也难怪昨晚比尔那么低调，也不留下来跟我们聊天了。

“别理她，”琼一边说一边伸长着身子把钟挂到墙上的钩子上，

“你知道她一肚子坏水。”

“戴着卷曲假发的矮胖子，”西尔玛挤出一丝微笑说，“好了，在她回来之前，你赶紧走。快点，明天见。今晚休息一下。”

说着便把我推出了操作室。

我一边嘟囔着，一边从走廊的衣钩上取下了外套和帽子，噔噔噔地走下楼，离开了消防站。我很累，并为自己受到了维拉的影响而怒不可遏。每个人都知道，她只是小题大做。我敢肯定一切都很顺利。

尽管如此，去教堂街离回家只会绕一点点路，我决定先去那边看看。天还没亮，但我的眼睛已经适应了黑暗，开始慢慢地看清了昨晚造成的惨状。

怪不得消防站晃动得像片树叶。我从来都没见过这样的场景。

哈齐路已经不复存在。大楼烧得只剩下黑黑的框架，还有成堆的瓦砾仍在燃烧，发出烧焦的味道。有些房子已经坍塌了一半，在昏暗的晨曦中，可以看到有些房间还完好无损。一间卧室紧紧靠着房子一侧，抽屉柜竟然屹立不倒，这很奇怪，房间其余的东西都不见了，就好像被钝刀砍掉似的。两个消防员站在一堆冒烟的废墟上，拿着水管在喷水。他们全身湿透，沉默无语，只是集中精神想要完成任务。我不认识他们，所以肯定是从另外一个消防站里叫来支援的。

我继续往前走，救援人员都没注意到我。一位救护车司机正在扶一位老人上车，告诉他不要担心，一切都会好起来的。那位老人说，他是年纪大了，但还不傻，他知道那些失踪的人会有什么下场。救护车司机没理他，只是答应会给他茶水喝。

我移开视线，看到了一个裹在羽绒被里的中年妇女，她坐在一个厨房椅子上，位于之前的一条人行道中央，孤零零一个人。我朝她走了过去。

"您好，我是消防站的，"我说，其实从我的制服就看得出来了，"需要帮忙吗？"她从头到脚沾满了灰尘和烟土，下巴划了条大口子。

她摇了摇头，疲惫地笑了笑。"别担心，亲爱的，我就是透透气，"她说，"这已经是我家第三次被炸飞了。我没事。"

"你确定吗？"我说，觉得自己一无是处。

"噢，没问题，你走路吧。看你急匆匆的好像在赶往什么地方。"

她说得没错。我必须承认，我只想回家，确定我的朋友们都没事，然后换上工作服，去一个不是空袭区的办公室，去做一个只会谈论衣服式样、浪漫故事和半磅牛肚最佳烹饪方式的平民。

我感到羞愧。就我这样，还想当战地记者呢。

我看过成堆被烧毁的大楼、弹坑，以及燃烧着的或是倒塌的别人的房屋。但我之前从来没有直接亲临这样的灾难现场。没有见过担架上的伤员或是看过监督员趴在他们身边写着什么标签。

我深吸了一口气，告诉自己要振作。接着，我问那个坐在椅子上的女士，想看看她是否真的不需要我的帮忙，如果她坚持自己没事，那么我就要赶往教堂街去寻找威廉和其他小伙子了。

"加油，莱克，"我轻声对自己说，"假装这是你的工作。"

我挺直了身子，扬起了头。

"小姐，你不会想去那里的，"就当我走到街角时，一位空袭警报部的督察员说，"如果我是你，就不会选择这条路。"

"谢谢您，但我是消防站派来的，"我撒谎说，拍了拍外套上的徽章，"我们的通信员都在忙。"

他的表情很犹豫，说了句"好姑娘"便让我继续前行了，于是我继续往前走着。

如果哈齐路的场面已经够可怕了，那和我拐过街角时的情景相比，简直是小巫见大巫。教堂街已经面目全非了。这条街本来就不怎么宽阔，中间的部分全部消失了。那排曾经矗立着的保存完整的乔治亚式居民房，现在只剩下一堆砖块和玻璃了，由于火还未被扑灭，烟不断地从废墟中冒出来。到处都是水，当然部分来自消防员的水管，但从马路中间不断喷涌出的水势来看，肯定是一个主管道破裂了。

我继续往前走，看到了还在那边的四个水泵和两个重装备中队，所有的队员都在忙碌地工作着。依然没有威廉和其他小伙子的踪迹。一辆志愿服务队的餐车停在那里，志愿者们向几个警察分发着三明治，但我们的小伙子们并没有停下手头的工作。其中一个队员对着一幢倒塌的大楼将水泵的水量开到了最大。火焰吞噬了整条街，当我走近时，整个人都有被烘烤的感觉。我试图表现得精神百倍，以防被人质问我来此的目的，但根本没人理我。

有个被挤在弹坑和房子废墟里的人砰的一声关上了救护车的门，并且在车开走的瞬间，狠狠砸了一下车后身。车开走后，原地又开来一辆载着重装备救援队的卡车，车上载着拿着铲子的大块头队员们，他们一个接一个跳到街上，挽起了袖子，脸上的表情异常坚毅。

我停下来看到一个消防队长正在跟队员打招呼，还跟负责人握了握手。

“多加小心，伙计们，”队长说，“这里太不稳定了。我们认为，有人埋在下面，我们其中的一个队员正努力想要找到他们。”

“该死的，”其中一个大块头嘟囔道，“天杀的，他们估计凶多吉少。”

“看看那面墙，”他的同伴说，“队长，那玩意儿在三分钟之内就会倒塌。你最好让你的小伙子们抓紧。”

他们盯着某户人家的残骸：一幢三层小楼只剩了一半，看上去马上就要倒了，之前是隔墙的地方现在剧烈地向右倾斜，撑在一小堆冒烟的瓦砾和破裂的木板上。两个消防员腰间拴着绳子躺在土堆顶上，向一个洞里眯着眼张望。还有两个人站在旁边，帮忙拉着绳子。当认出其中一个就是消防站的罗伊时，我的胃抽了一下，他正在全神贯注地工作。他一点儿都不像之前认识的那个朝我要茶水、讲着他家雪貂趣事的罗伊了。

我迟疑着，蹑手蹑脚地靠近了些，藏在了一队救援人员后面，因为我知道，作为一名消防站的女员工，我不应该出现在这里，更何况现在不是我的上班时间。如果被发现，罗伊肯定会大发雷霆并勒令我马上回家。

“等等。”另一个站在旁边的人喊道，我认出来那是弗雷德。他用手跟救援队打着招呼，指着下面的坑，“我听不到他。可以让他们先把水泵关一会儿吗？”

不一会儿，水枪的嘶嘶声就停止了，拿着水泵的小伙子们都走了下来。

“大家安静点。”由于救援队的人互相嘀嘀咕咕的，弗雷德大喊道。他的声音听上去很急切，使得所有人都闭上了嘴，一动不动地站着。你仍然可以听到还没熄灭的火在噼里啪啦作响，以及餐车的女士放下不锈钢茶壶的哐当声。

就在年长者围着瓦砾堆小心翼翼地走，评估斜墙状况时，所有的救援队员脸色都很严肃。救援队不会向消防队下达指令，这是默认的礼数。但我知道，每个人都会听从他们的建议，而且消防队长正在等他的看法。

救援队员没用太久。

“这墙快倒了，”他喊道，“赶紧让他们出来。立刻！”

队长马上点了点头。

“弗雷德，”他朝上面喊道，“他在里面待得够久了。把他弄上来。越快越好。”

弗雷德竖起了大拇指，随后很仔细地弯下腰，朝洞里爬下去。我不想看，而且，我连听都不想听。

我知道自己会听到什么。

“比尔，”弗雷德喊道，“比尔，伙计，听得到吗？”

弗雷德说话时，其余人一动也不动地都在听。接着，他转过身对着所有人喊道：“下面有两个孩子。还活着！他会把他们弄上来。多拿点绳子过来！”

有那么一瞬间，这似乎是个好消息。但我的乐观主义很快就破灭了。

“该死，”负责救援的人员说，“这墙撑不住的。三个人肯定不行。”他抬头看了看倾斜的墙，“如果耽误一会儿，整堵墙就会倒下来。”

我一个人站着，想要帮忙，但我心知肚明，自己是多余的。

“不是消防队员还有救援队的人都退后。”队长下了命令，随后便让我、督察员、警察和志愿者离开了现场。所有的消防队员留在原地，甚至那些不隶属于我们消防站的人都不愿意离开，他们跟救援队的小伙们一起，试图用木块搭建一个支架出来撑住瓦砾堆。

罗伊把第一条绳子伸进洞里。“好了，孩子们，”他喊道，“很好，慢慢来，给消防员。抓稳了，弗雷德。”

在他们往上拉绳子时，我双手合十祈祷着。

“好了，小家伙，放轻松，”罗伊大声说，几乎像是对着孩子唱起歌来，“别动，亲爱的，别踢。真是个小天使。好了。”

随后，我们看到了她。一个穿着睡衣的小女孩被吓坏了，她紧紧地抓着绳子，全身上下布满了灰土，看上去像个小鬼魂。

“别动，小公主。”罗伊说。

孩子很听话，紧紧靠着绳子，在昏暗的晨光中眨了眨眼，慢慢睁大眼睛后看到了在瓦砾堆上的一群男人。她有点怕，脸开始皱起来。

弗雷德从罗伊手里抱过她：“没事了，弗雷德叔叔接住你了。”

孩子用两只小手紧紧抓住了他的制服夹克。

“梅布尔，”她开始哇哇大哭，“梅布尔。”

“没事的，我们会找到她的。”弗雷德说道，把孩子递给下面梯子上的人。

我冲了上去，但一个救护车女士拉住了我的胳膊。

“交给我吧。”她说着，走到我前面，从一个男人手里接过了还在喊叫着梅布尔的小女孩。

罗伊和弗雷德又把绳子送下去给了比尔。此刻的一秒长得像是一个世纪。接着，我们看到他们拉上来一个男孩，年纪比女孩大，但由于全身沾满了灰尘，同样已经看不出原来的样子了。他的右胳膊垂在一侧，所以在救援队拉他上来时，他根本抓不紧绳子。他的右腿伤势同样严重。

我看到队员们小心翼翼地把男孩放下来，随后一位长相粗犷的消防员把他抱走了，男孩吓得要命，我的心怦怦狂跳，既为男孩担心，更为至今都未出现的威廉忧心不已。

旁边房屋的砖块开始掉落，那堵高墙开始摇晃起来。

“比尔，”罗伊对着下面的洞里喊道，“我们要把你拉上来。外面情况很糟。抓住那该死的绳子。”

我屏住呼吸。把一个只有几块石头重的孩子拉上来或许可以完成，但一个成年人就另当别论了。

“有什么问题吗？”队长喊道，“他没事吧？”

“只要我拉到他，就不会有事。”弗雷德向上司汇报道。

那堵高墙开始往一边倒。每个旁观者都倒吸了一口气。

罗伊整个人都探到了洞里。

“他上来了，”他喊道，“慢慢来，弗雷德，慢慢来。”

他们俩合力拉着绳子，一边拉一边清理着砖块。脚下的瓦砾堆开始晃动起来。

“伙计们，都闪开，”救援队主管喊道，“所有人退后！”

那些努力用木块和房梁支撑着高墙的男人开始撤离。目前为止，虽然除了表现出的巨大勇气外，他们的举动并无太多的成就，但当砖块开始倾塌，他们的上司下达撤退命令时，他们别无选择，只能撤到安全地带。

在瓦砾堆顶，我们终于看到罗伊和弗雷德把比尔拖了出来。我几乎都认不出他了。

“我出来了，哥们儿。走！”

他用尽了全力大声喊道，我这一生中都没听过如此洪亮的声音。

他们三个连滚带爬地从瓦砾堆上滑下来，同时落下的还有散落的砖块、玻璃和碎木头。就像失控的火山一样，在他们下滑时，瓦砾都被吸到里面去了，整个地方开始坍塌，高墙也随之倒塌，发出了惊人的响声。

罗伊和弗雷德最先站起身，全速奔跑起来。我肯定，自己是朝他们的方向跑去了，因为一个空袭防卫队督察员抓住了我的外套，拖着我往后走。

威廉落后了一秒。就在整幢大楼的最后一部分轰然倒塌，一大片灰尘和浓烟滚滚而来时，他出现了，剧烈地咳嗽着，鲜血顺着制服留下来，手里抓着一个小包裹。

我甩掉督察员的手，穿过人群，朝他跑去。

“亲爱的，他没事，”在我穿过人群后，罗伊说，“他会没事的。”

“该死的，你认为你在做什么？”我尖叫道，“你他妈会被砸死的。”

威廉举起手里的包裹。那是包裹在毯子里的一个洋娃娃。

我的怒火一下子就上来了。

“我是不是应该告诉邦蒂，你为了救一个洋娃娃差点把命丢了？”我吼道。

“罗伊，小家伙在哪儿？”威廉没理我，一边喘气一边说，“她肯定很想念自己的梅布尔。”

我怒目瞪着他。救孩子是一回事，是伟大的行为。但为了把一个玩具从瓦砾堆里捞出来而将几乎半个消防队人员的性命置于危险中，就另当别论了。弗雷德跪在人行道的废墟上。他紧紧抓着自己的胳膊，低声咒骂着。

我记起自己还穿着制服，得控制自己的情绪，不能让人看笑话。

“你救了他们的命，不需要再回去拿那个玩具箱了。”我擦了擦眼睛。倒塌的大楼振起的灰尘漫天飞扬，“你可能会因此丧命。”

“冷静一点，艾米，”威廉说，“他们已经一无所有。你不会明白的。”

“不，”我说，努力保持着镇静，“我或许不明白。但不要装作这是唯一的一次意外，因为我知道事实并非如此。你想要聊聊周日晚上的事吗？仓库的死里逃生？”

当我重复着维拉的话时，我知道自己错了。威廉是个英雄，而我却搞砸了一切。但我真的很害怕，我无能为力，绝望极了。

“艾米，”他说，“你不会告诉邦蒂的，对吗？”

我真想揍他一顿。不仅是因为他冒了一个不必要的风险，更是因为现在，他竟然想让我装作一切都没发生过。

“除了自己，你考虑过其他人吗？”我怒视着他说，“我不觉得你想过。”

威廉愤怒地看着我。

“噢，别担心，”我说，“我一个字都不会说。但那仅仅是因为我不想让我最好的朋友知道你竟然为了一个洋娃娃连自己的命都不要了。不过，你最好认真反省一下，比尔。你根本就没想过她的感受，这不公平。”

然后，我转过身，擦了擦眼上的灰尘，朝家里走去。

第十三章

这绝对是一个安慰

An Absolute Comfort to Know

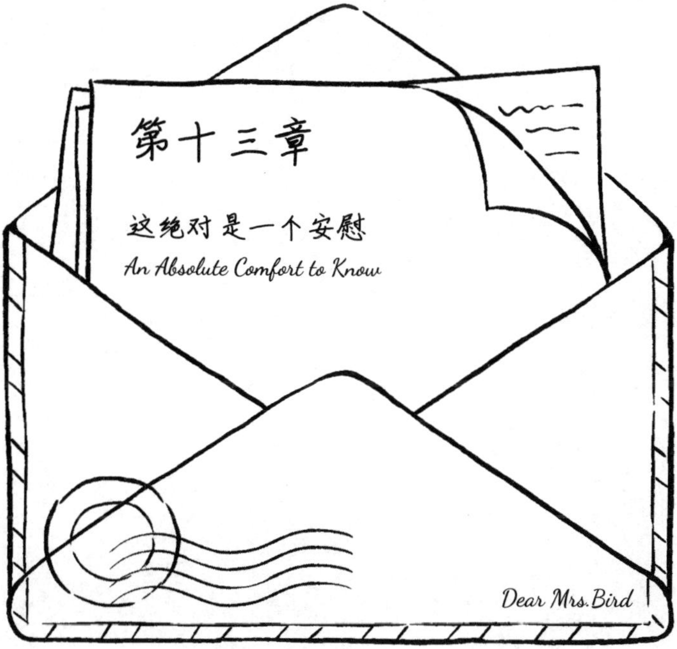

等我回到家，邦蒂已经去上班了，这样也好，更利于我遵守诺言，不告诉她关于救援以及发生在威廉身上的事情。我也不必解释为什么浑身布满了尘土。我脱掉衣服，奢侈地在早上泡了个澡。虽然那浅浅的一层水几乎冰冷，但聊胜于无，而且还可以保持清醒，让我集中注意力。

我知道自己的表现非常差劲。我不应该在街上对比尔大喊大叫。但我仍然认为，他极其粗心大意，我决定，等我收拾好心情，去消防站上班时，一碰到好的机会就跟他道歉。我也知道，自己对他发如此大的火也是由于自己的无能带来的羞耻感。连分发茶水的太太都比我有用。

在洗去头发的灰尘时，我严厉地训斥了自己一顿。我讨厌自己在突发事件中只能做个旁观者，也为自己过于情绪化的反应感到难为情。我曾经热切地阅读过很多在西班牙内战期间勇敢无畏的女记者的自传。现在，对于她们能够保持冷静，完成自己的工作，以置身事外的态度写出报道，而没有牵扯个人情感，我真的是太佩服了。

我能做到吗？我不确定。我眼前一直浮现出孩子们的脸，在被罗伊和弗雷德从瓦砾堆里拉出来时的表情。一个人怎么能对此置身事外呢？威廉昨晚的表现确实过分了些，但除去那个愚蠢的洋娃娃事件，他、罗伊、弗雷德以及所有的小伙子，为了救孩子们都把自己的生死置之度外。而今晚，他们会重复同样的工作。我为在消防站工作、跟其他姑娘一起接电话而自豪，但我想要做的更多。

是时候打起精神了。到办公室后，我格外努力地装出一副精神抖擞的样子。

我不想跟凯瑟琳谈及昨晚的事情，所以我将空袭轻描淡写，只提到了消防站的几起撞车事件，为了转移话题，我简要地提到了跟柯林斯先生和查尔斯的碰面。然而，事实证明，这可能是个错误。

“哎呀，”凯瑟琳大吃一惊，一想到柯林斯先生有亲戚，特别是跟工作无关的事，她就瞪大了眼睛，“饶了我吧。他也像那位一样大吼大叫吗？”她压低声音问。

“柯林斯先生的弟弟非常有礼貌。”我说，希望自己提供了足够的信息。然而我错了。

“他长什么样子？年长一点还是年轻一点？”凯瑟琳坐在桌子旁，如果此刻伯德太太突然进来，一定会觉得这个举动很轻率。

“噢，天哪，我不知道，”我装出一副失忆的样子说，“很高。很年轻。就跟正常人一样。”

“想想！”凯瑟琳说，“他说什么了？”

“噢，”我说，“你知道啊，‘你好’。”

凯瑟琳听后摇了摇头：“你想想啊！柯林斯先生竟然有个弟弟。”

“同父异母的弟弟，”我拘谨地说，“这很正常吧。”

凯瑟琳眯起眼睛笑了笑。我被搞得狼狈不堪。

“你看上去像克拉伦斯。”她说。

我发出了嘲笑声，表示这一切都很荒唐，随后便开始了堆成山的工作。

像往常一样，可接受的来信寥寥无几。即便是在呈给伯德太太的仅有的来信中，也有几封被她认为完全不能接受而被打了回来。她唯一同意回复的是一个来自十四岁女孩的傻问题（“你真的挺傻的，我建议你参加女童军。”）。还有一个给一位女士的有用回复，那位女士的自行车座显得她督察员的制服闪闪发亮（“我们正处于战争时期。衣服是否闪亮根本不重要。然而，如果你一定要坚持的话，用一顶旧贝雷帽盖住它吧。”）。

另一封信值得一试，让我惊讶的是，这封信竟然通过了。来自一个有着色眯眯男友的姑娘。

亲爱的伯德太太：

求求你告诉我该怎么做。我的小男友经常在我们逛街时偷看其他女孩。他不承认，但我亲眼看到了他在看。我应该大吵一架还是装作没看到？如果他看到一个更喜欢的女孩该怎么办？

感到被忽视了敬上

对于此类的下流行为，伯德太太很有可能会大发雷霆，我冒着风险把信递上去，结果发现，偷瞟其他女孩的男人是她最爱的话题之一。她是这样回复的：“你提到的小男友的行为完全不能被接受。如果他再这么干，我建议你要么忘了他，要么就报警。”非常强势的威胁警告。

我打完信时刚过九点半，此时，走廊门砰的一声被打开，柯林斯先生来了。他哼着一首莫扎特的曲子，我不太清楚具体是哪首，但看上去心情不错。不吹口哨时，就意味着他会径直到自己的办公室一通乱敲乱砸之后，开始惯常的大吼大叫。然而，今天，他把头伸进我们的小房间门口，几乎是笑逐颜开。

“早上好，女士们。你们好吗？很开心看到你们逃过了昨晚的庆典活动。”

他经常这么称呼空袭。

“对，谢谢您，柯林斯先生。”就当我还沉浸在一阵可怕的难为情中时，凯瑟琳礼貌地说。毕竟，我们周六还一起吃了蛋糕。

“我希望您一切都好吧，柯林斯先生？”她问道。

一般在柯林斯先生旁边，凯瑟琳总是十分安静，因为她觉得他一直在发怒。我知道她特别想追问查尔斯的事。

“凯瑟琳，舒服得不得了。谢谢你。”

她对他灿烂地一笑：“对了，你们上周末过得不错呀，先生？”

说实话，她现在活像个索要过高小费的女招待。

“很棒，谢谢你，凯瑟琳，”柯林斯先生说，在我认识他的几周里，他从来都没说过自己过得很棒，“你呢？”

凯瑟琳加快了语速：“噢，很好，谢谢你。我和妈妈，我们从来不担心炸弹。你知道，我的小弟弟就在那里，只要他在，我们就觉得很安全，尽管他比我年轻多了。”

我很想从最近的窗口跳下去。

“他真的这样吗？”柯林斯先生说，“真想不到。”他瞟向我这边，但我正在盯着盆栽植物，大张着嘴。

“周末过得不错吧，艾米琳？”他问。

“啊，嗯，谢谢您。”我勉强说道。万一他提到查尔斯怎么办？或者更糟糕，一起去电影院？凯瑟琳估计会昏过去。

“您的弟弟怎么样？”我的尖叫吓了大家一跳，“我们在街上碰到的。”

听上去就好像是我在伦敦东区看斗狗或是赌马，吃着包裹在《每日快报》里的薯条。

柯林斯先生显得很困惑，仔细想想，这种反应也很正常，不过，他很快恢复了理智。他伸进口袋摸出了香烟，同时转向凯瑟琳。

“啊，对了。艾米琳有没有提到，周六下午她偶遇了我和弟弟？”他问。

“在街上。”我大喊道，免得刚才没说清楚。

“对。艾米着重点出了我们偶遇的地址，在街上。”柯林斯先生笑着说。

“就是那样。”我吼道，纳闷是否真的有人会死于羞愧。

“在街上。”凯瑟琳小声重复着，显然希望在有人耳朵被震得流血之前，将这整个折磨人的对话画上句号。

柯林斯先生咧嘴一笑，点燃了香烟，认为大家都受够了，于是转移了话题，好心地问我现在正在干什么。

“下周的问答版面，嗯，柯林斯先生。”我说，试图保持冷静。我最不想碰到的局面就是柯林斯先生开始对来信产生兴趣。我告诉自己要镇静。

“啊，”他说着，拿起了草稿，“天哪，”看到伯德太太给“感到被忽视了”的回信后，他说，“我们不能刊印这个。那会造成英国一半以上的年轻小伙子被逮捕的。艾米，把这封信拿出来。亨丽埃塔不会发现的，如果她生气了，就跟她说是我让你这么做的。”

我当时肯定显得有些迟疑。柯林斯先生吐出一缕烟雾，不耐烦起来。

“排版人员应该知道什么东西是最合适的。我回办公室了。”

接着他哼了一声，大步走出了房间。

“那好吧，”我说，“我真希望他是对的。”我对凯瑟琳说，她正试图倒出削笔器的铅笔屑。

“我想他是对的，”她沉思道，“上次我们漏了‘窝露多’的广告，伯德太太什么也没提。还有一次，我忘了自己有没有给她最新的一期，当我询问时，她说自己根本没时间去看那些乱七八糟的东西，反正不管怎么样，她从来都没看过那些浪漫故事和柯林斯先生那些能够自己搞定的无关紧要的小事。”

凯瑟琳突然不说话了，好像被这段回忆吓着了。

“黑暗岁月，”我同情地说，“不过，如果因意外出了什么问题，而伯德太太几乎没发现，不是很好？”

“是的，”凯瑟琳转头看着我笑了，“那可真是个安慰。”

“不是吗？”我说着，也对她笑了笑。

“感到被忽视了”被否定之后，“求助亨丽埃塔”的版面又有了很大的空白。就在我的朋友重新开始打印一些关于“如何制作漂亮的托盘布”时，我从抽屉里取出了“令人不快的来信”文件夹，翻出了十八岁的“受够了”的来信，对此，前一晚西尔玛给了我一些建议。很认真地回忆着她当时的话，我开始敲起回信来。

亲爱的“受够了”：

如果你的父母特别严厉，你是不是感到很失望呢？我相信他们是好意，所以或许你可以找到一些中间地带……

如果有人认为第一次将信混进《女性挚友》没被发现，那么第二次做肯定会轻松得多，那他就错了。即便我确信伯德太太不会发现，置邦蒂的建议于不顾，我还是太坏了。虽然我并没有保证不再给别的读者回信，但我一直狂点头说，邦蒂，你说的当然是对的，这二者在实质上也没什么区别。而且那仅仅是关于给读者寄回信。她并不知道我还将回信混进了刊登的杂志中。

我在比较，向你最好的朋友隐瞒一些事和无视那些特别需要帮助的人，哪个更糟糕？我敢肯定，如果邦蒂像我一样，天天看到这样的来信，她肯定会支持我的。

需要休息一下，我朝凯瑟琳嘟囔着，就匆匆跑到楼梯间，给自己思考的空间。正当脑子一团糨糊时，我在楼梯顶部迎面撞上了柯林斯先生。

“啊，碰到你，我很开心，艾米琳，”我道歉时，他说，“呃……”他停下来，盯着墙壁，用手捋了捋头发，让头发竖立起来，“所以说，嗯，这很不专业，更别提那可怕的尴尬了，但我们就是这样，还有刚刚发生的事。如果查尔斯知道的话，会非常生气的。嗯。”

他不说话了，显得有点难为情。

“呃，”他又说了一遍，“嗯，这个。”

“什么事，柯林斯先生？”在他再一次沉默时，我问，随后我意识到，“噢，天哪。是关于梅休上尉的事吗？”我匆忙地说，随后便陷入了深深的社交恐惧中。

“啊，”柯林斯先生说，“哈，对。”

我们俩都可怜兮兮地盯着地板。最终，柯林斯先生彰显了绅士风度，打起了精神。他转头朝身后看了一眼，以防有人经过，实际上，并没有人。

“嗯，”他努力了半天，终于开口，“之前没说。我应该说的。

只是想说，艾米，呃，艾米琳，或者那个，莱克小姐，我发现，我弟弟查尔斯在跟你去电影院回来后，开心了好几天。”他清了清嗓子，“那个，所以，嗯。我只是想说，那个如果，由于任何原因，你认为你为那个工作，就是，我应该这样说，在很多方面，呃，在这里，为我……”

他抿着嘴，盯着我的眼睛。然后长长叹了一口气，一股脑儿地说：“艾米琳，能跟你见面，查尔斯非常开心。我知道，如果他能再次与你相见，肯定会十分开心，还有，我想让你知道，不要因为我们在一起工作的缘故，而认为这样不应该。我觉得这里的人没必要知道这些事情，还有当然，我绝对不会再提起此事的。所以如果你想……”他停顿了一下，“又或者不……”

真是受不了。

“没关系的，柯林斯先生，”我说，“我觉得我或许愿意出去。”我终于说了出来。

随后我又恢复了窘迫的样子。我和邦蒂十二岁那年对着父亲其中一本医书里面的图画哈哈大笑，被他逮个正着，而此时的情况比当年还要糟糕。

“噢，嗯，好。嗯，很好，噢，”柯林斯先生说，看上去如释重负，“那就没事了。我很抱歉让你经历这一切。太可怕了。真不知道那些做父母的是如何应付的。真不是我的强项。嗯。”他朝我微笑着，显得十分骄傲，“他是个好小伙儿，年轻的查尔斯，”他说，“好小伙。当然，这显而易见。”

接着，柯林斯先生踩着轻快的步伐走下了楼梯，朝他出现时的方向返回。

能够坐回办公桌前，开始打一篇新的浪漫故事连载，我松了一口气。我刚刚打到一个地方——年轻的雷恩娜被派到一个海军基地，就同时爱上了两个军官时，克拉伦斯出现了。他顶着一个新发型，涂抹了大量的发胶，意气风发，满怀希望地期待能够给凯瑟琳留下印象。

“早上好。”他先是粗声粗气地说，随后用一个意想不到的高音尖叫喊出了最后的“女士们”。

“内部副本，”他严肃地补充道，“还有信件。”

我唰的一下站了起来，把椅子一推，椅子与木地板摩擦发出了巨大的声响。

“新的一期，谢谢你，克拉伦斯，”我大喊着从他手里抢过了包裹，“信件。太棒了。”

这就是刊印了“困惑者”来信的那期。能够轻松地给“受够了”回信，并且认为将信件偷偷塞进“亨丽埃塔谈心室”很容易，我确实做得够过分了。而现在，我的叛乱证据已经出版了，我像只青蛙一样吓得坐立不安。

“天哪，艾米，你真热情，”凯瑟琳说，“你好啊，克拉伦斯，你看上去很帅。”

克拉伦斯当即被击中了要害。

“谢谢你，克拉伦斯，”凯瑟琳温柔地说，为他感到抱歉，“艾米，没事吧？”

“没事，谢谢，”我说，“还有好多事情要做。”

当我把那堆杂志放在桌旁的地板上，开始查看信件时，我能感到后背直冒汗。如果伯德太太决定把这周的《女性挚友》当成一次性读物呢？万一她每次都会看杂志，只不过都会将其原封不动地放回到桌子上，看上去就像是没翻过一样呢？我告诉自己要勇敢一点。所有人都坚信，伯德太太从不看刊印出来的杂志。“困惑者”的来信没出问题，那么“受够了”的来信也不会有事。

然而，我的心还是怦怦狂跳，我琢磨着，如果暂停再把其他信件塞进杂志，或许是个不错的主意。还有，甚至也可以停止给读者回信了。毕竟，我最近一直在碰运气。低调行事的主意让我有些心动。

我紧张地盯着门。伯德太太就在自己的办公室，可能随时都会向我们发难。或许现在的最佳决策便是装作一切都在正常运转。我会打开给她的信件，然后把可以接受的来信和新一期的杂志带到她的办公室。

我安慰自己说一切都不会出问题的，随后打开了第一封信。

亲爱的伯德太太：

我花了整整九十分钟的时间，帮太太拿着一根羊毛线，好让她把线解开。真的太痛苦了。这东西为什么不做成球卖呢？

T. 伦纳德先生敬上

关于羊毛线的咨询正好符合伯德太太的胃口。我放松了点，开始看第二封信。

亲爱的伯德太太：

我爱上了一名驻扎在附近的年轻的波兰飞行员。我们交往快一年了，他向我求婚了。我母亲希望我等到战争结束，因为她觉得我们的关系不会长久，但我爱他，也知道他也爱着我。他的教育背景很好，还是名枪手，所以他有一份正经工作。问题是，如果他是英国人，我觉得母亲不会有一点儿意见。

求求你告诉我该怎么办。

恋爱者

可怜的“恋爱者”。这真让人心碎，更别提不公平了。这也不是我头一回看到关于这种问题的来信了。我收到过好几封类似的咨询，姑娘们遇见并爱上了来自海外的盟军士兵。伯德太太一封都没回复。

上周我试图让她给其中一封回信，那封信来自一位可爱的姑娘，她深爱着一个来自捷克斯洛伐克的士兵。“他是你能遇见的最优秀的男人之一了。”那姑娘写道。

我就是拿过去跟伯德太太碰碰运气，问了一个很宽泛的问题，我们是否接受关于外国情人的来信。

“他确实是一个非常勇敢的年轻人，我没有任何质疑，”她答道，“我们都十分感激盟军战士们。”接着她的口气来了个一百八十度大转弯，“但等战争结束后，这里没人再需要他们，而且十有八九，也不会有人希望她出现在他们的国家。别板着脸，莱克小姐，世界就是这样运转的。最好不要去碰这些建议。”

没必要让她看“恋爱者”的信了，但我讨厌自己又要无视一个女孩，她完全有权选择自己的爱人。特别是现在，没有人知道自己会活多久，飞行员尤其危险。他们为什么不能快快乐乐的呢？战争时期的爱情本身就已经够艰难的了，如果再有不理解的外人掺和，就难上加难。

我想起了埃德蒙。我们两家是世交，可最后他还是成了一个彻头彻尾的浑蛋。那查尔斯呢？我对他的背景一无所知，只知道他是柯林斯先生同父异母的兄弟，而那根本不算什么。我有十足的把握，将来要是我喜欢上他，我的家人根本不会在乎他是哪里人，只要他为人正直，对我好就可以。我开始意识到自己有多幸运了。

走廊里传来一阵响亮的沙沙声，预示着伯德太太要从她的办公室出来了。

“为军队准备的覆盖式头盔去，”她宣布道，好像在对所有人说，又好像是在自言自语，“我会离开一个半小时。”

“好的，伯德太太。”凯瑟琳说，她正在校对咖喱蔬菜杂烩的食谱。

“奈顿小姐，我不喜欢大吼大叫。”伯德太太喊道。

“抱歉，伯德太太。”凯瑟琳说。

“什么？”伯德太太吼着，最后放弃了，“年轻人啊。”

她发出了一声响亮的“哼”后随即离开了。

凯瑟琳摇了摇头，重新投入食谱的工作中，她的脸上挂着专注的表情。我低头看到地板上的那包新杂志。埃德蒙的事又让我想到了自己给“困惑者”的回信，那是个有着一个失去热情的未婚夫的姑娘。我越是推迟看杂志的时间，感觉越是糟糕。现在在我的脑海中，它整整占据了“亨丽埃塔谈心室”一半的版面。一封伯德太太看都没看过的长信，后面跟着她根本不会给出的建议。

带着如上学时等待宣读考试结果时的忐忑心情，我拿起了桌上的剪刀，剪断绳子，打开了包裹。就在那里。新一期的《女性挚友》就在那里。

我立马翻到倒数第二页，结果找了半天才找到“困惑者”的来信，这让我十分惊讶，我原本以为它的排版字体会高出至少10英寸，跃然纸上呢。

我真的很爱我的未婚夫，但他突然对我变得非常冷淡……我要跟他结婚，期待他能回心转意吗？

这封信看上去跟其他的来信没有任何不同。几行字，下面跟着我的回复。

“真是令人失望的不幸啊。”我写得跟伯德太太一样干脆利落。

悲伤无处不在。我建议你跟他好好谈一次，如果你不确定他对这段感情的投入，那恐怕是时候该朝前看了。你可能在一段时间内会感觉很糟糕，但我保证，一切都会好起来的。婚姻很长久，你值得一个全心全意与你共度一生的人。我真心希望你的男人会改变，但如果没有，我相信你未来肯定会找到那个真心爱你的人。

这就是刊登出来的内容。

很奇怪的感觉。我有点觉得自己像个骗子。毕竟，我对婚姻有什么了解呢？但当我再看一遍时，我看到自己可能确实提供了一点希望。“困惑者”可以多给她未婚夫一个机会，但如果他一点都不努力，那她也不会陷入困境。总而言之，我觉得这么回复还可以。但愿“困惑者”赞同我的观点，不是解决他的问题便是朝前看，终有一天找到属于自己的真爱。

我强忍住不笑，以免被凯瑟琳发现。作出点贡献的感觉不错。我不能为“困惑者”解决问题，但至少我以朋友的立场提供了建议。而且对于其他读者来说，也会是一种安慰。

受到启发，我又想起了“恋爱者”。她有权得到幸福。她值得作出自己的决定。

我准备低调行事的计划只持续了不到三分钟。

我对读者的生活太过于投入了，根本就不想扔掉“恋爱者”的信——或者其他我认为需要帮忙的读者来信。将她们的来信混进杂志是风险极高的事情，但过去一个月里，我一直给她们写回信，也没被发现。这个事情的严密程度无懈可击，我有信心。

今晚不用去消防站加班，我知道邦蒂会跟威廉出去看电影，所以公寓里就剩我一个人。我把“恋爱者”的信藏在了一些文件下面，等到凯瑟琳出去了，才偷偷把它塞到包里。接着，我悄无声息地继续着剩下的工作。

第十四章

敬我们，艾米·莱克

To Us, Emmy Lake

周一下午，等我下班回到家，梅休上尉——就是查尔斯给我打了电话。他在电话里的声音很好听，我们谈得也很愉快。查尔斯说，得知我在昨晚的空袭中安然无恙，他很开心，我说情况不算太坏，并没提及在街上差点被砸死的两个孩子和消防队。

提到再次见面的问题时有点麻烦，我们一度同时开口说了不同的事情，然后隐约感到即将陷入冷场时，查尔斯挺身而出直面困难。

“对了，艾米，你喜欢跳舞吗？”

“很喜欢，”我说，“其实，邦蒂和比尔正打算后天晚上去呢。”我突然打住，不敢说了。听上去好像是我求着他带我一起去似的。

“我可没要求你邀请我去。”我说。

查尔斯哈哈大笑：“我不介意你要求了。事实上，我想弄清楚，你觉得你会介意我邀请你同去吗？”

我也笑了。“我愿意。”我说。

“如果邦蒂和她的男友不介意的话？”

“邦蒂会很兴奋的，”我胸有成竹地说，“他们俩都会的。”

随后我们商量着查尔斯应该何时过来，又聊了会儿天才互相道别。挂上电话后，我站在大厅里傻笑了一阵。我必须承认，查尔斯·梅休确实有本事让我开心。

我对于邦蒂的猜测也是对的。当我告诉她跳舞的事情后，她认为这是世界上最棒的主意，甚至还添油加醋地说：“我打赌他不会像那个埃德蒙一样抬脚就跟着什么护士跑了。”这可一点都不符合宽恕和释怀的精神。我不确认自己会不会原谅埃德蒙，但我会尽最大的努力忘掉这个人的。

不过，如果这有助于邦蒂摆脱对那个埃德蒙（她现在一直这么叫他）的愤怒，也不失为一件好事。我什么也没说，但我觉得这是一个跟比尔和好的好机会。我考虑得越多，越是觉得不该责骂他，因为他就是个英雄啊！

周三晚上，邦蒂和我早早做好了准备。她穿上了那件在二十一岁生日宴上穿过的淡绿色连衣裙，外面新搭配了一件雪纺衫，看上去迷人极了，跳舞时裙衣飘逸。我决定换上一件深蓝色丝绸连衣裙，虽然已经穿了几年，但这仍然是我最钟爱的衣服。当邦蒂和我在公寓里跳着快节奏华尔兹练习时，我希望自己能够顺利过关。

时间充裕，我们确实对如何迎接查尔斯和威廉费了一番工夫，因为我们不久就要出门，所以一路把他们拽到楼上的房间似乎很愚蠢。我们考虑过，开一间楼下的接待室，但自从邦蒂的奶奶去年离开后，里面就积满了灰尘。房子被封条贴住了，遮光窗帘也久闭不开。房间霉味很重，更重要的是，与楼上我们自己的公寓相比，这里看上去过分奢华宏伟。

我们决定，还是邀请小伙子们上楼，毕竟这是我们生活的地方，而且威廉一天到晚进出房间看望邦蒂，如果我们做出异常举动，他会认为我们疯了。邦蒂提议，拿出雪莉酒作为奖励，而我认为确实也该喝一杯，好适应新环境。在邦蒂放上一张乔·洛斯[1]的唱片时，我举起雪莉酒一饮而尽，还画蛇添足地将壁炉架上的瓷鸭装饰换了个位置。

“别紧张。”邦蒂亲切地说，就在这时，门铃响了，我差点砸了手里的鸭子。“我们会度过一段愉快时光的。现在去开门吧。”

七点二十九分，我飞速地下了三层楼，来到门口，停了一下，整理好心情，脸上堆起了一个欢迎的微笑。

“哎呀。”我在空旷寒冷的大厅里喊道。我的嘴巴很干，嘴唇都黏到牙龈上了，“晚上好，”我对自己说，练习着，“晚上好，查尔斯。”这次我对着一个中式大瓷罐，用夸张的方式重复了一遍。

其实是个很简单的问候。我把大厅的灯关上，以免被路过的空袭防卫队督察员责难，然后拉开厚重的窗帘，打开了前门。

在黑暗中，戴着军帽的查尔斯站在门口，有点害羞地笑着。

“你好，艾米，”他说，“你很漂亮。”

灯都灭了，他根本看不见我，但他这么说令人很舒心。

“晚上好，查尔斯。”我终于开口了，语气十分生硬，听上去就像我要开始播放新闻似的。我在犹豫，要不要说他今天看上去很帅，但不确定合不合适，我只是紧紧地抓着窗帘，直到灵光一闪，问他想不想进来。紧紧地关好门后，我打开了灯，带他上楼去我们的房间。

我知道，邦蒂一直在练习如何表现得随意些，她就站在客厅，一手搁在壁炉台，眼睛望向远方。她的模样就像是在给《Vogue》杂志当模特。

我还没来得及宣布他到来的消息，邦蒂突然转过来大叫道：“查尔斯！”查尔斯也大叫道：“邦蒂！”他们俩表现得就像发现了

[1] 乔·洛斯（Joe Loss，1909—1990）：英国男音乐家。

金子，然后握了握手，松了一口气，庆幸他们恢复了直呼其名的传统，避免了“叫我查尔斯就好”“叫我邦蒂就好”的尴尬礼节。接着，门铃又响了。

“你还好吧？”在邦蒂跑下楼时，查尔斯说。

“噢，没事，”我不假思索地说，“我正要说那个呢。真傻。我说我呢，不是你。”我做了个鬼脸，“很高兴见到你。”我最后说道，真的，这是实话。

查尔斯笑了笑。“我也很高兴见到你。”他说。接着他拉起我的手，这比刚刚他跟邦蒂握手要自然得多了，但这也意味着当邦蒂和威廉上来时，我们正站在客厅里手牵着手。

“这下可好了。”邦蒂这句话对目前的情况没有任何帮助。

我从查尔斯那儿把手抽了回来，但立即就后悔了，不该这么做。但我又不知道怎么再把手塞回去。于是，我向威廉打了个招呼。自从争吵后，我们还是第一次碰头，我有点尴尬，心想他是否也是同样的感觉。或者是我想多了吧，但他看上去确实有点不自在。

我及时恢复了理智，向他俩介绍了彼此，我成功办到了，不像个十足的傻瓜。

查尔斯和威廉都穿着制服，看上去帅气十足，他俩很快对彼此在当下的大环境里的工作表示出了极高的赞赏。

“真不知道你们这群人是怎么办到的。”在他们握手时，查尔斯很认真地说，“我看到火就害怕。我特别佩服你。”

我不禁想到，埃德蒙从来都没有对威廉说过任何赞美消防事业的话，查尔斯能这么做真好。邦蒂也骄傲地笑了，这样真的很好。

我给每个人都端来了一杯雪莉酒，很开心小邦能够清醒地将之前我们用过的两个酒杯藏了起来，从而避免了我们的失态。这是我在十分钟内第二杯下肚的酒了，如果刚才真的是紧张了，那么这杯也确实有缓和的效果。

随着情绪的放松，大家的交谈也愉快了许多。我们聊着英国广播公司播放的爵士乐不够多，但当他们播放时，感觉真是棒极了，还有汤米·汉德在广播剧《又是那个人》里的表现可真逗。我尽力好好对待威廉。而他也作出了同样的努力，表现得侠肝义胆。同时，查尔斯对邦蒂产生了极大的兴趣，她对他也很友好，直到我们想起，其实我们去跳舞的对象完全是另一个人。

今晚下着小雨，但我们还是精神抖擞地准备前往伦敦西区。威廉看上去尤其激动，我们四个人在晚间舞会的队伍开始聚集时到达舞厅。这里什么人都有——军人和女性，口音也鱼龙混杂。我们站在蒙蒙细雨中排着队，旁边有几个友善的新西兰人正对着“保密防谍，人人有责”的海报开着玩笑，甚至对妇女下乡工作服务队[1]的海报作出了更加丰富的评价。查尔斯朝我扬了扬眉毛，我哈哈大笑。我那“远离男人做个职业女性”的计划就此搁浅。

等我们进去时，舞池里挤满了一对对的情侣。在大厅最里端，乐队正玩得尽兴，如果不是那一片穿着不同制服和穿着普通连衣裙而非晚间小礼裙的平民姑娘的出现，在那一瞬间，甚至可以忘记世界上正在经历着不幸之事。

威廉直接果断地将邦蒂带入舞池，查尔斯和我在旁边看了一会儿。他们跳着狐步舞，邦蒂裙子上的雪纺随着她翩翩起舞，像一只展翅飞翔的瓢虫，她看上去开心极了。我大声笑着朝他们挥了挥手。

“我觉得他们已经不管我们了。”查尔斯喊道，声音盖过了乐

[1] 由一群英国年轻女子组成，被分派到全国各地，到乡间的农场进行各种农事。

队和吧台附近的吵嚷声。“你是想先跳舞，还是去小喝一杯庆祝一下？”

“喝一杯听上去不错，”我吼着，“但我们要庆祝什么呢？快，那边有个空桌。”一对情侣正朝舞池走去，于是我一把抓起查尔斯的胳膊，拉着他走。我们粗鲁地从一个正在跟高个子女孩搭讪的矮个子男人身边挤了过去，径直冲到了那个刚刚空出来的迷你天鹅绒卡座，不顾仪态地一屁股坐了下去。

旁边的另一对情侣一脸慢了一步的沮丧样子，查尔斯和我对视了一眼。

“哇哦！”我们同时大喊着，哈哈笑起来。

“做得好，”查尔斯边说边招手叫服务生，“我敢打赌，你跳舞的时候肯定很疯狂。想来杯香槟吗？”他停顿了下，做了个鬼脸，“抱歉，我是不是像个十足可恨的‘闪电哈里’[1]？”

“完全没有。”我说着，仿佛自己每周三都会喝香槟、去跳舞，而这一切都很平常。

“好。”查尔斯说完，点了一瓶。他转向我笑了，“你能看得出，我努力装出这就是我生活常态的事，是吗？请告诉我，这还是有点用的吧？”

其实，我感觉这可能会起到非常大的作用。

“噢，对啊，”我鼓励地说，“我认为你做得非常棒。”

“谢天谢地。说实话，我不知道今天中了什么邪。我忍不住想炫耀。如果再这样下去，明天我会恨死自己的。”

“啊，可我们是在庆祝啊，”我帮他解围说，“不是吗？”

[1] 指衣着鲜亮、卖弄招摇的粗鲁无礼之人。

他大笑道："没错。"

"只是，我真的不知道庆祝什么。"我补充说，心想着自己其实也不在乎。

查尔斯停下来，往前俯身好跟我讲话。即便是在卡座，周边仍然喧闹声不断。"那个，"在服务生迅速拿过来一瓶酒和两个酒杯时，他说，"我觉得我们应该庆祝一下，你让我这次的休假成为有生以来最愉快的一次。"

我能感觉到自己的脸红了。

"其实我也没做什么，"我说，"就是看电影，讲讲电话。噢，还有这个。"

服务生把酒给查尔斯过目，等到他点头后，为我们倒上了香槟。

查尔斯递给我一杯酒。"今年过得真是，"他说着，皱起眉头，棕色的眼睛在那时透出认真的神情，"没什么乐趣。"

他现在一点儿都不像"闪电哈里"。他清了清嗓子。

"艾米，我希望，如果我说，你让我大为开心，你不会介意。我希望你不会介意。"他又说了一遍。

他摆弄着酒杯，有点难为情，但仍然魅力四射。我抓着香槟酒杯的杯柄，强迫自己直视对方的眼睛。

"我过得非常愉快，"我说，声音太小了，我确信他没有听到，但我又不想大声喊出这样的话，"非常感谢你。"

查尔斯拥有我见过的最迷人的眼睛。在邦蒂家喝的那杯雪莉酒一定有什么问题，我有点呼吸困难。

他举起了酒杯。

"敬我们，艾米·莱克。"他说着，我们碰了杯，望着彼此看。

"敬我们。"我说完，想要再确认一下，低声重复着，"天哪。

敬我们。”

随后，我俩谁也没再说话，查尔斯放下酒杯，隔着桌子伸手握起我的手，再自然不过了。

几分钟后，邦蒂和威廉找到了我们，我们保持着先前的姿势，我猛地坐直了身子，发出一声巨大的“噢”，随即又把手从查尔斯那里抽了回来。即便他介意我一而再再而三的类似行为，或者觉得我很没礼貌，也没有表现出来，只是微微对我挑了挑眉，笑了笑。

事实表明，邦蒂眼里只有威廉。尽管我们都尽了最大的努力，但在音乐声和嘈杂声中，聊天是基本不可能的，威廉一直坐立不安，不断清着嗓子。他看上去比之前更紧张了，当查尔斯提议带我去跳舞时，他和邦蒂对于能单独留在卡座里表示非常开心。

乐队沉浸在自己的情绪中，虽然这里挤满了人，但没人挡路，所以感觉整个舞池都是我们俩的专属。查尔斯舞技很棒，自信且熟练，你不会产生那种像一袋煤块被丢到一叶浮舟上的感觉，而有时你确实会跟一些不熟悉的舞伴经历过此类的不舒服。与查尔斯共舞很有趣，我希望我们可以跳上一整个晚上。跟埃德蒙之前跳舞从未有过这样的感觉，反正他本身就不喜欢跳舞。

我们先是跳了华尔兹，然后又转到狐步舞，感觉大出风头，有那么一瞬间，我们忘掉了工作、消防站、空袭，忘却了一切烦恼。我只是在跟一个我认为可爱帅气的男人一起跳舞、一同欢笑。

当乐队指挥宣布短暂的中场休息后，我们走回卡座想要休息一下。威廉一改紧张的神态，咧嘴笑得像只柴郡猫，而邦蒂抽着鼻子，看上去比过去任何时候都要开心。

即将要笑破肚子的她高高地伸出了左手。

“看，艾米，快看。”她喊道。

我最亲爱的朋友订婚了，她脸上的表情足以让我知道，她最珍视的梦想成真了。

不出一秒，小邦和我抱成一团，一边又叫又唱，一边努力不让自己在公共场合哭出来，而查尔斯则握着威廉的手上下挥动，说着“干得好，老伙计”，好像他们是老朋友似的。接着邦蒂和我恢复了冷静，她好好给我看了看那曾经属于威廉母亲的超级漂亮的祖母绿戒指，我又忍不住要哭出来了。

这真是最棒的惊喜。

“比尔说他升职了，可以不用再等了，”邦蒂说，脸上绽放着笑容，“他真傻。不管他干什么，我都会嫁给他的。”

“有人得给你提供香槟酒，”她的未婚夫咯咯笑着说，“我们可能很快就会适应这种上层人士的生活。”

我们笑着，一致赞同，邦蒂随后转向我。

“艾米，有一件事情我得弄清楚，”她说，突然表情变得很严肃，“你会是我的主伴娘，对吗？”

“当然了。”我说。虽然我们都有点失控，哭了起来，最后查尔斯把自己的手帕递给了我。威廉又点了一瓶香槟，我们开始为这对幸福的新人举杯庆祝，然后为未来、和平甚至是国王和王后举杯庆祝。

威廉紧紧搂着邦蒂，搂得那么紧，好像永远都不想放手一样。邦蒂一直盯着他，尽管他们与查尔斯和我分享了这个美妙的时刻，但看得出来，他们眼里只有彼此，完全不在乎舞厅的人。最后，邦蒂悄悄跟我说，他们想离开，因为她很想立即把好消息告诉奶奶，问我会不会介意。“当然不了，”我说，“她必须去。”于是我们再次拥抱，接着他们很快消失在了夜色中，只剩查尔斯和我两人继续跳舞。

他们的幸福具有感染力。我们跳了很久，虽然脚疼得受不了，可在结束后，我们还是开开心心地一路走回了家，在黑暗中手牵着手。尽管北部有空袭，但我们俩都不在意，到家时已经过了凌晨时分，我们站在门口呢喃私语着。查尔斯要赶第二天一早五点的火车返回部队，在未来的一段日子里，我们没机会再见面了。想到这个就叫人心烦意乱，我很难高兴起来，但我们尽量保持愉快的心情聊天，并且达成一致，在他不在时，我们可以互相写信。

“我不会难过的，”他说，“因为我很期待你的来信，而且反正你永远都不知道他们会不会给我更多的假期。”

这个谎撒得很完美，所以我相信了，我说如果他喜欢我会给他写一些无聊透顶的信，这样他在外会开心一点。接着我收住了话匣子，我们毫无顾忌地盯着彼此。刚刚认识就要说再见，是这个世界上最悲伤的事情。我内心有个声音在说，我可能很喜欢他。

“你有趣、可爱，如果你尽力，肯定不会无聊，”他说，“每天给我写信，我打赌你做不到。当然我也会给你写信。”

我还没来得及想出什么有趣、可爱又不无聊的回应时，查尔斯·梅休上尉俯身过来，非常温柔地吻了我。

第十五章

我知道自己在做什么

I Know What I'm Doing

查尔斯言出必行，写信的事他是认真的。过了两天，他就来了一封信，我看信时，邦蒂在一旁踱来踱去，假装对信上的内容完全不感兴趣。

亲爱的艾米：

自从我们分手后，没过多久，我又因收拾行李耽误了一会儿，我在想，今晚就写信会不会让你觉得我热情过度了？

好吧，我在回住处的一路上都在思考，决定要冒这个风险！

今晚能跟你出去，我好开心——我多希望自己能在伦敦多待些日子，这是个什么样的送别啊——笑声、聊天，跳舞狂欢！我都不记得自己曾有过这么愉快的时光了。

艾米，对于我们的相识，我真的非常非常开心，我很想多多了解你。我明天就把这封信寄出去，这样你就能看到我是想尽可能多地写信给你，并且要你信守写信给我的承诺！

那个，我姑且就把这封信当作一个便条吧，恐怕我得赶紧打包行囊了。在离开英国前，我会尽量再给你写信的。在那之后，来信的频率可能会低一点，但我们确实是可以收到信的，因为这会让我们士气大振。

请向邦蒂和威廉再次送上我诚挚的祝福，可以吗？我祝他们永远幸福。

祝好。

你的查尔斯，吻你

我认为这封信写得十分可爱。我将信念给闷闷不乐的邦蒂听，她听完后开心得不得了。接着我把信递给了她，当她看到他落款时加的亲吻时，整个人乐颠颠的。

我也遵守了自己的承诺，开始给查尔斯写信，尽量写一些风趣闲聊、可以让他大笑的内容，至少可以让他的一天开心起来。天知道他什么时候才会拿到下次假期，尽管我们都很乐观，但我们从未对手上的工作产生过幻想。我花了一整个晚上写了第一封信，然后又重新写了几遍，让信看上去自然流畅。刚写完“亲爱的查尔斯”后感觉十分不错，可接着我的脑子一片空白，想不出任何有趣的事情，而且永远都想不出来。这仅仅是我们分别的第二天，但随着我写下去，就成了喋喋不休的长篇大论。

如何合适地结尾费了我一番工夫，因为我不想学他在落款时加上“就这样啦”，邦蒂也没帮上什么忙，她疯癫癫地建议我写上“永远属于你”，这好像是柯林斯先生浪漫故事里才会有的台词。最后，我恢复了理智，写道“你的，艾米”，再加上一个吻，看上去很合适。

尽管我们只见过两次，但我很喜欢查尔斯。我诅咒着这场让他离开的愚蠢战争，但如果不是这场愚蠢的战争，我或许一开始就不会遇到他。

然而，不管怎样，我都不准备像一个绝望的女学生那样整天愁眉苦脸。这是我绝对赞同伯德太太的少数观点之一。我们或许被留在了家里，没有参与战斗，但我们也要出自己的一份力。我有一大堆要做的事情，《女性挚友》的工作、消防站的值班以及帮助邦蒂筹备婚礼。

我继续努力回复着尽可能多的读者来信。我会在回家的公交车上读信，唯恐自己漏掉一封，在邦蒂陆军部上班还未到家的下午，我会发了疯似的在客厅里敲打着回信。《女性挚友》给伯德太太的来信远远称不上堆积如山，但在过去两周里，确实多了几封。有人说，她们是从朋友那里知道这本杂志的。我必须承认，自己曾经在"亨丽埃塔谈心室"版块编辑过一两条伯德太太的真实回复，这样显得没那么唐突。建议是一样的，这才是最重要的。

偶尔，如果消防站某天晚上比较清闲，我会时不时地向西尔玛寻求建议，特别是针对来自年长读者的疑问。一位太太随信附上了邮票和回邮信封，但对于如何建议，我一点儿头绪也没有。

亲爱的伯德太太：

我和我的两个朋友快四十岁了，很担心身体产生的变化。我们在你的杂志上看到，四十岁的女性会经历人生中最困难的时期。这是无稽之谈吗？我们的朋友艾琳因为更年期的潮热从药剂师那里买了梅诺派克斯营养品，但没什么改善，恕我直言，她看上去还是像个不折不扣的劳苦鬼。我们应该怎么做？

温妮·普拉姆（太太）敬上

我问了伯德太太，但她只是哼了一声，认为温妮·普拉姆就是个十足的傻女人，西尔玛更具同情心，她提到了根据她对姐姐的回忆，步入中年即便不像是在海边度假那么开心，但也绝对不会是世界末日，特别是你喝几杯奇怪的加了柠檬的杜松子酒，再去剧院看两部吉米·史都华[1]的电影。如果那还不能说明什么，看看我们的女王，她四十岁了，看上去依旧魅力不减。

从工作角度讲，我不能直接把这些话写进回信，但转换成了一种鼓励性的语言回复了普拉姆太太，最后用一句乐观的话结束："你不能让生命的任何阶段阻止你想做的事。祝你好运！"

但愿这样的回复可以帮助到她，总好过了无音讯。我只希望自己能对生活多些了解。伯德太太收到的信中，很大一部分涉及这个生命阶段的变化，尽管这是不可接受的列表中难得没有被列出来的几个话题之一，但无疑，读者们都会被告知不要大惊小怪，该怎么生活就怎么生活下去。

难怪人们更喜欢现代化的杂志。他们会寄给你一本小册子，里面包罗万象，几乎囊括了你要写信给他们的所有主题，还附赠一张邮票。凯瑟琳认识一个在某家大杂志社工作的人，她说，他们有个团队，每天都在寄出材料。

我经常有种浪费时间的错觉。我就在那里，在回家的公交车上偷偷地寻求着各种答案，而同时，其他杂志却在大张旗鼓地做着同样的事。我跟自己说，不要闷闷不乐，要继续努力下去。

不管怎样，生活中还是有很多值得开心的事情。尽管春天迟迟未露面，甚至一点儿温暖的迹象都没有，邦蒂和威廉的婚礼却是最好的补药。开战以来，没有人订过婚（现在回想起来，好像埃德蒙是个例

---

[1] 吉米·史都华（Jimmy Stewart，1908—1997）：美国影视演员，出演过《浮生若梦》，被美国电影学会评为"百年来最伟大的男演员"第三名。

外），而邦蒂和威廉相识已久，没理由再拖延下去了。他们把日子定在了3月19日星期三。那就意味着所有的准备工作都要在不到一个月的时间里完成。

邦蒂的兴奋颇具感染力。仪式定在邦蒂奶奶的乡村教堂举行，之后在塔维斯托克太太家里摆一个非正式的午宴，这是一场安静的婚礼。消防站的罗伊为成了威廉的伴郎高兴得发狂，爸爸妈妈当然也会到场，但杰克估计申请不到假期。午宴之后，新晋巴恩斯夫妇会前往安多弗附近享受两夜的蜜月，在周五下午，威廉必须按时到岗工作。听说午宴上会供应猪里脊肉。

作为喜庆的订婚礼物，我为邦蒂选了《现代新娘指导》，这本书于三年前出版，里面全是现实的建议和观点，但由于目前正处于战争中期，似乎没有什么意义。

“‘钢琴每家必备’，”邦蒂大声念出来，随后严肃地加了一句，“那会让比尔和我非常难办。”她大笑起来。

“我觉得你对这个不够认真，”我说，越过她的肩膀看着她不断翻阅索引，“看看完美的女主人是怎么用有意思的馅料三明治做一顿非正式晚餐吧。”

邦蒂哼了一声。

“哎呀，”她一边看一边说，“我不知道一瓶沙丁鱼竟然可以有如此多的用途。我最好快点进入角色。我不想让自己失望。”

对此，我们笑得更厉害了。里面列出的每样物件根本就不可能找到，但我们的确认认真真地研究了鸡尾酒须知，等到一恢复和平，我俩就可以自信满满地调制出一杯鸡尾酒。白兰地、薄荷糖浆和苦艾酒的组合听上去就很难下咽，可不试又怎么能知道呢？

一切都充满了乐趣，如果换个时间和地点，或许会花费几个月去筹备一场豪华的白色婚礼，那样确实很不错，但此时的邦蒂深深陷入爱河，幸福无比，所以一切都不重要。她只想完成仪式，成为威廉·巴恩斯夫人。每当威廉·巴恩斯先生在换班期间顺路到公寓来看望她，你会发现他也是同样的幸福和激动。

离婚礼只剩不到两周，我疯狂地赶制着邦蒂的婚纱，材质是我们极其幸运才找到的一种非常优雅的绿绉纱，也适用于其他场合。我的缝纫机技巧还不算太糟，所以到目前为止，一切按计划进展。邦蒂在陆海军商店选了这种材料，妈妈和我一起凑钱买的。邦蒂兴奋不已。塔维斯托克太太送来的从莉莉和斯金纳公司订购的一双迷人的棕色绒面革宫廷鞋让我们大吃一惊，而邦蒂的同事借给她一顶丝绒带棕色帽子与鞋子是绝配。这样，不论天气如何，邦蒂一定是最美丽的新娘。

一天晚上，威廉在去消防站的路上顺道过来要宣布一些消息。我还没找到机会跟他聊聊之前那场愚蠢的争吵。在家时，他总是跟邦蒂形影不离，而去了消防站，他周围不是一堆人，就是忙得不可开交。事实上，忙到我都有点怀疑他是否在有意回避我。

邦蒂下楼给他开了门，随后两人便匆忙赶往厨房，威廉迈着轻松的步伐，邦蒂则跟在后面蹦蹦跳跳地上楼，一边笑着一边说他已经疯了。

我正在切一块鲱鱼派准备上夜班的时候吃，抬起头来看着他们。

“晚上好，比尔，”我愉快地说，“很开心见到你。你想来点果酱面包吗？邦蒂正在烤。”

我将手伸进面包箱，笑着递给他一块点心。

“现在可别把果酱沾到你制服上去了，”邦蒂在他后面说，“我可不想自己的丈夫如此不修边幅。而且这样也很浪费。”

威廉转身搂住了她。“遵命，亲爱的。”他一脸骄傲地说，好像他们已经结婚了一世纪那么久，“想想吧，不到两周，你就可以随心所欲地指使我了。”

“我可从来都没有。”邦蒂说，引得大家哈哈大笑。

“对了，”比尔说，终于对着他的未婚妻忍住不笑了一会儿，“我有一个重要的社交通知。”

“哇哦。”邦蒂和我异口同声说。

“是的。”他已经习惯了我俩同时发声。他在制服口袋里摸了一会儿，随后掏出了几张票，清了清嗓子：“嗯嗯。这周六晚上。九点整。巴黎咖啡馆。女士们，我诚挚邀请你们参加为美丽的玛丽戈尔德·塔维斯托克小姐和她最大的仰慕者威廉·巴恩斯先生举行的婚前派对。”

“不是吧！”邦蒂尖叫道。

“天哪，”我大吃一惊，深吸一口气，“哎呀！”

邦蒂和我对视着，嘴巴大张。巴黎咖啡馆并非我们平时能去的地方。这属于伦敦富人晚上经常出没的场所，对我们来说太高档了。我知道邦蒂一直很想去那里，那里的乐队属于顶级水平，尽管她有个同事告诉她，在战争期间，那里可能没有之前那么花哨，但威廉能有如此的安排还是一个了不起的努力。

“那这样安排可以吗？”威廉说完，邦蒂恢复了理智，紧紧地搂住了他，他气都喘不上来了。

“可以，可以。”邦蒂对着他的大衣说。随后，她放开了手，表情瞬间变得悲伤，“噢，我真的很希望查尔斯能来陪艾米。”

“别傻了，”我将晚餐塞进包里，轻描淡写地说，“我只见过他两次，其中有一次你还在场。”

“那你整天给他写信又怎么讲呢？”邦蒂质疑道，亲了亲威廉的脸颊，准备找点面包黄油给他带去上班，“我还没见过像你这么能写信的人呢。”

“胡说。”我否认道，胡乱地查看了一下自己的包。

“你会是下一个的。”她笑着，似乎是看出了点什么。

“其实，我已经安排好替补了，”威廉挺身而出说，“为了这次特殊的活动，我觉得邀请我的伴郎是合适的。我希望梅休上尉不会介意消防员罗伊·霍奇斯加入我们，如果莱克小姐准许的话，他会陪她参加晚间派对。”

“当然，”我说，想到这可能导致姑娘们的疯狂猜测，就有点头疼，“这是我的荣幸，”我突然想起来了，“噢，不会吧，”我说，“我周六晚上要值班。”

威廉咯咯笑着。“我已经解决了，”他说，“维拉说如果你不介意帮她值两天班作为回报，她愿意帮你顶班。”

我吓了一跳。但我不得不承认这个举动确实很体贴。

“万岁！”邦蒂说。

威廉忍不住笑了。

“见到罗伊，你会大吃一惊的。虽然他可能快四十岁了，但据我所知，他好像在跳舞方面颇具实力。他之前去过巴黎咖啡馆，所以可以给我们做向导。”

这真是出人意料。罗伊有个小菜园，喜欢看谋杀悬疑小说。他是个不折不扣的好人。

“小心了，梅休上尉，”邦蒂说，“真实的消防员罗伊·霍奇斯要登场了！”

我朝她做了个鬼脸，看了看厨房的时钟。

“那个，”我朝威廉笑着说，“你介意我跟你一起去消防站吗？”

“噢，”威廉颇为严厉地说，“我去得早。”

我的心沉了一下。威廉看上去那么开心，我希望他已经原谅了我之前跟他争吵的事。我继续说，尽量让自己声音轻一点，“是有点，但随着罗伊成了弗雷德·阿斯泰尔[1]，至少要留给姑娘们二十分钟的时间平静下来，才能开始工作。”

“去吧，亲爱的，”邦蒂说，“但别问艾米任何有关我婚纱的问题。我想给你个惊喜。”

威廉笑了笑，无法拒绝。我拿起手提包，跑去拿自己的外套和帽子。

威廉和我裹得严严实实的，冒着傍晚时分的小雨，一起向不远处的消防站走去。

“非常感谢你邀请我参加下周的派对，”我们在黑暗中摸索着前行时我说，“我很期待。”

“你不去邦蒂肯定不干。而且，很明显，我也不会同意的。”他紧接着补充道，但我后来想，他的话并无恶意。“小心，那边有个小水坑。”

我小心翼翼地绕过人行道的一个大坑，那曾经是一处房子，不知是上周还是更早之前被空袭击中了。博恩先生告诉我三个家庭被炸飞了，还有一个买他《每日镜报》的常客，一条腿膝盖以下的部分全被炸没了。

“那次真的很惨，”我看向那个大坑说，“博恩先生说的。”

---

[1] 弗雷德·阿斯泰尔（Fred Astaire，1899—1987）：美国电影明星。

“我不知道，”威廉姆说，“那次是A分队乔治的一帮伙计负责的。他们是个好团队。”

“当然了，”我殷勤地说，“你们都很好，当然。”

黑暗中，我听到了一声“嗯”便再无话语。

我们继续往前走，我咬着脸颊内侧的肉。一结婚，威廉就会搬进来跟邦蒂一起住，在房子一楼的三个房间里打造一个小家。邦蒂坚持让我继续留在楼上的公寓里，她很善良，但这种怪异的氛围不能再持续下去了。我或许是他们的老朋友之一，可我也会成为他们的房客。除此之外，我还想让威廉知道，他和邦蒂的事情有了好结果，我很开心，上次我发火，只是想确保他的安全而已。我们必须把误会解除，才能继续相处下去。

现在就是最好的时机。我会消除这个障碍，然后就可以讨论去舞会、婚礼那天的事，一切就恢复正常了。

“天气很好，多云，看上去像要……”正当我要开口时，威廉说。

“问题是……”我打断他。他随即打住了。

“很抱歉，我，那个，好吧，我只是想说。”

威廉稍稍加快了脚步，我必须小跑着才能追上他，这在黑夜中并不简单。

“问题是，比尔。”我喘着气说。我伸手碰了碰他的胳膊。如果他可以走慢一点，我就可以正式跟他道歉。

“我们要迟到了。”他答道，这是一个让我闭嘴的最好的暗示，但他至少停下了朝前走的大步。

“我只是想说，对于上次的争吵，我很抱歉，”我匆忙说，以防万一他又加速，“还有，我真的特别为你和小邦开心。”

他点了点头。“谢谢，”他说，然后停了一会儿才继续说，“你的确知道我有多爱她，对吗？还有，我不是个傻子。”

“当然了。”我说。

“还有，艾米，我不会做出毁掉她生活的事情的。所以，说真的，我不需要你来指导我的工作。”

“我知道，”我说，“对此我很抱歉。”

“你不必再对我唠叨个没完。”

“对，好的。”我说。他把话说明白了。

“很好。”威廉简短地说，又开始走路。我加快步伐跟在他旁边，试图想要回忆起哪段路开始变得崎岖不平。我的手电筒光线太微弱了，根本照不清什么东西，导致我的鞋踢到了一块石头上，不得不跳了一下才避免被绊倒。威廉还在讲个不停。

“我很清楚自己在做什么，小艾。你不知道。当你坐在消防站时，我们已经连续几个月每天晚上都在外面这么干了。你不知道自己在说什么。如果你能明白，你会发现，这不像看上去那么危险。”

我想他说得已经够多了。我知道自己在爆炸现场看到了什么。弗雷德在混乱中摔断了胳膊，胳膊骨折突出的角度在很多人看来都难以接受。还有那些被炸飞的房子，随时都会坍塌，砸在他们身上。不需要成为专家，就能知道他们的处境有多危险。

我们走到了贝拉米街的拐角，离上班场所还有一两分钟的距离。但愿我们能谈到巴黎咖啡馆的事了。

“不管怎么样，”我说，想要把话题转到积极的一面，尽管威廉以为我糊里糊涂，不停地给我讲道理，“我非常期待巴黎咖啡馆的派对。”

“……而且，其实，教堂街已经完全处在我们的控制中了。”

他仍然没有接受我的道歉，而此刻的对话已经成了一场说教。

“我的天哪，比尔，那是胡说八道，”我无奈地说，自己的好意成了竹篮打水一场空，“你和小伙子们差点就被活埋了。”

他停下了脚步。

“说真的，艾米琳，”他厉声说，“你就不能放下这件事吗？”

他已经好多年没叫我艾米琳了。我之前确实放下了，至少在努力说出抱歉的话之前。甚至在爆炸那天后，我都没有提及教堂街，也没有向邦蒂透露一个字。你以为我会把它写到一块大招牌上，挂在消防站吗？

“不，比尔，”我说，“我不能。当你为了救一个洋娃娃任性地将你和半个团队人员的生命置于危险之中，还认为很合理的时候，我就不能不管。”

话一出口，我就后悔了。没有人会说威廉不尊敬甚至不爱他的队友，因为他们就是他的家人。我怎么能说出这样的话？我不应该提到其他人的。我想要道歉，但他比我先开口了。

“真卑劣，艾米，”他说，“那话真卑劣。”

他转身大步朝消防站走去。

“比尔，”我叫道，然而他丝毫没有慢下来的意思，“求求你了，比尔。”

我一个人站在大坑的中央，盯着他消失后的漆黑的夜。

“嘿，是你吗，艾米？”身后传来了不均匀的嘎吱嘎吱的脚步声，“等我一下，好吗？我的电池没电了，什么也看不清。”

是西尔玛，来得真不凑巧。我跟她打了招呼，尽量显得很轻松。

“你没事吧，亲爱的？”西尔玛说，她很敏感，发现了我的强装镇定，“我们的威廉自己走了吗？”

“噢，没事，”我撒了个谎，“我们都有点迟了，所以我让他先走了。”

“保佑他，”西尔玛说，让我感觉更糟了，“对于下周，他太兴奋了。他把那个大惊喜告诉你了吗？”

西尔玛挽起我的胳膊，我们在我昏暗的小手电筒的光照下慢慢走着。

“巴黎咖啡馆，”她惊奇地说，完全忽视了我没有作答，“他上周问我，邦蒂和你会不会开心，我说你们当然会了。你兴奋吗？”

“嗯，”我小声说，“我们俩都迫不及待了。”

“就说嘛，”西尔玛说，捏了捏我的胳膊，“罗伊那小子乐得发疯了。说实话，你的邦蒂是天底下最幸运的姑娘了。能嫁给这么个棒小伙子真的是太幸运了！”

我点了点头，感觉自己太差劲了。当然，西尔玛说的没错。威廉热爱自己的工作，而且拼尽了全力想要证明他作出了贡献。但我也很清楚，他爱邦蒂胜过一切。我对自己朝他再次发火自责不已。我们是十多年的好友了，而且他马上就要迎娶我最好的朋友。西尔玛继续闲聊着，我咬着自己的嘴唇，一言不发地走着。十年来，我和威廉没红过一次脸，而现在却成了这样。一阵怒火袭来，不仅是为威廉，更是生我自己的气。都是这场愚蠢的战争。愚蠢，愚蠢，该死的战争。

“你真的没事吧，艾米？”西尔玛在黑暗中问。

“嗯，当然没事，就是有点冷。”我说着，挽起她的胳膊，快步走向消防站。如果我走得够快，或许在换班之前还能碰到威廉，想办法把事情一次性解决了。

第十六章

冒充女主编

Impersonating an Editress

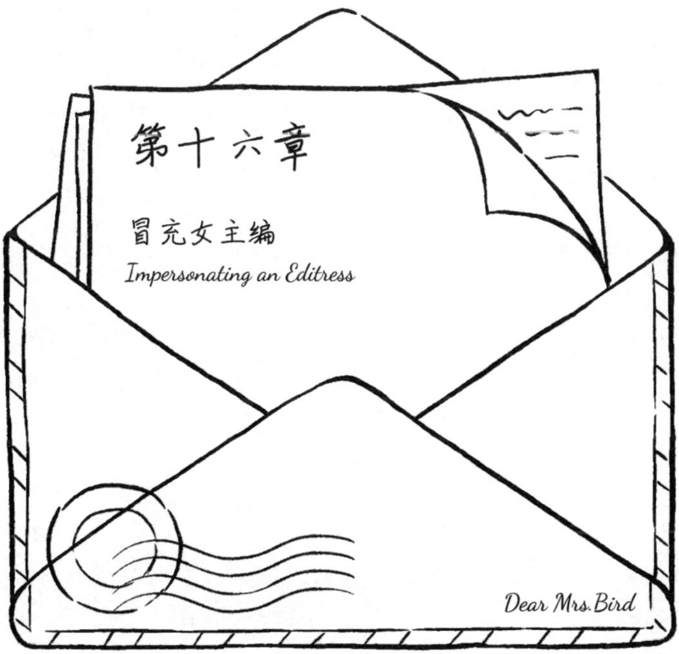

我找不到威廉。撇下巴黎咖啡馆在B分队姑娘们引发的一阵轰动，我出去找他，但发现他正在就设备问题跟戴维斯上尉聊得火热，于是我被迫回到了岗位继续接电话。西尔玛和姑娘们对邦蒂婚礼的计划十分感兴趣，仿佛这是《女性挚友》上的连载，你能看出，每个人都多了点开心的事情去关注，特别是关于服饰的细节，以及有可能出现的稀罕的食物。筹备一场婚礼似乎可以给希特勒当头一棒。他可以随心所欲派出大量的空袭部队，但他阻止不了人们相爱，也阻止不了人们兴高采烈。

值班结束时，戴维斯上尉想要跟我谈谈轮值表的问题，于是我只能匆匆赶回家，错过了与威廉交谈的机会。一般情况下，我去办公室前会简单换个衣服，之后再补觉。妈妈时常担心我们如何能撑得下去。我不知道。我们就这么撑过来了。

尽管我急着要找威廉把矛盾解释清楚，但也期待跟凯瑟琳聊聊巴黎咖啡馆的计划，所以我早早去了办公室，挤进了我们那间小小的办公室。我发现盆栽植物需要浇水了。由于我只在上午工作，凯瑟琳便把昨天最后的信件留在了我的桌上，我很开心看到给伯德太太的来信比平时多了一点。将外套挂在门后的挂钩上，我在桌边坐下，开始打开那一小沓来信，希望找到可以交差的内容。很幸运，头一封我就发现了好东西。

亲爱的伯德太太：

您的杂志上曾刊登过几篇关于短发最适合战时工作的文章，我丈夫却不允许。他说，如果多萝西·拉莫尔[1]可以留长发，那么我也应该留长发。他还说，我工作时不应该把头发扎到后面去。

我该怎么办？

拉莫尔小姐影迷的妻子

我咧嘴笑起来。这是那种可以让伯德太太大为恼火的信，但我觉得，她内心肯定很喜欢。我确信，她不知道这是个好莱坞女演员，而认为她就是一个具有负面影响的邻居，我同时也相信，她会建议“拉莫尔小姐影迷的妻子”把头发梳起来，再弄一个发网。

我立即就把这封信放进了伯德太太的文件夹里。

接着发生了一件很奇怪的事情。我看到一封信，读者并没有索要任何建议，只是怒气冲冲地陈述了自己的故事。

亲爱的伯德太太：

我写信来是想谢谢你在本期杂志上刊登了一个叫作“受够了”的女孩的来信。我没有她那个胆量给您写信，但读到了您给她的回复，我很开心。

[1] 多萝西·拉莫尔（Dorothy Lamour，1914—1996）：美国好莱坞女星，因异国情调成为知名影星。

您看，我跟她一样——父母要求严苛，即便我今年夏天就满二十岁了。他们不想我找男朋友，尤其不准找军队那些地方的，即便是人人称赞的适合做女婿的好男孩。我很担心，因为我在父母不知情的情况参加了一场教会舞会，遇到了一个很不错的男孩。你看，他是海军，我知道这会惹他们生气的。

我一直担心得要死，怕他们抓到我跟莱纳德（他的名字）见面，但那时我看到了您给“受够了”的建议，让她勇敢地去与父母交谈，我也照做了。后来发现，我妈妈的朋友伊迪丝正是莱纳德母亲的二表妹，她告诉妈妈，你永远都不会再找到一个更棒的男孩了，嫁给他就跟嫁给一位神父一样。

所以不管怎样，我妈妈很开心，在您的建议下，莱纳德到家里来喝了茶，他们相处得十分融洽，到最后我爸爸甚至都称呼他为儿子了，现在我们的关系也很亲密，我特别开心。

所以，我很想好好谢谢您给了我勇气。

莉莲·班克斯（小姐）敬上

附注：我已建议我的朋友珍妮给您写信，因为她妈妈实在是太可怕了。

这是一封很真诚的信，却让我大吃一惊。这是有史以来，头一个活生生的人说，她觉得我的建议有效。她甚至都不是我回信的那个对象。直到刚才，《女性挚友》的读者们还只是一些没有生命的名字，被柯林斯先生安慰、娱乐着，被伯德太太当成头脑迟钝的孩子对待着。我早就知道自己喜欢她们，并且乐于帮忙，但这封信带来了改变。

我没有她那个胆量给您写信，但读到了您给她的回复，我很开心。

我从未想过，杂志上的来信会产生这样的效果。我担心过自己可能会犯错，对来信人给出了错误的建议。我从未想过，有上百甚至上千人读到了我的建议，那些不幸的读者还会因此受到鼓舞。我高兴极了。

所有的偷偷摸摸、如坐针毡，甚至对邦蒂撒谎，莉莲·班克斯的来信使得这一切都值得了。我在想，其他的读者也会被安慰到吗？

听到走廊的门开了，我迅速把莉莲的信塞回了信封。我回家再好好看。

“早上好，艾米。”凯瑟琳进门时喊道，脱下了帽子，任由她的头发从发夹中蹦出来。她脱下大衣，露出了一件亮黄色的开襟羊毛衫，上面的皮革扣子就像是一个个的小足球。

“早上好，凯瑟琳，”我回应道，“这毛衣可真漂亮。谢谢你把来信放在了我桌上。你永远都不会猜到，我要去巴黎咖啡馆啦！”

我开始闲谈，急切地想要告诉她这个派对，凯瑟琳却心不在焉。甚至在她还没有坐下前，就盯着我桌上的来信打断了我的话。她的声音有些紧张。

“那可是整整一沓信，”她说，“有好的吗？”

“噢，没什么有意思的，”我轻快地回道，“其中一个关于头发。肯定是一堆令人不快的话题，要被丢到垃圾桶里。”

凯瑟琳点了点头。

“很有趣，不是吗？”她说，“你不觉得伯德太太变得好些了，嗯……近乎善良？她对那个有着很难相处未婚夫的姑娘真是耐心十足啊。我还以为，伯德太太会把她当成傻子，实际上她的话相当和蔼可亲。”

凯瑟琳笑了笑。她的声音比平时要尖锐。我坐在椅子上动了动。

“我不知道，”我说，“我记不太清了。”

“这周有一封信，”她继续说，“是‘一个背着父母跟战士约会的姑娘’。我很惊讶她没有把那姑娘痛斥一顿。”

我身上发热，准备脱下夹克。

“噢，那个啊？哎哟，春天都要来了，不是吗？”我说着，试图脱下一只袖子，却将一只手卡在了背后，“现在比上周暖和多了。”

外面刮起一阵凛冽的寒风，前天美工部的布兰德先生还生了冻疮。凯瑟琳并不买账。

“就是觉得有点奇怪。你知道啊，她对那些事情的立场很鲜明。真是个巨大的转变。你没察觉到吗，艾米？”

我的胃一阵痉挛。我曾经想过，如果我被抓包，那人肯定是凯瑟琳。她会把《女性挚友》从头读到尾，而且她聪敏得很。我肯定是疯了才会认为自己能骗过她。我的大脑飞速运转，思考着自己是否要告诉她这个秘密。隐瞒是很差劲，实际上，我迫切想要坦白，把她争取到我这一边，一起参与其中。

但这不公平。凯瑟琳是我认识的人中最诚实的一个，是非观特别分明。我一直在冒充主编。我不能指望她帮自己一起欺瞒伯德太太。

“艾米？”凯瑟琳又问我，我感到身上燥热难耐，无法直视她的眼睛，“我没那么可怕，真的。你没什么事隐瞒我，对吗？”

一想到要把她牵扯进来就觉得可怕。这真的不行。

“其实，”我说，“确实有点事。凯瑟琳，你能保守秘密吗？”

凯瑟琳的样子看上去快要崩溃了，但还是勇敢地点了点头。

我深深吸了一口气。

“就是，我，呃……我正在跟柯林斯先生的弟弟查尔斯交往。”

说得太过仓促。但告诉凯瑟琳一些有趣但不可怕的秘密是我能想到的最有效的转移注意力的策略了。但拿查尔斯做挡箭牌还是让我觉得自己像个十足的笨猪。

有那么一会儿，凯瑟琳十分纠结，但慢慢地，她的眼睛瞪得大大的，勉强低声说。

“不！”

我点了点头，给出了有史以来最虚伪的微笑。出于习惯，我们都朝门口看了一眼，生怕伯德太太会突然出现。然而并没有。凯瑟琳带着非常满意甚至是放松的表情，双手拍着自己的羊毛衫，连续说了几遍“天哪，柯林斯先生的弟弟，真没想到”。

在接下来的十分钟里，凯瑟琳和我喋喋不休地讨论着。我把跟查尔斯见面前前后后的事情全盘托出，还暗示说，藏着一个秘密可能会让我最近有点躲躲藏藏。我甚至还冒了个险，天真地问她到底来信带来了什么困扰，她却把这个话题撇在一边，说她就是犯傻，没什么事。凯瑟琳心地善良，为我感到由衷的开心，她完全被查尔斯的借口蒙骗过去了。在这一刻钟的时间里，我的情绪从一封来自陌生人的感谢信带来的得意扬扬变成了对自己的厌恶。

本来可以享受这个浪漫的话题，而现在我一面努力让自己聊得畅快些，一面暗暗在心底发誓：再也不往杂志里塞信了。

我的本意不坏，却差点将凯瑟琳置于最艰难的境地。这种想法令我大吃一惊。本来向邦蒂隐瞒我给读者回信就够糟糕的了，如果伯德太太认为，凯瑟琳怀疑我私自篡改了杂志上的建议而又没有向她如实汇报的话，那情况就很严重了。我不能冒险让凯瑟琳陷入困境。

我会继续小心翼翼地给读者回信，但对于刊登的内容，就到此为止了，即使那似乎确实帮到了像莉莲·班克斯一样的读者。

随着砰的一声巨响，走廊的门被推开，又像是印证我的观点，伯德太太出现在了我们办公室，她穿着花呢套装，一脸坚毅。

“我得马上走，”她宣布道，“发生了一起农场事故。”

“很抱歉。”我说着，凯瑟琳和我同时站了起来。

“是那个人自己的错。”伯德太太相当爽快地回答。

那没什么好评价的，于是凯瑟琳和我点了点头，表情严肃。伯德太太环顾了一下办公室。

“我周一会从镇上回来。我相信，你们俩都有事情做吧？莱克小姐，你准备好足够符合我要求的来信了吗？”她看了看我的办公桌，上面还放着装有莉莲感谢信的信封。我的心跳加速。“糟糕的字迹，”她嘟囔道，“我相信，没有令人不快的来信吧？”

“绝对没有，”我自信满满地说，“实际上，有位女士的来信十分有趣，她被一个看手相的人搞得心烦意乱，”我说，“她非常急切地想要得到帮助。”

伯德太太皱了皱眉。“我一点儿也不惊讶，”她说，“我周一再处理。你们确定你们俩都很忙？我刚刚好像听到了谁在聊天。”

凯瑟琳和我听到这个假设后表现得很受伤，极力否认。

“很好，”伯德太太说，“我得赶紧走了。奈顿小姐，我的公文箱里有信件。请确保处理好。再会。”

说完，她就大摇大摆地走出了办公室。

如果跟凯瑟琳危险的过招已经让我紧张不安的话，那么伯德太太像鬼魂似的突然出现则将我推向了崩溃的边缘。我推说希望多一点空间来浏览信件，便从桌边挤出去，给了凯瑟琳最后一个疯狂的微笑，逃到了走廊里。

随后我停下脚步，靠在墙上，闭上了眼睛，把信紧紧地贴近胸口。

“刚才侥幸逃过一劫？”柯林斯先生站在办公室门口说。如果是其他人，我会认为他早就埋伏在那里，但柯林斯先生就是有本事将这个本来很令人怀疑的行为表现得很坦然。他拥有那种难以被人发现的本领。

“噢，我吗？噢，天哪，不是，”我说，紧接着发出了一阵不自然的笑声，“只是有点忙，没什么。有好多事情要做。”我补充道，希望表现得很勤奋。

“嗯，那很好啊，”柯林斯先生说，“如果我们由于某些不能理解的理由而忙个不停，估计还能工作个一两周。”他微微笑了笑，几乎是自言自语，“别告诉我还真有人买这本杂志啊？”

“嗯，对啊，”我说，希望逃脱另一场可能的质问，“很有可能是因为吉卜赛人。”我随便说道。

“吉卜赛人？”他朝我扬了扬眉毛，重重地叹了口气，“我意识到自己一定会后悔问出这个问题，但说真的，莱克小姐，什么吉卜赛人？”

每次称呼我为莱克小姐，似乎总能让柯林斯先生开心。

“你故事里的那些啊。吉卜赛人。觅食的那些。在树林里。读者很痴迷呢，先生。”

用在凯瑟琳身上转移注意力的策略似乎对他没有特别大的效果，而现在，我竟然称呼他为先生，这是从未有过的。

柯林斯先生走近了些。“一切顺利吗，艾米？”他问。

“当然了，”我说，“我正准备整理这些来信。如果可以的话，我想去旧的记者室里工作。我们办公室太小了，而那间房却空着真的挺浪费的。我不确定伯德太太会不会介意。”

“我看不出有什么不可以，”他说，“实际上，如果你想多点空间，你为什么不在那里安张桌子呢？跟亨丽埃塔说，是我告诉你这么做的，如果你想的话。”他说出了自己的想法，笑了笑，我跟他道了谢，说会去问问凯瑟琳的意见。

凯瑟琳认为这主意很棒，也期待自己能够用上这间大办公室，但前提是伯德太太可以穿过一整个走廊去找她，而伯德太太不喜欢走路。在伯德太太离开后，她跟我过来收拾起了房间，我最终跟她说了在巴黎咖啡馆的晚间派对。

茶点女服务员布塞尔太太像往常一样准时出现，她成功做出了一种罕见的波第夹酸栗果酱饼干，并为这是该死的意大利式饼干而道歉。

“至少饼干的名字不是墨索里尼。”我说，试图替她解围，但当她把手推车推向电梯时，说了些骂人的话。

“你打算穿什么呢？”凯瑟琳边说边从饼干里挑出红醋栗（有两个），慢慢地咀嚼着，“晚礼服吗？”

我点点头，“我二十一岁的时候得到了一件丝质长裙。”我笑了。这好像是很久之前的事情了，“我觉得那个就可以。”

我坐在一个废弃的办公桌上来回挪动着。“鉴于目前的形势，这是不是有点太招摇了。”我难为情地说。

“噢，不会，”凯瑟琳说，“这很好。而且你应该享受当下的每一分钟。反正，我们有责任庆祝这样的仪式，不是吗？纳粹会恨死我们的。”

我哈哈大笑了起来，很开心我们又能像往前一样聊着天，而不必对来信讳莫如深。

“我不确定自己去夜总会就能让希特勒操碎了心，”我说，“但我懂你的意思。我保证，周六，我肯定会像个疯子一样在伦敦西区好好玩一下。”

我把手放在头后面，摆了个姿势，试图模仿时尚杂志上的模特。

门口传来了一声善意的咳嗽声。

“我想亨丽埃塔还没回来吧？”柯林斯先生说，吓得凯瑟琳和我跳了起来，一脸愧疚。“噢，别这样啊，你们不用立正站好，我就开个玩笑。不过去伦敦西区好好玩一下是什么意思？”他故意狠狠瞪了我一眼。

“哦，不是好好玩一下，”我说，“邦蒂和威廉周六要带我们出去，作为一种婚前的庆祝。他们不举行订婚派对。”

“去巴黎咖啡馆。”凯瑟琳补充说，她最近跟柯林斯先生说话没那么胆怯了，也许是受到了此次活动的振奋。

柯林斯先生吹了一声长长的口哨。“莱克小姐，”他说，“哎哟。好乐队。标价过高的香槟。”

这让凯瑟琳和我停了下来。柯林斯先生也知道舞蹈和乐队？

柯林斯先生翻了个白眼：“我也不完全是个老古董，好吗？”

“当然不是了。”我倒抽了一口冷气，而凯瑟琳用力点了点头。

“实际上，您非常年轻。”我继续说，这话似乎有点过了。凯瑟琳看了我一眼。

“好了，艾米，”柯林斯先生说，“别胡闹。反正，青春并非像人们说的那么好。不过，我相信你肯定会玩得很开心的。如果发生空袭，你在那里也会一样安全。”他继续说。

“柯林斯先生，您去过巴黎咖啡馆吗？”凯瑟琳问道。

看得出来，她已经被跳舞、音乐和连衣裙的故事迷住了。我希望凯瑟琳也能跟我们一起去，我知道她肯定很喜欢，而且我向自己保证，未来我不会只在最重要的场合才去好好玩一场。一个普通派对或是花园生日派对就足够了。

我相信，柯林斯先生肯定会结束这段对话，令我吃惊的是，他笑了笑，抱着双臂，靠在了门框上。

“一两次吧，凯瑟琳，”他说，“最近没有，我必须承认。因为我真的太老了，”他微微扬了扬眉毛，“但，嗯，在它刚开业的时候去过。那时我可新潮了。”

凯瑟琳和我面面相觑，非常好奇。

柯林斯先生。新潮？

这是个机会！我们想要知道更多。仅仅过了一小会儿，他的思维似乎切换到了一个截然不同的时代，柯林斯先生站直了身子，猛地拉了拉马甲的下端，发出了一声“哼”。

“很久以前了，”他轻快地说，“好了，现在，你们最好开始工作，否则我们就要受罚了。”他恢复了工作模式，“艾米琳，如果你有空，我有一堆东西需要你打印。一个海边的故事。很无聊，但结局是好的。我要出去几个小时，所以周一见。周六玩得开心。过会儿见，凯瑟琳。”

他转身离开，想了想，又回到了办公室。

“周六小心点。上面可能会很忙。”他抬起头看着上面的天花板，接着点了点头便离开了。

凯瑟琳转向我。“天哪，”她说，“我认为，弟弟不在时，他在试图照顾你。”她咯咯笑了起来，紧张地朝走廊看去。

“噢，嘘，”我说，“他只想做个好人。还有，瞧你，还问他去没去过巴黎咖啡馆。”

“我不知道自己怎么了，”她说着，用手摸着前额，“我真的不知道，”接着她笑了，“但，噢，这不是挺好吗？”

我点了点头。是的。现在，我处理好了工作上的事情，又想起了婚礼计划和邦蒂。我只需要解决掉威廉的矛盾，一切都会变好的。

第十七章

城里最安全最快乐的餐馆

The Safest and Gayest Restaurant in Town

尽管我们相处得并不融洽，但我还是非常感激维拉周六晚上能够帮我值班。作为回报，我白天稍早时候帮她在A分队值了班。但愿可以找机会打个盹儿，精神抖擞地去参加巴黎咖啡馆的派对。消防员自然有自己的上下铺床宿舍，但如果需要，我们姑娘们也有一间小里屋，里面放了两张行军床，还有几只老鼠，它们偷吃了琼轻率地留在小木储物柜过夜的三盎司可可。

我计划在值班后回家，尽量打扮一下，等威廉和罗伊到家里喝一杯，然后启程，九点到达俱乐部。时间很紧，但还是可行的。

周六一早，我便早早地来到了消防站，期待能够找到同样换了班的威廉。与往常一样，我到时，罗伊已经上班了，他一头扎在其中一辆泵车的发动机里，自顾自地吹着口哨。

“早上好，罗伊，”我喊道，“你在预习我们跳的华尔兹舞步吗？”

罗伊从车里伸直了身子，热情地跟我打招呼。

“那个啊，金吉·罗杰斯，”他说，“是个快步进行曲。”他做了个鬼脸。

我笑了：“别慌，阿斯泰尔先生，我知道，”他松了一口气，“你做好准备迎接这个重要的夜晚了吗？”

罗伊低头看了看自己的胳膊，从胳膊肘到指甲缝里全部沾满了油渍。“再有几个小时你就认不出我了，”他说，从挡风玻璃那儿拿起之前放在上面的手表，“天哪，我最好去开车了。”他重新检查了发动机，“这是必做之事。”

“比尔来了吗？”我问。

罗伊摇了摇头，盖上了发动机盖。“没有，他还在河边。三个人倒下了，那里需要一个队长领导，”他看到我的脸色沉了下来，“别担心，亲爱的，亚瑟·珀布里奇今晚会接替他。反正亚瑟也很想跟他的维奥莱特分开一会儿。幸好她还讲道理。”

我勉强挤出一个微笑，上了楼。别无他法，只能等到晚上才能见到威廉了。我告诉自己，香槟和兴奋会冲淡一切的。我会告诉他，自己之前就是个笨蛋，并且向他许诺，我们是一辈子的好朋友。尽管发生了这么多事，我还是充满了自信。在这个特殊的场合，有什么是不能和解的事呢？

今天来电很少，下午时，戴维斯上尉让我们轮流休息，但我还是急于想要准时下班，所以当玛丽来上晚班时，我大大松了一口气，紧接着进来的还有B分队的小伙子们，他们开着玩笑，暗藏深意地警告我不要把罗伊折腾得太累了。

如果是六个月前，他们的话会让我脸红耳热，但现在我已经习惯了，所以姑且放任他们说一会儿，然后我会问他们是不是不想喝到我烧的茶水了。大家都很开心，直到六点，我才发现琼迟到了，更令人担心的是，维拉和她的朋友莫连影子也没有，莫是因为想要跟维拉一起值班，所以跟西尔玛调了班。戴维斯上尉从办公室走出来，扫了一眼办公室，皱起了眉头。

“诺斯太太病了，”他指的是琼，“我才刚听说。其他人呢？”

耽误了值班不好，而如果你没有提前通知消防站寻找替班，那就是不可原谅的，所以琼处理得很不好。

“您想让我打电话找个人来接替琼今晚的工作吗，先生？”我问。

“当然了，莱克小姐，”上尉答道，听上去也没开心起来，“请马上就打。今晚天气晴朗，肯定会很忙的。”

“先生，您想让我给其他姑娘打个电话吗？”

“当然了，莱克小姐，”上尉答道，还是闷闷不乐，“马上就打，如果你不愿意的话，我只能派一个通信员去通知她们了。今晚天气晴朗，肯定会很忙的。”

“好的，先生。”我说着走到通告板那里取下了通信录，上面记录着家里或附近有联系电话的队员。我从乔斯林·德里克开始，她心地善良，可能会答应来的。

就在我拨号时，维拉的朋友莫一路轻快地走进了房间，但看到戴维斯上尉双臂交叉站在她的空椅子旁时，突然停下了脚步。

“很抱歉，上尉，都是公交车的错，一直绕道。”她低声说。

几乎每次公交车都带着莫绕道，至少来消防站上班时是如此。

“我知道了，”戴维斯上尉一脸冷漠地说，“那这样看来，伍兹小姐也是经历了同样的问题咯？”

“噢，不是的，先生，”进修过业余戏剧的莫说，“维拉恐怕会迟到一点，她不是很舒服。”她补充道，声音很低沉，显得病情很严重一样。

“你做得很好，通知了我。”戴维斯上尉冷冷地说。

“我可以给她妈妈打个电话。”莫小声说。

“我打。”上尉说完，瞪了我们一眼，走回了办公室。

乔斯林没接电话。在偷听莫讲话时，我开始拨打通信录上的第二个号码。

“我的老天爷，维尔，他发了一通脾气，”她悄悄说，脸色阴沉，“噢，随你的便吧，”她说，哐当一声狠狠放下了话筒。

“她会尽全力早点赶过来的。”莫宣布道，随后带着应有的尊严，气呼呼地去把信息报告给戴维斯上尉了。

我不能只留两个姑娘接电话。除了继续打电话寻找琼的替代者，我什么也干不了。我打电话把消息告知了邦蒂。

“噢，亲爱的，不会吧，但别担心，”她说，拿出战士的勇敢，几乎成功掩饰了话语中的失望，“我会把你的东西装进袋子，如果时间不够，罗伊可以把东西送过去，然后你们俩直接从那里过来。”

“邦蒂，我肯定会去的，”我保证道，“你知道，无论如何我也不会错过的。”

“别担心了，小艾，”邦蒂说，“我现在得挂电话了。我还上着卷发器，看上去一团糟。我们过会儿见，但如果发生空袭，千万不要做傻事，好吗？”

“不会的。”我说，准备必要的时候忽略她的话。我看了看时钟，拿起电话准备再给乔斯林打一次电话。

这次算我走运。尽管她刚到家，但这个善良的姑娘答应会尽快赶来。这可真是太好了。只要维拉快点，我就能解放了。

但维拉丝毫没有尽早出现的迹象。实际上，我很确定维拉一点儿都不担心自己来得有多迟。

七点十五分，她还没出现。乔斯林匆匆忙忙赶到，又过了一会儿，随着楼下小伙子们传来的一阵热烈欢呼，我今晚的约会对象来了。

“女士们，”罗伊说，“我有个给莱克小姐的时装包裹。”他挥了挥那个邦蒂为我打包的袋子。

“哎哟。”我们直勾勾地盯着袋子时，玛丽说。

罗伊微微鞠了一躬，感谢大家的关注。他看上去帅极了。精心熨烫的制服上的纽扣整整齐齐的，费了一番工夫擦得闪亮无比，他的脸看上去像是用钢丝球刷了半天，以确保自己成为最闪亮的新星。他满头抹了发油，浑身散发着迷人的魅力。

乔斯林吹了声响亮的口哨，看得出，她之前也经常吹口哨。“他没清洗一番吗？”她笑着说。

“他肯定洗了，”在他递给我包裹时，我说，“太感谢了，罗伊。你看上去超级帅气。”

我被他做出的一番努力感动了，尽管我相信，他做的这一切是为了威廉和消防队，而不是为了我。今晚大部分男人都会穿上军装，我知道他不会让消防队失望的。

“赶紧的，灰姑娘，”罗伊说，一点儿也不像个神仙教母[1]，“啊，去打扮一番，我们就启程啦！”

我笑了笑表示感谢，一路奔向女洗手间。我以最快的速度脱下了制服。我的头发乱成一团，但邦蒂送来了几枚发卡和一个镶钻的小发夹，于是我把头发别到了后面，挽了个能见人的发髻。

对着水池上面的小镜子快速检查了一番，连我自己都不觉得造型吸引人，好在能够见人。我快速刷了牙，将厚厚的工作长袜换成了珍

[1] 灰姑娘的保护神，在灰姑娘最失落、最需要帮助时，她用魔法使灰姑娘实现了参加宴会的愿望。

贵的约会丝袜，生怕自己手忙脚乱地勾破了丝袜，然后套上我最美丽的裙子。由于紧张，穿晚宴鞋的时候手有点发抖，最后再来点画龙点睛的口红就大功告成了。我前后只用了三分钟。

“天哪，姑娘们，这是谁呀？”我走回控制室时，罗伊说，这话真是贴心，而玛丽和乔斯林同时发出了“哇哦”的称赞声。

我穿着一身晚礼服长裙和晚宴鞋站在座位旁显得不伦不类，特别是站在一群穿着制服的姑娘中间。我还是感到一阵激动。我很违心地期待，现在站在那里的是查尔斯，我敢打赌，他要是打黑领结穿军礼服肯定魅力四射，但有罗伊相陪也是我的荣幸。此刻，我只是想加快进程，跟威廉消除误会，然后跟我最好的闺密和小伙子们享受快乐时光。

就在这时，警报响了。我的心猛地一沉。

“你别担心了，”乔斯林说，不知疲倦地坚持到最后，“我们会没事的。维拉十分钟后就到了。我们可以撑到那时的，对吗，姑娘们？”

我一点儿也不信任维拉。警报拉响了，我是不会在她来之前离开的。

“没关系，”我说，“我们等维拉来吧。罗伊，你介意等一会儿吗？”

罗伊同意了，说他出去看看能不能帮小伙子们做点什么。

没过几分钟，我们就听到了敌机的轰轰声。我戴上防护头盔，盖住了我的头发和华丽的发卡，如往常一样，打进来的一个电话汇报了一起巨大的爆炸，造成了混乱。头顶上也传来了枪炮声。

维拉·伍兹最终在九点二十五分慢悠悠地出现了，尽管她宣称自己可能患了胸膜炎，但她看上去比任何人都健康。她整整晚了三个半小时。

我从椅子上跳起来，抓起外套，这时戴维斯上尉一脸怒气地冲了进来。

“莱克小姐，去找霍奇斯消防员然后离开。伍兹小姐，到我的办公室来一下。马上。”

我费了好大力气才忍住不去瞪维拉一眼，现在没空犯傻了。罗伊已经准备好了，我匆匆跟姑娘们道了别，冲出消防站，来到了漆黑的街道。头顶上方回荡着飞机的轰隆巨响和枪炮声，我们遭遇了一场非常可怕的空袭。

东边的天空已经变成了粉红色。没一会儿，等火势蔓延，就会变成橙红色，但现在月光照亮了整个伦敦城，为空袭制造了最优条件，他们抓住机会使劲轰炸。消防站外面，飞机的轰隆声越来越响，甚至令人压抑，好像一个呼朋唤友的魔鬼。实际情况也是如此。

我一手抓着手电筒，一手抓着罗伊的胳膊。要找辆计程车不容易，车辆一直往前冲，但除非附近情况变得特别糟糕，希望还是存在的。

接着，我们看到了一辆。一盏发出微弱光线的可怜的小灯充当车头灯，正顺着街道爬行。

“计程车！”罗伊和我同时大喊着，一起冲了出去，当我们看到它减速时，开心得欢呼起来。

“去不去考文垂街啊，伙计？”罗伊对着摇下来的车窗说。司机把脸一皱。那在伦敦西区的正中央。

“抱歉，长官，”他说，“今晚很棘手啊。如果换作我，就不会进城。你最好回家享受吧。”他朝罗伊眨了眨眼，挂上挡，准备开走。罗伊忽略了他的话，又朝前趴了趴。

“你能帮我们就太好了。我们是消防队的。”他插了一句，以防计程车司机没看到他的制服和徽章。司机翻了个白眼，但拉上了手刹，没有直接压上罗伊的脚。罗伊继续游说着，我不禁想到，战后他倒是可以靠卖百科全书赚上一笔。

“你看，我们的一个队员下周就要结婚了。这是主伴娘，我是他的伴郎。我一般都不会请求的，但……”

我还没来得及说“在他作决定期间，我们随时都会被炮弹击中的话”，司机就说，他准备试一试，点头示意我们上车。随后他就开始讲起他堂兄的故事，他堂兄是莱姆豪斯的一名消防员，当码头被炮弹直接轰炸时，那个场景真是令人瞠目结舌。

罗伊兴致勃勃地加入了对话，我往后靠在了座位上。我们真是走运，如果好运能够延续，我们就能在十点后跟邦蒂和威廉碰头了。

如果是战前，一个人要想显得时髦一点打辆计程车，从皮姆利科到皮卡迪利广场的车费不算贵。但路障、被炸毁的街区，还有灯火管制齐齐上阵就意味着目前的车程会整整高出两倍，如果有人在你原定路线上扔一枚炮弹，那路程还会有变。一旦上路，除了顺其自然，抱着相信自己一定能达到的信念，你真的别无选择。即便处于空袭期间，只要有车费可赚，意志力异常坚决的伦敦计程车司机都会赌上一把。随意拉个司机聊天，你就会知道，在过去的几个月里，如果他们不这样做，就会出现更多无所事事坐着喝茶的人，然后两手空空地回家。

今晚我们的情况不错，尽管周围充斥着恐怖的轰隆声。炮弹频频爆炸，巨大的闪光照亮了整个街区，但很快，我们的注意力就被另一声巨响吸引到了别处。走的路已经与去年的光景截然不同，就在我们沿着坑坑洼洼的街道一路爬行、堵车，最后颠簸通过时，之前愉快的对话也变得不自然以至最后完全消失。由于商店或办公室被炸，我们避开街上增加的新路障，不得不时刻掉头调整路线。

我已经好几周没有遭遇如此恶劣的情况了。这跟那晚与邦蒂和查尔斯看电影完全不在一个等级。在这样一个夜晚前往伦敦西区不是个好主意，但我绝不会错过。我静静地坐着，集中注意力，不想被巨响吓到。

我们继续前行到了海德公园角，希望从这里前往皮卡迪利大街，继而到考文垂街和巴黎咖啡馆。尽管大家都装作一切正常，炮弹坠落发出的哀鸣声还是不绝于耳。一瞬间，整条路摇晃了起来，计程车都被震起来了。

我们在格林公园前停了下来。

“抱歉，这里对我来说太热闹了，”计程车司机对罗伊说，“我去不了了。想改往哪个回家的方向走吗？”

我一个劲地摇头，尽管他没有直接问我。

“我们会没事的，”罗伊说着从口袋里拿出钱包，“谢谢你带我们走了这么远。”

我紧接着也说了感谢的话，踉踉跄跄走到街上，祝愿司机能够平安返回。

一开车门，我就闻到了烧焦的味道。几条街区之外的隆隆巨响使得情况雪上加霜。有人被击中了。此刻的枪炮声震耳欲聋。它们就在我们头顶正上方作战。

“你朋友够勇敢，”我听到司机朝罗伊吼道，试图想让他听清楚，“好好照顾她。”

罗伊笑着感谢他，大声回复着“会的”。接着他挥了挥手，拉住了我的胳膊。

“来吧，艾米，”他喊道，知道无须询问我此时的状态，“我们只要到那儿，就安全了。”

“我知道，”我喊回去，“城里最安全最快乐的餐馆。”我引用了巴黎咖啡馆在伦敦所有杂志上登出的广告词。

“就算在空袭期间。地下20英尺！”罗伊补充了后半部分。但那时，他抬头看着天空，一颗巨大的照明弹照亮了整个城市。“该死，”他说，与其是对我讲，更多是在自言自语，“那些浑蛋现在确实能将自己的行径看得一清二楚。”

我们俩都不需要更多的鼓励就能继续前行。你必须习惯在空袭期间外出，虽然这令人十分不安。晚宴鞋实在不适合走路，如果能换回布洛克鞋，我愿意付出一切代价，我一手拎起裙摆，一手紧紧扶着罗伊，在他加大步伐时，我也开始小跑了起来。

德国人玩得很开心，尽管我们能够听到英国机关枪手在全力回击，但也阻止不了德军炮弹继续轰炸的雷鸣声。我们都知道，情况只会越来越糟糕。起初，路过商店时罗伊还能开几句玩笑。“想买个点心篮去看赛马吗？”经过福南商店时他喊道。“来两个！”我喊道，就好像此刻的我们无忧无虑，但这种状态很难保持，等我们到达皮卡迪利广场时，喜剧元素已经消耗殆尽。尽管穿着高跟鞋，我还是飞速地跑着。

“想要个新板球拍吗？”等我们到达丽丽怀特体育用品商店，快接近目的地时，我对罗伊吼道，商店的窗帘紧闭，广告招牌还挂在上面，介绍着所有仪式和级别的服装。

罗伊停了下来。震破耳膜的炸弹就投在了我们头顶上方。再用笑话来掩盖也失去了意义。这次近在咫尺。

罗伊把我拉到了丽丽怀特商店上锁的门边，我俩紧紧抱在一起，迎接即将到来的轰炸。我把头挤到罗伊的制服里，脸紧紧贴着他擦了一遍又一遍铮亮的银质纽扣上。我们离考文垂街很近，马上就能到达巴黎咖啡馆的安全地带了。

我毫无羞愧地说，自己在最后几秒闭上了眼睛，尽管闭得那么那么紧，还是能看到那道闪亮的光。

罗伊把我紧紧按到门上，丝毫不顾危险，用自己身体当作了挡板，我把他拽进来，试图拉他脱离即将袭来的轰炸。

我们紧紧靠在一起。如果它们真的会炸掉我们其中之一，那么就让我们一起面对吧。

紧接着，炸弹落地，爆炸的巨响简直都要把耳膜震破了，就在周围的一切天旋地转时，我的五脏六腑好像翻了个个。

然而炸弹没有落到我们这里。我们没有被击中。

我抬头看了看，就在罗伊还紧紧抓着我不松手的时候，我转过半个身子，越过肩头看向皮卡迪利街那边。现在他的表情就如同我在消防站看到的一模一样——当队员被叫出去处理糟糕事件，比如说医院或者学校被炸。只是这次，至少对于我们俩来说，情况更糟糕。

我知道他在看什么。炸弹炸了考文垂街。

就在那时，我们开始跑了起来。

第十八章

有人开了手电筒

Someone Shone a Torch

尽管在灯火管制的黑暗中，天空依然明亮，我们能清楚地看到前路。我们手拉着手全速朝炮弹奔去。罗伊几乎是在拖着我跑，我也跟上了，自从上学以来，跑步就是我的强项，甚至忘记了高跟鞋和这身傻乎乎、不实用的礼服。等接近巴黎咖啡馆时，我们不得不减速。前面的人群慢慢聚集起来，很难穿过。我们发了疯似的想要进入俱乐部，开始一点点挤进去。

我一直告诉自己，或许我们都错了。从大楼外面你根本不能确定。因为所有的大楼窗户都被炸飞了，街上堆满了碎玻璃，或许只是我们反应过度，猜错了。当然，其他人的情况不容乐观，但我们只是希望邦蒂和比尔是安全的。

这只是一厢情愿。

我只能看到咖啡馆的主入口。双开门早已被炸飞。有人试图把剩余的厚遮光窗帘扯下来，好给里面的人打通一条路。震惊、受伤、衣衫不整的人们跌跌撞撞地走到街上，互相搀扶着，外面的人也开始搭手帮忙。

“消防队，”罗伊大喊着，“借过一下。”他从一个试图往里面伸脖子看的高个子男人身边挤过去，挤的过程中，他不小心松掉了我的手。罗伊立即回头找我。

“别管我，”我对他吼道，“我马上就来。”他点了点头，消失在俱乐部内部。

我试图跟上他，对那个胖男人的后背大喊着“让我过去”，但随着缝隙消失，我根本挤不进去。想要进去的人们挡住了试图出来的人们的路。有个人大喊着“给他们让路”。飞机仍轰隆隆地盘旋在我们头顶，炮声震耳欲聋。

我不再往里挤，停了一会儿，踮起脚尖看。一个穿灰色衣服的瘦小男子半抱半拽地从咖啡馆里拖出了一名女士。她整个人也是灰色的。但那不是他们衣服的颜色，他们似乎泡在了灰尘中，浑身上下没有一处干净的地方，连头发和脸都是灰蒙蒙的。

有人开了手电筒照向他们，那个女人痛哭流涕，双手捂着脸，被自己摸到的东西吓得魂飞魄散。血从她额头上一个大伤口中汩汩流出，鲜红的血与周围单调的一切形成了鲜明的对比，十分不搭调。

我的朋友们在里面。如果邦蒂也像这个女人伤得一样重怎么办?

“让我过去！”我用尽全力大声吼着，用拳头捶着挡住我去路的厚外套男人。现在罗伊进去了，我却没有。就是因为他比我更高更强壮，还穿着一件能够显示有训练背景的制服，让人觉得他可能会帮上忙。但那不是重点。在担惊受怕中，这种不公平待遇使我勃然大怒。罗伊是威廉的朋友。邦蒂是我的朋友。我有责任去找到她，并且确保她的安全。我不能袖手旁观。

我继续往里挤，又大叫了几声，这次更加具有权威性。还是没有用。我加大了力量。

有个人抓住了我的胳膊，我看都没看就急于甩掉。隐约中，我好像听到一个男人一直在叫着我的名字。

"艾米。艾米琳。艾米琳……莱克小姐。"

我转过头，迷失了方向，我的思绪早就飞进了大楼里，寻找邦蒂去了。

"艾米，"那个声音又响起来了，"是我。"

柯林斯先生紧紧地抓住我的肩膀，把我从应该去的地方拽了出来。

"我亲爱的姑娘，谢天谢地，"他说，"我还以为你在里面。我在消防值班。我朋友的餐厅。"他突然不说了，"你的朋友们呢？塔维斯托克小姐呢？"

"我得进去。"我边说边挣脱了他的手，又开始在人群里挤着，一方面说给柯林斯先生听，一方面也是自言自语，终于往门边靠近了几步，那里站着试图帮助别人的人，他们也在往里挤，不是消失在咖啡馆深处，便是在门边帮着更多灰头土脸的人从里面出去。

"好了，小姐，"一个空袭警报部的督察员挡住了我的路，"现在没有再进去的必要了。"

"让我过去。"我盯着他说。

督察员看着一身平民装扮的我——里面露出丝绸连衣裙，还有头发上别着的愚蠢的镶钻发夹。他肯定我不是醉鬼，就是在附近街上晃荡的女人，想要趁火打劫。

"亲爱的，赶紧走。"他说。我想要争辩，但他态度坚决。

"我的老天，伙计，让我太太过去吧。"

柯林斯先生站在我身边，用他最严厉的口气命令着。

"她是护士，你这个傻瓜。让我们俩都进去。"

他把身份证朝督察员眼前快速晃了一下。

"理查德·格林医生。"他说，粗暴地将名片夹塞回了大衣，"现在，让开，这样我们就能在他们扔下更多的炸弹之前帮助这些人。"

督察员犹豫着，我抓住了这个机会，对他完全不理睬，举着拳头硬是挤出了一条路，和我板着的脸色相比，柯林斯先生的自信显得非常和蔼可亲。

就在被震惊的伤员们不断逃到大街上时，我溜了进去。直到后来我才想起，当时的自己有多自私，我竟然救人也有选择性。但在那一刻，我满脑子只有找到邦蒂这一个念头。

咖啡馆里一片漆黑，我在外套口袋里摸索着手电筒。现在我进来了，怒气也消失了。我只有一个想法，就是找到邦蒂和比尔。我的心依然在狂跳，但此刻的我一门心思想找到他们，甚至平静了一些。

空气中弥漫着烟尘，我立即咳嗽起来。我用手捂着嘴，好像记起来消防站培训的内容，在那里即便是行政人员也会掌握被轰炸后的应对措施。

死于窒息的人远远高于烧伤。

保持镇定。

用鼻子而不是嘴呼吸。

我摸索着下了几级台阶，绕过废墟，用手电筒照着路。透过它微弱的光线，我看到一排四个人正在朝我们走上来，他们搀扶着彼此，如同一辆人力火车向出口挪去。他们不像其他人是灰色的，而是爆炸后全身黑焦焦的一片。一个男人在哭。我本以为，他的晚礼服或许被炸飞了，但随后我发现，他把它围在了身边女人的身上。她的裙子已经破烂不堪。没人跑，也没人叫。

我知道柯林斯先生紧紧跟在我后面，他把手电筒举过我的肩膀，四处晃着想要看清楚我们所处的位置。

“艾米，”他说，“你认为他们会去跳舞吗？他们会在楼下吗？”

我不知道。邦蒂和我曾讨论过应该选择哪里的位置，是在舞池那儿还是在以最佳角度欣赏乐队表演的楼座包厢里。此刻，最无聊的闲谈成了世界上最重要的事情。

我记得她说的是楼下。我几乎已经确定了是在楼下。

我用手电筒照了照左边的楼座包厢。

楼梯上的栏杆已经扭曲变形，像一卷黑色的甘草。什么都没有了。楼座包厢也被炸飞了。

我点了点头，与其说是回答柯林斯先生，更像是对自己问题的确认，我紧紧抓着栏杆，爬下楼梯，我的鞋踩在碎玻璃上发出嘎吱嘎吱的响声。

“邦蒂，”我喊着，“邦蒂，是我。我们来了，亲爱的。没事的，我们来了。”

这是小时候做噩梦时，我妈妈说话的语调。我会呼喊她，只要听到她的声音，即便魔鬼们还在房间里，我会知道自己可以有足够的勇气撑过去。她一路沿着走廊过来时，我会听到她那平静而抚慰的声音，她告诉我一切都好。直到她进入我的房间，打开灯，魔鬼们都离开后，她才会停止说话。

“邦蒂，我们来了，”我又叫了一次，“告诉我们你在哪里，亲爱的，我们来救你了。”

我一直不停地呼喊，然后停下来听着她的回应。没有回应。我听到的只有哭喊声和呻吟声，有人在呼救，有人在呼唤着彼此，还有人说救护车已经在赶来的路上了。

柯林斯先生和我到了之前应该是舞池的位置后，停了下来。他的手还放在我的肩膀上。他问我邦蒂穿了什么，我告诉他印象中的蓝裙子，下摆有褶边。我说威廉会穿着自己的AFS制服。柯林斯先生对我说，只要想着邦蒂和我看到的一切，只想着她，一直呼叫着她，注意倾听，不要想别的，还有，他就在我身后。

我用手电筒照着，寻找着。地板上散落着碎石和玻璃，可能是被炸下来的楼座或天花板。

还有尸体。我听到自己连连发出惊呼。柯林斯先生的手一直放在我的肩膀上。

“继续叫她。”当我停下来，举着手电筒照着某个东西时，他说。我知道这是个人，但什么也看不清。

“这不是她。”柯林斯先生非常温柔地说，我点了点头，不停地点头，这画面可怕得难以忍受，但被告知这个可怜的人不是邦蒂就是最好的消息。我继续呼喊着她的名字。

我们继续往前走，绕过桌子爬过去，经过了我们右边的小舞台，那里，我猜，乐队的人肯定还在。有个人在喊，很疼，很疼。

我无视了他们，感到很恶心。我无视了垂死挣扎的人。但此刻，那由不得我选择。如果邦蒂还活着，她会需要救助，所以我继续往前走。

到处都是人，到处都是废墟和灰尘，到处都是碎玻璃。我们不得不弯腰检查每个人，看看是否是邦蒂或比尔。如果不是，就仿佛添了一笔胜算。不可能全员阵亡的。这是种扭曲的逻辑。几个月后，当我躺在床上醒着时，会纳闷，在短短的时间里，我竟然变成了那样的人。

疯狂、野蛮的场面，一些人被炸成了碎片，还有些人仍然坐在桌边。被烧焦后死亡，但很难看出来。有个男人像是喝醉酒似的趴在桌上。我看不到他的脸，但注意到他的双手已经没有了。

我不再看那个男人，继续呼喊着。我不需要去寻找柯林斯先生。我知道他就在身边。纵使身边的情况越来越糟糕，他从未提出返回。我知道，在余生中，即便他身为老板，我也会永远敬爱他。

越来越多的人赶到现场救援。有个男人喊着要担架。一队真正的护士正在抢救一个浑身是血的太太，并且用医学术语交流着。我听到了罗伊的声音从舞台更深处传来。他在一遍又一遍地喊着比尔和邦蒂的名字。

我们继续往前走，我看到两个舞者跪在一个人面前。一个舞者将桌布撕成了一片片，另一个将布料用力地压在那个躺着的人身上。他们身着亮片衣服，没有灰尘，也没有被烧黑的痕迹。

“天哪，艾米，再过五分钟，我们就到这儿了，”其中一个人说，“这个可怜的女孩。”

我屏住呼吸，用手电筒照了照他们试图抢救的那个人。她身上只剩下内衣，裙子在爆炸中被炸飞了。很难认出她是谁。但她是金发。不是邦蒂。

爆炸发生时，舞者肯定在后台或是中场休息。我用手电筒照了照他们后方。巨大的水泥块落到了舞台周边。

接着我看到了。在一块泥块下边半埋着一个人，一个穿着长礼服的人。看不出裙子的颜色，但可以辨认出裙子很长，底部有褶边。

“邦蒂！”我尖叫起来。

我疯了似的爬向她，跪在她身边，根本没留意到膝盖下方的碎玻璃和碎石头。她的一条腿被压住了，整个人掩埋在废墟中，但我知道是她。

她张嘴说了点什么。很小的声音，我听不出她想要说的话，但这已经足够了。她还活着。

“邦蒂，亲爱的，没事了，”我摸着她的脸说，“你会没事的。”

我开始清理她身边的大泥块。柯林斯先生也跪了下来，帮我一起清理。

“你不会死的，”我一直说，“我们去找救援队。你会好起来的。”

邦蒂眨了眨眼，两次。她的眼睛里满是沙尘，正努力不让自己咳出来。然后她抬起头看着我，用悲伤、沙哑、微弱的声音费劲地说：

“比尔。”

第十九章

轮到我们了

It Was Our Turn

救护车过来后，带走了邦蒂，柯林斯先生出高价叫了一辆计程车，司机对我们的状态并不过问，只是追着长长的灰色车队到了查令十字医院。整个晚上，我一直在做噩梦，想要去找到邦蒂，想要知道他们是否找到了威廉。我在医院跟柯林斯先生借了硬币给父母打了电话，但我从头到尾都重复着一句话："邦蒂受伤了，爸爸。比尔失踪了，邦蒂受伤了。"

我爸妈连夜开车赶到了我们住的公寓，邦蒂的奶奶也来了，只不过被司机直接带到了医院。查令十字医院让我和柯林斯先生都回家待着。他们坚持要处理我受伤的膝盖，而且同样坚定地向我隐瞒了朋友们的状况。

邦蒂和我本来计划周日坐在公寓里，重温前一天晚上迷人时刻的兴奋，等威廉到来后，共进午餐时再同他回顾一次。然而，现在，妈妈一杯又一杯地沏着茶，爸爸坚持要重新包扎护士本来就弄好的伤口，我尽量不去回忆任何细节。

那天早上十一点差十分时，电话响了。是邦蒂奶奶打来的。我爸爸接的电话，用医生的口吻重复了几遍"我知道了"，还有"塔维斯托克太太，这都是好征兆"。接着他说："有威廉的消息吗？"在短暂的沉默后，他乐观地说："嗯，我相信，他们一有消息就会通知你的。"

随后爸爸道了声"再见"，走过来坐在我身边，握住我的双手。

"亲爱的，她的伤势不轻，"他温柔地说，"需要很长一段时间才能恢复。我向你保证，从目前掌握的消息来看，邦蒂会好起来的，她现在就在好转。但我们还是没有威廉的消息，塔维斯托克太太说，她很确信我们很快就会找到。人们被送往了几家不同的医院，所以需要点时间才能找到。"

在那之后，大概过了一小时，一切似乎都在好转中。

然后，快十二点时，楼下的门铃响了。被邦蒂的消息鼓舞，以及对父亲的信任，我下楼开了门。我没有开心起来，但还是抱有希望。

而就在打开门看到罗伊的一瞬间，一切都不言而喻了。

他还穿着昨晚的制服，只不过AFST头盔和大衣已经不见踪影，我几乎没注意到他满身沾满的灰尘和污垢，我只注意到他的表情。

"艾米，亲爱的，"他站在宽大的门阶上平静地说，"我能进来吗？"

我一动不动。

"你找到他了吗？"我小声问。

罗伊点了点头，给了我一个最微弱、最悲伤的微笑，眼神呆滞，朝大厅望去。"我们应该坐下来。"

我觉得自己快喘不上气来了。

"罗伊？"

"亲爱的，他走了，"他轻声说，"比尔死了。"

一般在电影中，听到这种消息后，人们都会夸张地倒吸一口气、晕倒或者用手背捂住嘴，但我没有。我想说不，那不可能是真的。我想告诉罗伊他错了。我想回到十秒前，自己一无所知的时候。

我呆呆地站在那里，好像被人吸走了身体里所有的空气。接着，我的下嘴唇开始不受控制地颤抖起来，就像小时候一样停不下来。

我试图通过深吸气，像一个英国人一样勇敢面对，但不管用，眼泪簌簌地往下掉。大颗大颗的眼泪。眼泪是从哪里来的，为什么速度如此之快？它们一直就存在，只是等待悲伤的事情发生吗？真是份可怕的工作。

可怜的罗伊。他自己的状态也很差。他走进屋里，用冰冷、满是尘土的双臂拥我入怀，紧紧地抱着我，就像当初炸弹坠落时一样，尽其所能保护我不受任何伤害。

而我像之前一样，伸手抓着他，尽力将罗伊拉出伤害的范围。

不过这次，我们保护不了彼此。太迟了。一切都太迟了。

我哭个不停。罗伊一直抱着我。我听到他说："没事了，没事了，亲爱的。"声音在颤抖。我知道，他正在努力忍着不让自己哭出来。罗伊是全伦敦最优秀的、有经验的、坚强的一个大块头消防队员，而比尔是他最好的朋友。

听到父母下楼的声音，我轻轻地从他怀里挣脱。罗伊的眼里噙满了泪水。我抽了抽鼻子，试图停止哭泣，因为这对他不公平。

爸妈知道无须再问。妈妈双臂环抱住我说："我亲爱的。"虽然我很想靠着她放声大哭，但我不能留罗伊一个人站在那里。

"这是罗伊，"我悲伤地说，"比尔的朋友罗伊。也是我的朋友。"

罗伊咳嗽了一下，清了清嗓子，站直身子对我爸爸说"先生"，准备同他握手。突然变得这么客气，他肯定也不好受。爸爸握着他的手，同时用另一只手紧紧抓住了罗伊的胳膊。

“谢谢你，”他急切地说，我知道他是在感谢罗伊对我的照顾，“谢谢你，罗伊。请进来。我给你拿点喝的。”

在楼上的客厅，我妈妈让罗伊脱下制服夹克，在他肩头围上一条毛毯。他说“没事，谢谢”，但妈妈还是坚持这么做了，于是他就围着毯子坐着，就像他一直救助的人们一样。他手里端着一大杯威士忌。

我坐在沙发上，母亲坐在我旁边松开我的手。我也喝了威士忌。味道和之前一样难喝。这是我最后一次喝这种酒。

“你确定是……”我问。

我的话还没问完，罗伊就开始点头。

“制服，”他说着盯着酒杯，然后猛地灌了一大口，“是他。”罗伊看上去比之前还要糟糕。

接着我问了自己最害怕说出口的问题。

“谁……谁去告诉邦蒂？什么时候告诉她？”

“我不知道，亲爱的，”罗伊说，“我陪着比尔一直到……”他说不下去了，“直到他们带走了他。接着我就去了查令十字医院，但里面挤满了人。很糟糕的一夜。于是我就到这儿来了。我现在要回医院了。”

罗伊站起来，看上去疲惫不堪。

“不要去。”我爸爸赶紧说，站了起来。他看了一眼妈妈，她也点了点头。我知道他们的意思。就这样让罗伊回去是不公平的，况且由我爸爸而不是让警察或护士告知塔维斯托克太太这个消息，才是最为恰当的。

“让我去吧。”我说。我不想坐在这里无所事事。我想去陪邦蒂。“我没事，真的。”我继续说。我撒了个谎，但这不是重点。

我爸爸摇了摇头。

“不行，”他坚决地说，“这次不行，小宝贝。你和罗伊已经做得够多了。你需要休息。而且，这是我作为医生的职责。”

我正要争辩时，他严肃地看了我俩一眼，补充道：“艾米，真的，如果我以邦蒂的家庭医生的身份出现，见到他们的机会更大。”

我知道他是对的。我瘫倒在沙发上，接受了现状。

这种事情每天都在发生，发生在伦敦、整个英国、整个欧洲的每个人的身上。到处都有人听到最可怕的消息。我们跟其他人都一样。现在轮到我们的朋友了。轮到我们自己了。但这么想并没有让事情好转。

可怜，好可怜的比尔。还有，天哪，可怜的邦蒂。她梦想的一切，他们计划以及期待的一切。此刻的客厅跟昨天这个时候相比没有任何变化。未拆封的贺卡和礼物，还有银质相框内他俩的合照——那是一个夏日，在威廉最初加入消防队时，身着制服的他自豪地跟邦蒂站在公共草地上的合照——邦蒂很喜欢这张照片。咖啡桌上还放着一个蓝色的小盒子，里面装着她为他买的结婚礼物——袖扣。然而现在，一切都没有了。

就在那时，当我处于世界末日时，我想起了之前跟比尔愚蠢的、毫无意义的争吵。

我本该好好跟他道歉的。我本该早点找到解决方法的。我本该准时抵达巴黎咖啡馆的。

隐约中，我听到妈妈的声音：“走吧，阿尔弗雷德，我们会没事的。”接着捏了捏我的手说，“是不是啊，亲爱的？我们会没事的。”

我点点头。但一切都不会变好了。我不能告诉她，就像我不知道该怎么跟邦蒂说一样。

告诉她，我跟比尔闹翻了，让邦蒂伤心吗？那个亲爱的老朋友死的时候还没有原谅我？我谁都不能说。这是一个可怕的秘密，我只能永远守着。

我急切地想要见到邦蒂，但只有家人才被允许进入，我们不算家人。然而，妈妈和我坚信，塔维斯托克太太那个年代的人，不属于那种会听从他人命令做事的阶级。如果她觉得我们见邦蒂能帮上忙，那么我们或许就该这么做。

同时，一整个周日，我都坐在公寓里，一遍又一遍地在脑中想着，自己要说什么、应该怎么说。不管邦蒂的伤势有多严重，我知道她不会放弃自己。但我真的不确定对于比尔的消息，她会作何反应。

谁能应付这种状况呢，特别是临近自己的婚礼？我不知道自己能帮上什么，只要她开口，我责无旁贷。

周一早上，在回诊所出诊前，我爸爸给柯林斯先生的办公室打了个电话。柯林斯先生让我尽量休息，直到爸爸确定我恢复了再回去。伯德太太的事情交给他了，也不用去理会《女性挚友》的事。他送上了最真挚的祝福，爸爸是这样说的。

在他走后，妈妈和我又花了一整天的时候等待医院的消息。最后，在傍晚，塔维斯托克太太打电话来说邦蒂醒了，如果我愿意，可以短暂看望她。妈妈和我立即套上外套，转身就出了门。

已经过了探访时间，所以我们知道，肯定是有人动用关系了。在查令十字医院，当值的修女面相凶狠，由于塔维斯托克太太至少与董事会中的一名成员相交甚好，她也不得不睁一只眼闭一只眼。

塔维斯托克太太在医院走廊里等我们。小小的个子，背挺得直直的，她的身上还是散发出五十年前大美人的气质，尽管摆出了最佳的状态，还是显得有些忧虑和憔悴。

“艾米琳，亲爱的，”她边说边握着我的手，给了我一个大大的微笑，“希望你睡了会儿。”她转头对我妈妈说，“伊丽莎白，你能来真的太好了。现在。玛丽戈尔德……邦蒂……醒了。医生说他们会全力以赴，还有最好的消息是，他们有信心保住她的腿。”

我强装镇定。爸爸从来没提过，她会失去双腿。

塔维斯托克太太露出一个悲伤的、友善的微笑。

“艾米琳，我担心邦蒂不是特别舒服，如果你想再等一段时间见她，我相信她会理解的。”

我赶紧摇了摇头，塔维斯托克太太继续说。

“你应该知道，自从我把威廉的消息告诉她后，她就再也没开过口了吧。”

塔维斯托克太太微微扬起下巴，好像只有付出了全力才能继续说完。

“他们认为她受惊了，但你们姐妹情深，我希望她跟你能说点什么。我没跟她说你要来，怕你还没做好准备。”

她的声音很坚强，却掩饰不了拼命忍住的悲伤。

“我现在很想见到她，拜托了，塔维斯托克太太。”我说。我不管邦蒂的状态有多糟。“我现在可以进去吗？”

由于邦蒂的奶奶违反了医院的每项规定，当值修女恨得咬牙切齿，但她还是点了点头给出了许可，给我指了路。

我之前只来过一次医院的病房，还是战争开始前一年，杰克切除阑尾住院。我们走进了一间长长的房间，跟原来并无区别，只是窗帘全部拉上了，床位之间的距离更近了，以便收治更多的病人。我偷偷瞄了一眼病床，上面的人没有得阑尾炎、黄疸，也没有奇怪的骨折。他们伤痕累累，脸庞烧焦，身上缠满了一层一层的原始绷带。

他们没有在报纸上进行报道。

修女带着我们快速地走着。

“你朋友会好起来的，”她说，“笑得开心点，让她不要气馁，不要谈论那次事故。我们到了，在右边。那把椅子可以坐。我五分钟后回来。”

她提高嗓门，就好像邦蒂是个聋子。“塔维斯托克小姐，有人来看你了。五分钟的时间。”她向我重复了一遍，大步走开了。

邦蒂躺在病房最里面靠墙的床位。我深深地吸了一口气，按照指示，摆出了最灿烂的微笑。但笑容对于现在来说似乎不太合适。

“邦蒂？”我轻柔地说。

她几乎平躺，右腿吊在滑轮上，从臀部到脚都打上了绷带。她的左臂用绷带缠了一个夹板，在没有缠绷带的部位，全是灰青色的瘀青和划痕。爆炸才过了两天，她的脸几乎已经辨认不出。一只眼睛肿得像一只鼓着泡的巨大的牡蛎壳，像是被职业拳手狠狠打了一拳，全是黄紫色的瘀青。我压抑住自己瞠目结舌的惊讶。或许装不出一副笑脸，但我也绝对不会让邦蒂看到自己被吓到的样子。

我迅速坐在了她床边的铁椅子上。我本想抱抱她，告诉她，我们大家都会帮忙，事情会好起来的，当然，我不能。你不能拥抱一个全身上下都会疼痛的人。我想要握住她的手，但上面缠满了绷带。于是，我伸手握住了挺括的床单，把原本平整的床单全弄皱了。

对我的问候，邦蒂没有回应，她也没有显示出任何听到我来的反应。那只还没肿起来的眼睛死死地盯着上面的天花板。

“邦蒂。”我又叫了一次，语气极尽温柔，好像最轻微的声音都会造成更多的伤害，破坏某些东西，使情况更糟。“是我，艾米。”

她的胸膛随着呼吸上下起伏，我看到她眨了眨眼。我确定她知道我来了。

“噢，小邦，”我不知所措地说，但又急切地想要说些恰当的话，“我真的很抱歉。”

没有回应。

“我们都在这里。每个人都在你身边，我们都会帮你好起来的。我们会帮你和奶奶，爸爸会询问医生，确保我们知道应该做什么才能让你很快好起来，那个……”

我忍受不了了。如果她能听到我的话，她该如何回应？或许她也试图想说些什么，只是不知道该如何表达而已。

“嗯，不管怎么样，亲爱的，医生很有信心治好你的腿，我知道肯定疼死了，但我向你保证，你肯定会好起来的。”我停下来。我又怎么会知道发生什么呢？

“噢，邦蒂，”我轻声说，希望自己不会破音，“对于比尔，我真的很抱歉。”

邦蒂眨了眨眼，但还是什么都没说。她的脸伤得很严重，根本无从辨认她的表情。我刚准备开口，就听到了邦蒂的声音。

“他告诉我了。”

她说话很费劲，但算是个开始。我朝前趴了趴，并将金属椅子往前拉了拉，好靠近一些。

“邦蒂，亲爱的。”我说道，想要去触碰她的指尖，发了疯地想要让她知道她不是孤单一人，想要说些可能会帮助她的鼓励话语。

“别碰我。”

我把手缩回床边。

“他告诉我了。”邦蒂又低声说。她的声音很平静，不带任何感情。她连看都不看我。

“说了什么？”我说，想要鼓励她说话，“别急，我知道这很难。”

“你攻击他了。大喊大叫。”

这让我措手不及。在威廉死讯的强烈悲伤中，我们的争论比以前显得更加没道理。我挣扎着想要解释清楚。

“天哪，”我说，“对。我们确实有过一次愚蠢的争吵。”我不说话了。我不是想要轻描淡写，“我只是想让他小心点。”我结结巴巴地说完了。

“他不觉得这很傻，”邦蒂说，“你没有权力。你以为你可以看清人，但你不能。你这是越权。”

她声音里的悲伤让我哑口无言。

“邦蒂，我错了，”我说，“我很担心他。我当时只想到你。”

话一出口，连我都觉得很傻。

“不，你没有，”尽管很虚弱，但邦蒂听上去非常生气，“我应该算你最好的朋友。你没有考虑过别人，你只是做了自己想做的。”

“噢，小邦，”我恳求道，“我很抱歉。我不是有意的。”

邦蒂的声音很虚弱，但她继续说。

“你从来都不是有意的。可你的干涉让状况更糟了。之前对基蒂也是这样的。你让她为她的孩子坚强，结果没有成功，她更悲伤了。你甚至认为，自己可以给杂志上的陌生人提供建议。你不应该越权的。”她又说道。

我紧紧地攥着双手，关节似乎都要刺破皮肤蹦出来了。一阵恐慌涌上来，我嗓子眼发干。听上去邦蒂很恨我。

“我不想让你知道比尔处于危险之中，”我说，“我跟他道歉了，而且我们谈过了，并且我想再次道歉，但我没有找到机会。我打算一到巴黎咖啡馆就道歉的。”

这真是一组蹩脚的理由。说出口的每一个字，都让我对自己充满了厌恶。

“你没在那里，”邦蒂说，最后声音稍稍颤抖了一下，“他很担心。”

“我真的很抱歉，”我说，思考着合适的话，“他们消防站缺人，我不能就这么离开。”

“他很担心你，”她说，“他说他想要找到你，万一你还在生气。”

“我没有生气，”我说，我吓坏了，害怕她接下来要出口的话，“我没有生气。”

邦蒂慢慢地转过脸，最后看向了我。她可怜的脸上满是伤痕，看起来十分痛苦。

“比尔不想把事情搞砸。他说他会去找到你，解除误会。”

她看上去疲惫不堪，却还是继续说。

“他就是那时死的。他正要去找你。”

我以为，世界在周六晚上就已经崩塌了。一切陷入了黑暗，那么糟糕，那么哀伤。原来我错了。

我靠到椅子上，眼泪夺眶而出。

我不知道要说什么才能使事情好转，除了一再重复自己有多抱歉，比任何时候都要抱歉之外。我会说上千万遍，直到邦蒂知道。但她根本不想听。就当我要开口时，她打断了我，语调恢复了平静，清晰得可怕。

“别说了。”

修女轻快的脚步在我身后响起。

“我会再来的，”我说，“下次，等你好点，我们再谈。”

邦蒂看着我，眼神里无限忧伤。

“你别来了。我不想看到你。”

接着她转过头去。

修女噼里啪啦地说了些关于离开的事情，我慢慢地从椅子上站了起来。

“我很抱歉。”我小声说，一颗豆大的泪珠顺着邦蒂满是伤痕的肿胀脸颊流了下来。

护士让我快点走。

邦蒂再也没说什么。

第二十章

相信我，写吧

Trust Me, Write

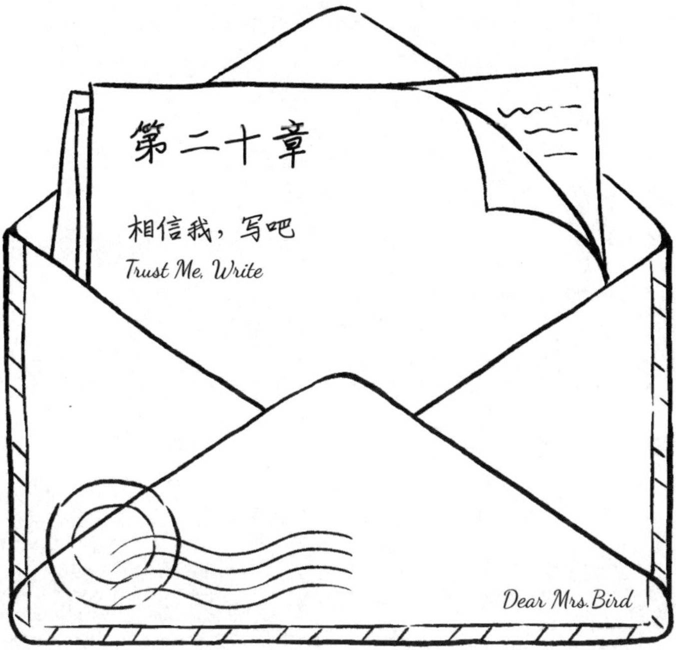

但愿我可以置邦蒂的指示于不顾，再次去看望她。我必须把跟比尔之间发生的一切解释清楚，好让她明白。我的朋友失去未婚夫、痛苦地躺在医院的画面在脑海中久久不能散去。最糟糕的是，邦蒂的话一遍遍地在耳边重复：他就是在那时死的。他正要去找你。

你可以用各种自己喜欢的理由来粉饰，但事实很明确。他的死，是你的错。

在病房外等我的塔维斯托克太太和妈妈看到我苍白如纸的脸色后，还以为我是被邦蒂严重的病情吓到了。我跟塔维斯托克太太说，她不想讲话。这是事实，当然不是全部原因。接着我说，如果她们同意，我能不能自己回家，呼吸一下新鲜空气。妈妈不同意，塔维斯托克太太握着我的手对我说，我真是个好女孩，能够无私帮助别人，让我不要担心，一切都会很快好起来的。

我真的受不了了。

抛下她们，我发了疯似的跑出医院，飞快地冲到楼下，对身边发出的嘘声和“注意点”“哎呀”的抱怨不管不顾，经过服务台，跑进了漆黑的街道。

塔维斯托克太太心地善良，但她没有我了解她的孙女。邦蒂根本不想见到我。我会继续尝试，虽然我知道她是认真的。我迟早会从她奶奶那里得到消息说，邦蒂现在还不想接受任何访客，这是早晚的事情。

医院旁边有个小咖啡馆，开放给上夜班的职工。我走路摇摇晃晃的，于是，在坐公交车回家前，我进去叫了一杯浓茶。咖啡馆很温暖，虽然有一股再生肉和药皂的味道，但还是很温馨。

“小姐，你还好吗？”柜台后面的男人友善地问道。他五十几岁，蓄着引人注意的胡子，口音很重。“你看上去脸色不太好。我是捷克斯洛伐克人。”他补充道，明显已经适应了别人对他的误解，有外国口音的人最容易被误认为通敌者了。

“我很好，谢谢您。”我说，希望他不要再提问了，因为我的情绪已经接近崩溃。如果他对我再表示一点关心，我就会放声大哭了。“请给我一杯茶，好吗？”

“当然，”他答道，“请坐。我会给你找点偷来的糖果。嘘！”他眨了眨眼，指了指角落的一张小桌子。我点了点头，想要说声感谢，却打了个嗝，他像父亲般给了我一张茶巾。我在想，每天会有多少经历了生活动荡的人踉踉跄跄地闯进他的咖啡馆。

他一边哼着小曲儿，一边冲着我在开战以来点过的最浓的一杯茶，然后连同一个摆着带馅面包的小碟子一起端了上来，还有简单明了的指示：“吃吧，喝吧，我请客。一直待到暖了再走吧。”

我搅了搅茶，研究着墙上贴的鼓舞人心的海报。一张海报鼓励人们种土豆，另一张建议投资储蓄债券。两张都暗示：如果积极参加战争服务，便一定会取得成功。第三张海报画着很多不同行业的穿着制服的妇女。上面写道：“干得不错！”

我不停地搅着茶。我的工作称不上伟大。我亲爱的捷克斯洛伐克朋友正在用男中音轻柔地哼唱着，如果换个时间换个世界，他肯定能进合唱团。然而，他却在这里，免费照看一个陌生人，同时还要用打招呼一样的自然态度揭示着自己的国籍，以防被别人误认为威胁。

世界变得丑陋而疯狂。

我勉强撑着，啜了一小口茶，顿时被异于平常的甜味搞得头晕眼花。我不知道下一步该怎么做。

邦蒂和我经常会一边吵架一边沟通，但争吵没那么频繁。我们是一辈子的好朋友，发誓对彼此不离不弃。只是现在，邦蒂心里只有一个想法：是我造成了她未婚夫的死。这太严重，太可怕了。

我对面角落的桌上，有人留下了当天的报纸和几本被翻旧了的杂志。里面没有《女性挚友》，但让我想到了一件极具讽刺意味的事情：我在给读者提建议的同时，却搞不定自己一团糟的生活。如果我将自己的经历写信给伯德太太，肯定被她驳得一无是处。

我弯下腰，打开包，取出随身携带的笔记本。我经常在上面记下一些随时想到的可以回答读者棘手问题的答案。现在我想整理一下必须跟邦蒂说的话，等到一有机会就告诉她。或许我可以把想说的话都写下来寄给她，让她决定何时看信。

其实我并没有什么计划，不过开始写字至少让我觉得自己在努力。我绝对不会在邦蒂最需要朋友的时候放弃的。我写道：

最亲爱的邦蒂：

我不知该从何下笔，也不知道我说的话是否恰当，如果我去见你让你太过痛苦，那么我就写信吧，希望你可以看一看。我特别希望，你能知道我有多想念你，一直为你的好转祈祷，你肯定会好起来的。

我知道你伤得很重，但我真的理解，对你来说，更糟糕的是失去了比尔。因为你那么恨我，我都不敢写出他的名字。语言无法表达我到底有多抱歉。

他说得一点都没错。那争吵一点也不傻。我们确实吵架了，我还说了些混账话，指责他工作时太过冲锋陷阵，冒了太多风险。邦蒂，我真是太愚蠢了。我做错了，并且试图道歉，但我又做错了。我本想保护你，担心他会受伤，可我不应该干涉的。这是他的工作，他做得非常出色。每个人都知道这一点。更何况我是你俩的朋友。

这些话像疯了似的奔腾而出，但没一句是有用的。只是一堆借口。如果我是邦蒂，我肯定会将它撕碎了，然后再也不打开我给她的信了。

我将胳膊肘抵在咖啡桌上，肩膀耷拉下来。经理一边扫地一边哼着歌。

他停了一下，看过来。

“喝吧，”他朝我的茶杯点了点头说，“要不然就冷了。”

我勉强笑了笑作为回应，他和蔼地看着我。

“还有，写吧，”他说，“不管你写给谁，只要他们爱你，就会理解你。”

我希望他说得对。我看上去肯定跟感觉上一样糟糕，因为他把扫帚立在墙边，走了过来，拍了拍我的肩膀。

“相信我，”他说，“我有很多顾客。写吧。”

我被他的善良打动了，被他精心准备的茶水、歌谣和偷来的糖果深深触动了。

“谢谢您，”我说，“我会的。”

因为他说得没错。我的话不是特别中听，实际上，我都不知道它们会不会让事态恶化，而我所能做的，就是尽自己所能解释，让邦蒂知道真相。我不祈求她能原谅我，但她得知道，我多希望可以改变过去发生的一切。

我喝了一大口暖茶，重新拿起了笔。

邦蒂，我原以为，自己可以在巴黎咖啡馆消除所有的误会。我以为还有时间。我错了，我将抱憾终身。

我不能想象你有多痛苦，但我知道，你肯定不会原谅我的。我愿意付出一切来改变现状，换回比尔，我发誓我会的。我是认真的，请相信我。

好了，我先写到这里。你会很努力地变好然后站起来，对吗？我们都深深爱着你，没法想象失去你的日子还能像从前那样好。

邦蒂，请知道，你是我这辈子在世界上最好的朋友，我会一直在这里，不论你什么时候要见我，我都会在这里。

我真的非常非常抱歉。

永远深爱你的艾米，吻你

我在椅背上靠了一会儿。我不知道还能写些什么，但我不想就这么结束。仿佛这是我最后一次跟她交流的机会。

我受不了这个。我必须再加一句话。

附注：我会继续给你写信，以防哪天，你觉得可以打开我的信了。我会在信封前面加一个备注，这样护士就知道是我寄来的信了，你如果不愿意看，也可以让她们扔掉。

小艾。

我会继续写信的。

我小心翼翼地合上了笔记本。一回到家，我就把信打出来，寄了出去。

邦蒂或许已经失去了威廉，并且因此恨我恨得发狂，我完全理解她。但我不能放弃她。不管她需不需要我，我永远都是她的朋友。

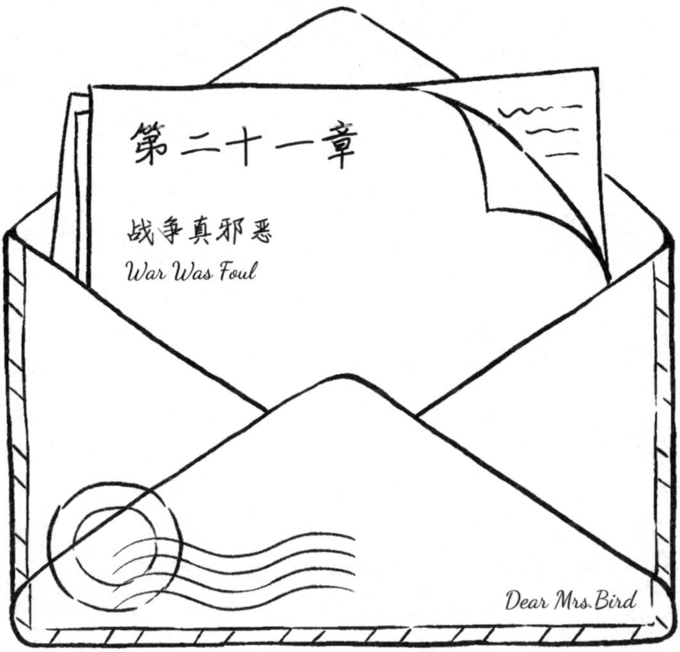
第二十一章
战争真邪恶
War Was Foul
Dear Mrs.Bird

我之前对邦蒂的猜测是对的。那天晚些时候，塔维斯托克太太来到公寓，说邦蒂现在恢复得很好，会越来越好的。这两个说法我一个都不信，但如果我现在不去看她，可能会对她更好。我应该让医生和护士们尽其所能，帮她渡过难关。

我不知道塔维斯托克太太知道多少内情，但我欣然同意，甚至设法补充说，所有护士是多么了不起，医生们是多么聪明，就好像是针对在伦敦西区刚看完的一场戏剧所写的剧评。

我觉得，只有问塔维斯托克太太本人是否可以给邦蒂写信才是合适的，我不知道如果她拒绝的话我会如何应对，我内心默默祈祷着。有那么一瞬间，我感觉她犹豫了一下，但很快恢复了常态，说："当然可以。"我感到从未有过的放松。

她仍然坚持让我留在楼上的房间，我对此十分感激。尽管这里让我不断想起邦蒂和威廉的存在，也就意味着，我在这里的每一分每一秒都在跟自己的内疚感作着斗争。同时，在某种程度上，我还活在自己最好朋友的生活中。最重要的是，我希望，这可能说明，邦蒂并没有告诉奶奶真相，威廉的死是我造成的。

然而，继续留在公寓是有条件的。我父母坚持让我现在离开伦敦，回家休息一段时间。我对此十分不满。我不需要休息，我又没有受伤，被送往乡村只会让我觉得自己是个骗子。但很明显，我父母跟塔维斯托克太太已经达成协议，尽管我跟妈妈表达过自己强烈的意愿，可还是别无选择，只能妥协。如果我不答应，那么塔维斯托克太太就会关掉整所公寓。

邦蒂的奶奶对我一直很好，我知道自己已经精疲力竭了。罗伊说他会跟消防站的戴维斯上尉汇报，而且柯林斯先生坚持认为，我现在不适合回到《女性挚友》工作，我已经没有留下的理由了。我没事，而且坦白讲，不用去面对大家，对我来说也算是一种解脱。

虽然我很想感谢柯林斯先生在空袭当晚为我做的一切，但不知该从何开口。他在巴黎咖啡馆给予了我无穷的帮助，从头到尾都陪着我搜寻邦蒂。我不知道，如果他不在，自己是否能找到她。我甚至都不确定，如果不是他对空袭警报部的督察员撒谎称我为护士，自己到底能不能进去。而现在，他在工作上又给了我非常多的照顾。

当然还有查尔斯。不到两周前，他还跟我一起跳舞，开怀大笑，在吻别时承诺给对方写信。这真是令人激动憧憬的事情。我现在要写给他什么内容呢？怎么向一个我几乎不了解的人解释发生的一切？我把它抛到了脑后。

周二早上，妈妈和我在滑铁卢站上了车。大雨倾盆，妈妈友善地同一位老太太聊着物资短缺的事情，我坐在二等车厢里把头靠在车窗上，闭上了眼睛。

比起上次，这次回家完全不同。上次回家时，邦蒂和我在雪地里跟杰克打雪仗，每个人都对我意外所得的新工作兴奋不已，还吵吵闹闹地批判着埃德蒙的缺点。然而，此刻的家笼罩在一片寂静中。小惠特菲尔德是个很小的村庄，每个人都认识威廉和邦蒂，并知道我们有多亲密。关切的朋友们会轻轻地叩响前门，而不是按门铃，甚至连父亲的病人们都在手术室急匆匆地进进出出，往日关于幼儿麻疹及爷爷腰痛问题的咨询也不见了。

我待在自己原来的卧室，盯着漂亮的印花墙纸，只在吃饭的时候下楼，虽然我一口都没碰。有时我也去花园散步，在那里我不用见任何人。夜晚，卧室里一片漆黑，我会抬头望向外面的天空，竟然很希望出现一架飞机做些可怕的事情。当然对象不是指别人，而是我自己。

我一直告诉自己要振作，但我做不到。我唯一能做到的事情就是如之前承诺的那样每天给邦蒂写信。写一些压抑但充满希望的短信，每天都写。我不知道她会不会看信。

我也强迫自己给查尔斯写信。我不想写，但他实在是太好了，而且又见过邦蒂和威廉，如果我不告诉他就太无礼了。我不能跟他透露这全是我的错，所以信写得越短越好。

亲爱的查尔斯：

希望你一切都好。

我不知道你哥哥是否写信告诉了你这件事，恐怕我会告诉你一些特别糟糕的消息。我不忍说出来，但还是要说。

你知道，当邦蒂、威廉和我在外面庆祝他们订婚的当晚发生了空袭。他们炸了巴黎咖啡馆，比尔死了。

邦蒂受伤了，伤得很严重。我没事，因为我迟到了，所以侥幸逃脱了，还有柯林斯先生（抱歉，我还是不能叫他盖伊）也在现场帮我找到了邦蒂。他人特别好，你应该为他感到骄傲。

很抱歉告诉你这么可怕的消息。我之前还保证要向你捎些快乐消息。

请不要担心，因为邦蒂很坚强，爸爸说她很快就会康复。我希望自己能帮到她，不过他说护士们都是一流的。她现在得到了最好的照顾。

我会在父母家待几天，但很快会回到公寓。

请一定要照顾好自己，可以吗？

爱你的艾米，吻你

我不知道还能写些什么。我妈妈帮我将信寄了出去，因为我连家门都不想出。

在家的日子很简单。我什么也不用做，只需每天向父母笑笑，说自己每天都在好转。妈妈试着让我对某些事情感兴趣——为战事缝制毯子，收集鸡蛋或是去邻居家看看他们新养的狗。她是好意，却帮不上我。我不是病人，而且我知道，自己有大把的时间沉浸在已经发生的一切上。

回家后的一周，我坐在花园里潮湿的旧木质秋千上，看着新生的水仙花在草地里奋力冒芽生长着。这让我想起第一次跟埃德蒙出去的情形。那时，我们十七岁，只是出去散个步，走到门口时，他突然送给我一束鲜花，看起来很难为情。想起这个，我摇了摇头。在我简单、幸运的一生中，他跟护士私奔的丑事像是打在我脸上的一记耳光。但现在也不足一提。

邦蒂当时做了什么？用一杯酒治好了我，告诉我埃德蒙就是个十足的傻蛋，离开我，他永远都不会幸福的。她毫不犹豫地站在了我这边，没有一秒的迟疑。像往常一样，她是我在世界上最好的朋友。

“你个白痴，”我轻声对自己说，随后大声喊，“你这个十足的、该死的白痴。”

如果有谁因为自怜而获奖，那我肯定位居榜首。如果邦蒂在这里，还把我当朋友，那么不管状况有多糟糕，她都不会陷入如此的忧郁之中。她会奋斗下去的。

我必须返回伦敦开始工作。这是唯一能够让我摆脱绝望的途径。我不得不让爸妈明白，毕竟，我是那个活下来的幸运儿。

我跳下秋千，走回房子，上楼开始收拾行李。

我决定继续往前走下去。独自回到公寓是我面临的第一次考验。傍晚，当我进门打开墙灯时，看到所有的东西都一如之前的样子，但这里的一切都跟原来不一样了。冰冷的客厅寂静而孤独。妈妈把未开的婚礼贺卡和礼物全部拿走藏起来了。除了小柚木桌上摆着我的文具盒和打字机，其他一切都整洁得令人无法忍受。邦蒂和我经常在小桌上吃饭，而当她上班后，我就会在这里偷偷给《女性挚友》的读者回信。房间里还藏着一沓新信件，我当时打算尽快回复的。但现在我不知道该怎么处理它们。

之前，给读者回信赋予了我一种使命感。即便被凯瑟琳差点发现，我也决定不再往杂志里塞任何信息后，还是觉得继续偷偷给读者回信会有所帮助。现在，邦蒂在医院的话深深地刺痛了我。

但你的干涉让状况更糟了。你甚至认为自己可以给杂志上的陌生人提供建议，可你不能。

她是对的。与其写些无关痛痒的信件，还不如为战事干点实事。上周待在父母家时，我曾考虑过停止这一切，去申请参加培训课程成为一名全职的消防站摩托车通信员。或者加入其他的行业。说实话，做什么我都不在乎，我只想做点有意义的事情。

不管做什么，我都会比现在付出得多。我再也不会绝望地站在路边，看着消防员救助伤员，或者在紧急情况下需要柯林斯先生的帮助才能去找到伤员。我下决心要好好研究一下不同的行业。我不能再从事另一份错误的职业，犯任何一个错误了。同时，我会增加在消防站的值班次数，在《女性挚友》拼命干活。而且我会严格遵守纪律。不再给读者写回信。不再去干涉别人的生活。

万事开头难，但我还是充满了希望。

明天我就要回到办公室了，在那之前，我还要完成一些更重要的事情。在巴黎咖啡馆事件后，我将第一次回到消防站。

我感到整个神经都紧绷起来。

角落里的酒柜似乎在向我招手。但我摇了摇头，借酒壮胆没有用。所以，我从沙发站起身来，走过一间一间的房间，打开每一盏灯，不知道为什么，为了避免坐下胡思乱想，我把一尘不染的房间又角角落落地清扫了一遍。

第二天早上六点半，我一夜未合眼，洗漱了一下，穿上自己最漂亮的工作服。我不惧怕去《女性挚友》，但要面对罗伊、姑娘们以及威廉的朋友们让我心有余悸。我知道，自己拖得越久，情况就会越糟糕，所以当德国空军离开伦敦后——我相信，是被我们的小伙子们赶回去的，我穿上了大衣，把羊毛贝雷帽拉到了耳边，进入一片黑暗，朝消防站走去。

卡尔顿街的消防队仍带着发动机和水泵在外执行任务，所以我来的时候空无一人。开始下雨后，我一路跑了过来，所以总算有时间喘口气，恢复正常了。

我脱下帽子，孤零零地站在院子里，喘着粗气。B分队正好赶上换班。西尔玛、琼和玛丽，还有代替我值班的人。我的喉咙发干。希望不是维拉。

即使不是，情况也不容乐观。我的朋友们都很好，这让我觉得很糟糕，但直面他们的忧伤会让事情雪上加霜。直到现在，我脑子里想到的只有邦蒂和塔维斯托克太太。当然，还有我自己。不是威廉的朋友们。他之前在卡尔顿街很受欢迎，甚至有很多人十分喜欢他。

“来吧，行动起来吧。”我大声说，昂首挺胸。如果她们询问起邦蒂的状况，就跟她们说她现在恢复得很好。

我打开侧门，走了进去，经过那扇潮湿的墙，每个人都将自行车停靠在那里，走上了陡峭黑暗的楼梯。就在我因恐惧而心怦怦狂跳时，我深深地呼吸了一口气。

警报已于一小时前解除，当外面第一丝曙光渐渐出现时，值夜班的姑娘们仍在控制室保持着警惕，一分钟也不敢懈怠，记录着冒险出门检查前一夜造成损失的皮姆利科的居民们。在换班期间，就当大家都认为一切安全后，也有可能会接到被困人们的电话，或是大楼倒塌的报告，又或是在空气流通后，莫名其妙爆发的火灾。

控制室较之前没有特别的变化，桌上摆着电话和信纸，墙上的任务表显示出队伍所在的位置，门口的大钟嘀嘀嗒嗒地宣布了值班的结束。琼在接电话，快速地记录着什么，西尔玛和玛丽正在整理着值班时候接电话的笔记。只有她们三个人。在我进屋时，西尔玛和玛丽抬头看到我后迅速站了起来，椅子与地板发出咯咯的摩擦声。玛丽快速看了西尔玛一眼，想要知道接下来该如何行动，但西尔玛已经朝我走来了。她的脸摆出了一种坚毅的微笑，像是在说一切都会没事的。我也装出了同样的微笑。

“大家好啊。”我说，突然被西尔玛的一个紧紧的拥抱打断了。

“噢，亲爱的，”她又重复一遍，“噢，亲爱的，”对着我的头发颤抖地说道。她抱着我不放，“保佑你，保佑你。”

我哽咽着说不出话来，拼了命地忍住了眼泪，不想再哭了。我不想让她们失望，所以我只是点点头，回应着她的拥抱。

“很抱歉，艾米。”跟在西尔玛后面来到我身边的玛丽说。她有点害羞地拍了拍我的肩膀，我抬起头看到她眼里也泛着泪光。西尔玛已经不知道要说什么了，或者是，我知道她什么也不能说。我一只手抱着她的后背，另一只手伸向了玛丽。琼挂掉电话，急匆匆地将备注插在了长钉上，走了过来。

“噢，艾姆。”她说，我从西尔玛那儿抽身出来，也抱了抱她。琼一直很喜欢威廉，她希望自己的儿子也能长成像威廉那样的男子汉。

“我知道。”我说，尽量安慰着她们，隐瞒了内心真正的绝望。

琼的眼睛里噙满了泪水。她紧紧抓住我的胳膊，像西尔玛一样，努力想要挤出一个勇敢的微笑。

“我们可怜的孩子。”她说着摇了摇头。

此刻，一颗豆大的泪珠终于冲破了防线，顺着脸颊流了下来。不是为我们任何人而流。这是为一个优秀、勇敢的年轻人还没来得及享受自己应得的生活就永远离开了世界而流。我自己的负罪感根本不足挂齿。关键是比尔已经走了。站在控制室的中央，我仍然无法相信。

与成千上万的其他人一样，琼、西尔玛和玛丽在最可怕的环境中日复一日、夜以继日地工作着。每天，她们都在帮助自己既不认识也永远不会见面的陌生人。而今天，轮到了她们的朋友。坚定沉着地正常工作是非常优秀的表现，但有时候，也只能承认，事态真的很糟糕。战争如此邪恶、可怕而不公平。

此刻，没有一部电话响起。

过了一会儿，我小心地松开琼，擦了擦脸，同时握起了她和玛丽的手。她们又同时握住了西尔玛的手，所以，那一瞬间，我们四个人站在控制室的中央，握着彼此的手，就好像是一个特别的秘密团体。

我先开口说话，希望能让她们好受一点，帮大家继续坚持下去。

“好啦，姑娘们。”我说，声音颤抖但已经尽力了。我看了看玛丽，非常温柔地说：“好啦，笑一笑。”

距离她哥哥在非洲消失才过去四个月。我知道玛丽为威廉流的眼泪也掺杂着对哥哥的担忧。我使劲捏了捏她的手，希望自己能表现得像一个能够安慰人的大姐姐。她挤出一个勇敢的微笑。

“好姑娘，”我说，“这才对嘛。”

西尔玛接过了话匣子。

“瞧我们，”她抽泣着说，“这样不行，对不对？还穿着制服呢，在这里。”她突然没了话。

琼勇敢地接过话题，“比尔会怎么说呢，嗯？”她一边说一边想要笑，却没成功，“噢，天哪，”她最后说道，“噢，天哪。”

她们是如此努力。真的令人无法忍受。

“那个，”我慢吞吞地说，“我想，要是看到大家都这么心烦意乱，比尔肯定会很伤心的，但我觉得他能理解。而且他会尽其所能逗我们开心的。”

代表他说话很卑鄙，不过在场的人似乎都受到了鼓舞。她们都点点头表示同意，努力挤出笑容。

楼下传来发动机的轰鸣声。首批队员已经完成任务回来了。

玛丽显得惊慌失措，在口袋里摸着手帕。其他人也是一样。没有人想要小伙子们看到她们在哭。

“不着急，”我说，“他们还要停车。我先下去见他们。”

“谢谢你，亲爱的。”西尔玛说完，快速擤了擤鼻涕。她稍稍稳定了下自己的情绪，才问起邦蒂的状况。

“她恢复得很不错，”我说着之前编好的谎话，“虽然她大概需要比较长的时间才能完全康复。”

“你会告诉她，我们大家都爱她，对吗？”西尔玛说，我点点头，十分难受。

我能听到楼下响起越来越多水泵的声音，还有男人们的吼叫声。他们随时都会冲上楼来要茶水喝。

“我得下楼见见他们了。”我说，希望自己听上去够坚强、够乐观，反正不是自己真正的状态就对了。

“当然，他们也希望见到你。”琼说。

他们会吗？我想。要是他们知道真相就好了。

朝姑娘们最后笑了一笑，我就下楼去见威廉的朋友们了。

第二十二章

永远爱你的，沃丁斯基太太

Yours Ever, Mrs. Wardynski

离廾消防站后，作为一个十足的胆小鬼，我特意绕了很远的路，就是要避开博恩先生的报摊。我确信他已经知道了所发生的事故，但我已经不能再面对任何绝望悲伤的交谈了，尤其是，我明白这会揭开他丧子之痛的伤疤。赶去上班的人们慢慢走到街上，我一直低着头，不想碰到熟人。碰到时，我能辨认出他们的表情——闪过一丝惊慌，然后在试图寻找话题时，挤出一丝好意的假笑，或者更糟，拼命地想要掩饰自己的悲伤。

我像往常一样经过小操场，驻足了一会儿，看着两个孩子在跟狗玩追逐游戏。孩子们尖叫着，小梗犬兴奋地狂吠，完全没有留意到他们游戏的背景——严寒、小雨以及大炮弹坑。小女孩唤着狗，狗跑向她，尾巴疯狂地摆动着。她把狗抱在怀里，抱得紧紧的，而狗则舔着她的脸，由于女孩太小了没办法完全抱起它，所以它的后腿还耷拉在半空中，在她外套上留下了快乐的泥渍。

我希望自己能够在操场上跑来跑去，大喊大叫，仿佛什么都没有发生过。我暗自希望此刻查尔斯就在身边。他或许会握着我的手，告诉我一切都会没事的。即便他自己也不确定，但我希望从他口中听到这句话。他说话给人一种很确信的态度，并不是狂妄，而是一种可以带给你安全感的平静，就好像没什么问题是解决不了的。

我自我反省着。现在对他动感情没有任何意义。天知道，等他回来，听到整个故事后会有什么样的想法。我只能吹嘘着邦蒂的恢复。他又会怎么看待我？我们认识没多久，尽管我经常给他写信，也收到了他从海外寄来的第一批信，但谈什么都为时过早。

我打了个寒战，双臂交叉护着前面，抵挡雨势，然后潇洒地出发了。我要在上班之前洗个脸，穿上合适的衣服。这样我就可以开始自己的计划，尽量保持忙碌，直到找到与战争相关的工作，离开《女性挚友》。

没有例外，上班时，所有人对于我的回归表示出极大的善意。凯瑟琳甚至在三楼的电梯口专程等我，给了我一个大大的、担心的拥抱后，陪着我一起走了两层楼来到办公室，凯瑟琳挽着我的胳膊，一遍遍地跟我说她有多抱歉。

我们还没走到《女性挚友》的走廊门，马奥尼太太和布兰德先生就过来表达了最真挚的安慰。肯定是柯林斯先生将发生的一切告知了他们，他们真的太善良了。我继续转移注意力，表示感谢后并向他们保证自己已经完全恢复，可以重返工作了。凯瑟琳看出了我的本意，将我推进了她的小办公室。我正准备要脱下外套，这时，伯德太太出现在了门口。她穿着一件黑色羽毛打造的华服，活像一只去教堂的大型乌鸦。

“啊，艾米琳，”她一副就事论事的口气，音量适中，还叫了我的名字，这可是从未发生过的，“我就是想过来看看你，”她抿了抿嘴唇，看上去很严肃，“我听说你这段日子不好过。难熬的日子。”

代理主编竟然自己走进凯瑟琳的办公室，而不是从外面吼叫着发号施令，这个举动真是令人惊讶，也十分体贴。

“谢谢您，伯德太太，”我答道，“谢谢您给了我一周的休假。”

“很好，”她轻描淡写地一笔带过，“柯林斯先生给了我这个难题。真恶劣。他们不是人，他们是害虫。你还能回来上班，很棒。还难受吗？”

我摇了摇头。我还不习惯伯德太太用同情的语气跟我说话。我看看了凯瑟琳，她愣在原处发呆。

“谢谢您，伯德太太，”我又说，“我真的没事了，谢谢您。”

“很棒。”她回答着，有些开心，也由于我没有做一些大哭的可怕事情而松了一口气，“最好的做法就是忙起来，投入工作中。”

我在犹豫现在是不是个好时机，告诉她我打算离开《女性挚友》，找一份为战事服务的全职工作，但伯德太太继续说下去。

“好了，柯林斯先生跟我说，他需要你帮他加班做点事情。你能回来真的很好。”

她又恢复了自己惯常的、更为偏爱的压制人的语气。

“我们已经决定了，你每周多上一个下午，周一全天上班。但我还是需要你将我的信件作为工作的首要任务。其他事情就够奈顿小姐忙的了。”

我感激地点点头。这正是我现在急需的。如果在消防站的值班再增加几次，那么我就没有时间胡思乱想了。我只需要工作和睡觉。

“不过，我得警告你，”伯德太太说着，将眉毛拧成一条，瞪起了眼睛，“我们最近收到了一些令人非常不适的来信。非常，不舒服。真的。”

来信。现在别说，我心想。现在别说。

伯德太太怒视着我。

“令人厌恶，莱克小姐。我不知道我们的读者发什么神经，但恐怕，你不在的期间，奈顿小姐不得不销毁了几封非常令人不适的来信。”

凯瑟琳点点头，看上去有点难为情。我等着，大气也不敢喘。

“只能希望，这讨厌的趋势不会延续下去，但我要求你，要比之前更加警惕，一旦有不合适的内容出现，立即向我汇报。我们不能这样下去。”

“当然，”我说，“我相信，这只是些偶然事件。”我咬着舌头。我应该知道，说这种陈词滥调，可能更会让伯德太太大发雷霆。

“嗯，”她用一种威胁的口吻说，随后转向了凯瑟琳，“我将在会议室讨论消防水桶的事。”

接着便离开了。

楼梯门砰的一声关上后，凯瑟琳和我面面相觑。

“她太善良了，”我说，“我还真没想到。”

“其实伯德太太人不坏，”凯瑟琳说，“她只是，那个……”

“独断专行。”我们异口同声说，这是连续几天里我第一次想笑。虽然只是一点点笑意而已，但我必须承认，回来是一种解脱。《女性挚友》里没有一个人认识威廉或邦蒂，自私地讲，不用去担心别人的悲伤让事情简单多了。

我坐在桌子边上问凯瑟琳，柯林斯先生来上班了没有。

“我觉得他随时都会来，”她说，“他非常担心你，艾米，”她继续说，“说实话，他安静得有些反常，令人难以忍受，”她看向了门口，“我肯定，他见到你会开心死的。”

我不知该如何评价，但希望他不要大惊小怪。为了转换话题，我决定冒个险，询问一下关于伯德太太口中的令人讨厌的趋势。我非常不想再次引起凯瑟琳的怀疑。

“所以说，最近有什么好玩的来信吗？”我问道，希望表现出一副只对工作内容感兴趣的样子。

我因睡眠不足而头痛，努力将发生的事情抛之脑后，但愿凯瑟琳能够容忍我的问题，而不是出于道德标准摆出一副“不得闲谈”的架势。

值得欣喜的是，她加入了话题，只是先从自己的羊绒衫上抽掉了一点线头，然后做了一个鬼脸。

“嗯，对啊。有几封确实有点过分，如果你懂我的意思。由于你休假，所以我们基本上全员出动了，连伯德太太都亲自看了几封信。你知道，我们最近收到的信比之前多了些。”凯瑟琳停下看了看身后，接着伸手去拿了一小沓来信，“这是昨天的第二批来信。我还没打开，但伯德太太亲自打开了大约这么多信。里面有两个怀孕的，还有一个询问如何离婚的。她不是很开心。”

我表示了同情。

“伯德太太说，如果都是这种人看我们的杂志，就真的得看看我们写过什么内容了，还说了什么要提高档次的话。”

我耸了耸肩，面无表情。听上去情况不妙。凯瑟琳一边继续说，一边心不在焉地整理着信件。

“令人难过的是，有一位太太的来信，称伯德太太真的帮了她的大忙。昨天，我原以为这会让伯德太太开心，就想把信给她看，但她说没有时间。我觉得你看了可能会开心，所以我还留着信，”凯瑟琳抱歉地看着我，“抱歉，我知道可能没什么用。但你一直对读者很感兴趣，我以为……那个。好了，我可以直接丢掉的。”

“噢，别扔，我很愿意看。”我说。

凯瑟琳打开桌子最下面的抽屉，递给我一封信。真是感谢她，我将信塞到昨天第二批来信中，就准备一个人去看信了，避免了进一步的交谈。接着，我匆匆地穿过走廊，打开所有的信，等着柯林斯先生的到来。

在离开的这一周前，我只在原来的记者室待了几个小时，但我已经爱上了这个地方。它让我觉得自己至少是在一个像样的记者办公室，让我的记者梦有一点点成真的可能性。我曾经设想过一个浪漫的情形：等到《女性挚友》大获成功的那天，这里到处都是作家，在忙碌的活动中交流思想，一边抽着雪茄一边吃着三明治。我还期待，在战争结束后，真的会有这么一天。屋里持续的霉味迟迟不肯散去，我开了灯，打开窗户。随后，我坐在了自己选的办公桌前。就在门边，这样每当柯林斯先生呼叫时，我就能随时应付，同时，在这里，我也能透过半个上窗帘的窗户看到街对面的大楼顶端。

是时候恢复工作了。我打开了凯瑟琳留给我的那封信。

亲爱的伯德太太：

我写来是想要感谢您，谢谢您几周前给我的回信中提供的好心建议。

我是之前那个爱上波兰飞行员、被妈妈禁止与其结婚的“恋爱者”。

我的胃里一阵翻腾。所以这就是凯瑟琳之前想要给伯德太太看的那封信。真是侥幸脱险。

那个，伯德太太，我得告诉您，我的本名叫多莉·沃丁斯基，不，应该是米尔切斯洛·沃丁斯基太太。我们昨天结婚了！

我一边惊讶地用手捂着嘴，一边听到自己喊了声“啊！”在所有悲伤的故事中，这真的太令人欣慰了。

我把您的建议读了上百遍，仔仔细细地思考了一番，如您所说，这是我必须做的。这让我确定了自己的心意，不论是战后我随米尔切斯洛返回欧洲，还是去美国或是别的地方。我知道这可能会很困难，但只要我们俩在一起，我就不在乎。但我真的十分慎重地考虑了，而且我的丈夫（这么称呼他真刺激！）也跟我理智地商量了，并且向我保证，肯定会没事的。

我一直在担心妈妈，但您帮我找到了力量！爸爸妈妈对此不是十分开心，但我相信他们总有一天会想通的。

伯德太太，对于您的好意我一辈子都感激不尽。我的丈夫从事的工作十分危险，我们谁都不知道未来会怎样，但现在，作为他的妻子，我是世界上最幸福的姑娘。

永远爱您的米尔切斯洛·沃丁斯基太太（多莉）敬上

写于苏格兰

“恋爱者”成功了。窗外，一轮微弱但勇敢的太阳努力冲破着五月阴云的笼罩，我对多莉的兴奋之情也因为无人倾诉而有所减弱。肯定不能告诉《女性挚友》的人，但是，天哪，要是能得知这么美好幸福的结局，邦蒂得有多开心啊。

我砰的一声坠回到了现实。

我当然不能告诉邦蒂了。我竟然产生了这样的念头，一个陌生人在来信中声称自己现在拥有了邦蒂失去的所有东西，这消息简直太痛心了。而且，不管怎么样，我原本就没有向她坦白自己继续偷偷给读者回信的事。这给我敲响了警钟，我根本就不配做一个好朋友。

由于情绪低落，我根本没听到柯林斯先生走了进来，只是在抬头的时候才看到他从另一张桌子那边拖过一把椅子，放在我身边。

他一句话也没说，看上去若有所思，双手交叉夹在膝盖间，倾身靠向我这边。他白天是我的老板，工作之外是我新男友的哥哥，现在又成了跟我分享最可怕经历的一个人。古怪、阴晴不定、幽默，又有英雄气概的柯林斯先生。他不是个感情用事的人，但从他的表情来看，他正纠结着要怎么开口。如果我可以抱着他，像一棵水汪汪的生菜一样爬满他的大衣该多好，虽然这是非常不恰当的举动，但绝对会更加舒服。真要是那样，世界就真的疯狂了。

最后他伸出手碰了碰我的胳膊，这已经算是办公室里较为激进的举动了。

“你没事吧？”他平静地说，“你不需要过来的，知道吗？”

我点点头，重复着模式化的答复，说着我很好。他扬起一边的眉毛，没说话。我在过去几周学到的一件事情就是，你根本骗不了他。

“我准备辞职，”我脱口而出，“去申请一份军队的工作。”

柯林斯先生点点头。

“我知道了。”他说。

“我考虑了一个星期。我想要做些更有用的事。”我努力解释着，“这还不够。反正他们迟早会征聘女性入伍的，所以我准备辞职。”

我做好了准备迎接一段“你太鲁莽了”的教育。

“你说得对，”柯林斯先生说，“我可以理解。这是你的辞呈吗？”

他把我手中握着的多莉的信拿了过去看起来，我根本来不及阻止。

“天哪，”他吃惊地说，“亨丽埃塔确实帮了忙。奇迹一直发生啊。”

“她有时确实会。”我立即插嘴说道。

“很好。”柯林斯先生说，他放下了信，在椅子里转过身，往窗外看去，“美好的一天。春天来了。”

他没有看我，一边审视着风景一边继续说。

“很开心知道过时的《女性挚友》并非一味在浪费时间。你离开真的很遗憾。我还有一些事情想要你帮忙呢。”他转过身，笑着看着我，非常友善，“别担心。我知道邦蒂肯定更需要你。”

柯林斯先生要么是会读心术，要么就是有第六感。我不想接话，但说实话，我不想就这么离开他和凯瑟琳，这有点出乎我的意料。

“或许在被录用之前，我会一直待在这里。”我说。

他心不在焉地点点头，看着其中一个通告板。

“好主意，”他说，“他们录用的速度有时候会出奇的慢。啊，对了，我想起那篇文章来了。”他继续说着，更仔细地读着贴在墙上的一片发黄的纸片，对此表现出了更大的兴趣，而没有把挽留我的事情放在心上，“是年轻人写的。写得不错。”

我在想，政府如果知道柯林斯先生可以从人们身上获取他想要的信息，会不会把他当成一种资源。他们应该让他去对付几个间谍。

我招架不住了：“那个，伯德太太说，您可能会需要我帮什么忙？

抱歉我之前听上去没那么热心。”

“在这种情况下，我觉得你担任的是骑兵的工作，”柯林斯先生终于直视着我说，“好了，告诉我邦蒂的情况，然后我会跟你解释我需要你做什么。”

第二十三章

深爱你的艾米

With Much Love, Emmy

Dear Mrs.Bird

柯林斯先生突然分给了我大量的工作。应该不像是跟伯德太太串通一气，执行什么秘密任务让我忙个不停，但不管怎么样，我确实忙得停不下来。除了帮他打印作品，他还让我提供一些我这个年龄段人们喜欢的故事的建议。有一天，他让我大吃一惊。

“你能帮我写一篇为消防站工作的文章吗？大概五百字。”他说，“这可能会引起读者的兴趣，而且你是站在内部工作人员的立场来写。”

我盯着他，目瞪口呆，惊讶于我写的东西竟然有一天也会刊登在《女性挚友》杂志上，但我还是试了试。他说，作为第一次尝试算不错了，还问我愿不愿意帮他写一篇关于“理想的秘书”主题的文章。在那之后，他开始让我帮他做一些调研工作，或是给组织机构写信搜寻信息。他询问关于我这个年龄段的女性都喜欢什么样的文章，我给出了一系列建议。这项工作很有意思，还能保持思维的活跃。我甚至都觉得，离成为一名记者更近了一小步。并非我现在还坚持着这个梦想，但我很享受这个工作，同时也对他心存感激。

我在杂志社工作的时间加长了，经常留到很晚才回家，同时我增加了消防站的值班次数，并达到了值班上限。我回到公寓后就睡觉、吃饭、给邦蒂写信——偶尔也给查尔斯写信，但除此之外，我什么也不做。如果我坐下来，过去发生的一切就会重演。

我尽自己所能填满时间，但有一件重要的事情我并没有继续坚持，那就是给读者写回信。不管她们多么需要帮助，也不管伯德太太有多么不重视她们，我都没有再写过回信。

最终，我还是按照邦蒂的要求做了。

她求我不要再写回信已经求了很久，即便我觉得这样不对，却仍然坚持着。现在，我已经写不下去了。

冷落读者是很可怕的事情，但我不得不这么做。伯德太太的道德标准仍像之前一样令人费解，她不是直接忽略来信，就是给出令大部分人吓死的回复，更别说只是因为情绪有点低落写信来的人了。

我甚至出于习惯正要给一个女孩回信，因为据我了解，伯德太太肯定会忽略她的信。当落款签名时，我打住了，撕碎了信。再也不要给陌生人写信，再也不能撒谎了。

然后，我给邦蒂写了一封又一封信，每天都写，希望她能看到其中的几封。这好像是生活在纸上，而不是现实世界里。我更喜欢这样。如果你说错了话，可以一笔勾销，从头来过。但邦蒂没有回音。

于是，我不停地写信。有时写一些大事件，比如说他们为威廉举行的追悼会，因为即便身处教堂，我也觉得，这里最不需要出现的人就是自己，我认为，终有一天邦蒂可能会想听听这个悼念会有多美。

不过，我写得更多的则是一些可能会引起她兴趣的无关紧要的小事，而每当有人问候她或是送上最诚挚的祝福时，我都会写进去。实际上，大部分时候都是此类内容。大家都想知道她的近况。大家都希望她能好转。

最亲爱的邦蒂：

我们今天都很想你。

妈妈打来电话说，今天早上，韦弗尔牧师为你和比尔举行了一个特别的布道。

妈妈在教堂里装饰了鲜花。她从花园里选了你最爱的水仙花。她说布道和鲜花都很美好。为比尔的悼念仪式一直会持续到周五。

深爱你的艾米，亲吻

1941年3月19日星期三

最亲爱的邦蒂：

我知道，如果你看到这封信，会因内容感到十分难过的，如果这超过了你的承受能力，我对此表示抱歉。我以为，或许有一天，你会想知道追悼会的情况，于是，我还是写在信里。

噢，小邦，昨天，你会是世界上最骄傲的姑娘。教堂里有三百多人。当然，比尔的父亲从加的夫赶了过来，一来就询问起你的状况。

村里人全部到场。还有很多比尔之前的老师——刘易斯先生宣读了祷告词，讲得很棒。

不仅是卡尔顿街的小伙伴们来了，还有很多当地的消防员也都有出席。戴维斯上尉的颂词是我听到的最优美的一个。他说，比尔是最优秀的队员之一，是当之无愧的最好的队员。之后，他把写有悼词的卡片给了我。我附在信里寄给你。

罗伊和弗雷德带了一个笔记本。里面全是给你的信息，还有人们想要对比尔说的话。我把它也放在这个包裹里，托奶奶带给你，确保不会被寄丢。

我们唱了《我宣誓向祖国效忠》，消防站合唱团应你之前的要求唱了《主耶稣，我曾应许》。当他们唱到“若主时常在我旁，我必不怕战场”时，我爸爸说，他觉得教堂的房顶都要坍塌了。他们全心全意地唱出了最真挚的感情。

我觉得，今天就先到此为止吧。

想念你们俩。

深爱你的艾米，亲吻

1941年3月22日星期六

最亲爱的邦蒂：

你奶奶说你最近好点了。我们别提有多开心了。

西尔玛说，她本想给你寄点薄荷冰淇淋，为了给你做这个，她们那儿的史丹利用光了本月的糖供应量。但在他尝了一个后，很担心剩余的会在邮寄过程中被压扁。所以为了避免失望，他会保存冰淇淋直到你康复。他也很担心如果不尽快吃掉，有可能会变质。

但愿这会让你开心一点。

深爱你的艾米，亲吻

1941年3月29日星期六

最亲爱的邦蒂：

你最近感觉如何？我不确定你是否看了这些信，但我告诉自己你在看，这让我有种一直跟你保持联系的感觉。

今天，凯瑟琳问候你了。我告诉她，你恢复的情况特别好。她请我把这条披肩送给你。她由于扁桃体发炎请假了，在床上织完了披肩。如果你能够出房门，这个应该很合适。她希望你会喜欢。

深爱你的艾米，亲吻

1941年4月8日星期二

附注：我问过爸爸了，他说没问题，你不会因为羊毛而扁桃体发炎的。

最亲爱的邦蒂：

你奶奶说你要出院了，我好激动，真的非常开心。

你能回到村子真的太好了，大家肯定都开心极了。没有你的伦敦会很奇怪。我知道我们没有见面，但一想到你在附近，感觉就很好。

柯林斯问你最近还好吗？我说非常好。

一路顺风。

深爱你的艾米，亲吻

1941年4月14日星期一

附注：我下下周末准备回家为妈妈过生日，看看你有没有需要从公寓带回去的东西。

我依旧每天坚持写信。但邦蒂没有回信。

第二十四章
亲爱的伯德太太，
求您帮帮忙好吗？
Dear Mrs. Bird, Please Might You Help?
Dear Mrs.Bird

我试着在给邦蒂的信里加点她或许会感兴趣的事，这可能会博她一笑，但我基本不会提到自己在做的事情，这可能会博她一笑。所有开心的事情都会给人一种我在她危在旦夕的时候玩得很开心的错觉。任何沉闷的东西都表明我正处于痛苦中。

这些尝试都没有达到预期的效果，但我已经尽力了。

我也给查尔斯写信，一些无关紧要的信件，但也尽量写得有趣。我提到了平凡的每天发生的事情。他说他喜欢这样的事，因为这就是所谓的“日常生活”。当然，对于威廉的消息，他感到十分抱歉，并且特别担心我们大家。他会定期给我写信，这本该是件好事，但我总觉得，隐瞒几周没有见过邦蒂的事实，却告诉他邦蒂恢复得有多快，这就是骗子的行径。

爆炸发生后一个月，我再也忍受不了了。尽管我知道，一旦他知道真相，很有可能就不理我了，但我还是写信说出了实情。

最亲爱的查尔斯：

非常感谢你最近的来信，昨天一下子来了两封，真的很开心。

很抱歉这周没有给你写信。我本该在几周前、事故发生时就告诉你的，但我是个胆小鬼，一直拖着，没有告诉你这件在巴黎咖啡馆发生的很严重的事故。

是这样的，就在那晚之前，我和威廉吵了一架，吵得很凶，我愚蠢至极，竟然训斥他工作中冒了太多险。实在是很糟糕的吵架，而且我说的全是对他不公的话，也没有好好跟他道歉。我去医院看望邦蒂时，她告诉我，比尔对此非常担心，当时我又没准时赶到舞会，他就出来找我想消除误会。他就是在那时被炸死的。事实估计不止于此，但真相就是，这事因我而起。

邦蒂伤心至极，我不怪她。我告诉你她恢复得很好，其实是她奶奶亲口告诉我的。

查尔斯，对她而言，我真的是个很差劲的朋友，我不会为自己辩解什么。很抱歉跟你讲了如此恶劣的消息，但我不能再骗你了。如果你不想再给我写信，我能够理解。

你会好好照顾自己的，对吗?

你的艾米，亲吻亲吻

附注：这件事我并没有跟同事们说，但如果你觉得有必要告诉你哥哥，我当然也会理解。

我怀着沉重的心情把信寄了出去，并不期待会有回信。所以当收到他的下一封回信时，我根本提不起精神打开信封。

最亲爱的艾米：

今晚我们又要转换营地，所以这封信写得很仓促，但我必须马上给你回信。我才刚看了你的来信（第四十封），多希望自己能够陪在你身边。我多想抱着你，告诉你，在我眼里，你在巴黎咖啡馆事件中表现得真的很勇敢。我现在要对你提出严格的要求，你要向我保证：你绝对不要自责。一分一秒都不行。你听到了吗，亲爱的？

或许我们相识不久，但我感觉，我知道你不会做出伤害威廉或邦蒂的事情。我知道，你非常在意他们俩。但愿从我的立场做出评价不算是不合时宜：我认为威廉是一个非常正派、善良的人，我相信他肯定会理解你的，你从来都没有恶意。

你如此担心邦蒂，真的是很忧心。我确信她总有一天会想通的。

继续吧，亲爱的。有空就给我写信，你的信真的会让我开心，但如果你难过或忧伤时，一定要告诉我，我保证，我真的不介意。

你亲爱的查理，亲吻亲吻亲吻

附注：我不会告诉盖伊。亲吻。

他之前写信从来没用过“你亲爱的”说法。我把信来来回回看了好多遍。真是一种解脱啊，他比我预期得好太多了。他就像一束微光，指引我在最黑暗的日子里继续前行，虽然我并不赞同他说邦蒂最后会想通这一点。

但我还是坚持给她写信。每寄出一封信，我都祈祷她会回信，却总是失望而归。塔维斯托克太太会将最新消息通知爸妈，然后一旦有任何消息，他们都会打电话告诉我。每次都是“恢复得很快”，掺杂着一些“但邦蒂还是很疲倦”和“遵医嘱，她必须休息”的告知。甚至连爸爸都得不到什么消息了，因为塔维斯托克太太雇了一个私人护士专门护理邦蒂，还有一个听上去显然非常厉害的高级医生。

我非常想念我最好的朋友。我也想念我的朋友威廉。虽然消防站的每个人都努力假装坚强，拿出自己最好的状态，但我们都知道，没人能够填补他留下的空缺。我还是很难接受再也见不到他的事实。

在邦蒂从伦敦搬到乡下后，见她的机会少之又少，但我必须承认，对于她能够远离灾难，自己还是有点开心的。行动失败后，希特勒决定发动总攻解决我们，随着天气的好转，德国空军也振作起来。空袭虽然断断续续，但越来越猛烈。这比之前每晚的袭击来得更加强烈。你永远都不知道下一个目标是伦敦的我们、布里斯托尔、桑德兰还是加的夫。知道某地的某人正在遭遇最悲惨的情况，完全不能让人松口气。当然，这对希特勒没有任何影响，然而，连琼，这个镇定自若如角斗士的乐观者也会沮丧地问，这个可恶的家伙什么时候才会停止？

在消防站增加值班，在《女性挚友》延长工作时间确实让我忙个不停，我对此也十分感激。我讨厌一个人待着，但也不忍心跟姑娘们一起出去，尽管她们经常试图邀请我，有时还会强拖着我参加活动。

距离巴黎咖啡馆事件已经过去近两个月了，尽管5月初的阳光明媚，但我有时还是觉得自己像一台机器，带着不真实的活力坚持完成着各项任务。然而，我知道这种失败主义是不对的，在一个明媚的清晨，春天似乎宣告着初夏的到来，我大步穿过走廊去往《女性挚友》，向前台挥手打着招呼。

我进了电梯，心想趁到三楼之前，能不能稍微眯一会儿。《纪事晚报》的两个记者正在讨论一个他们认为会引起轰动的大事件，但没提到具体是什么东西。放在几个月前，我会拼命地偷听，想要获取关于独家新闻的任何线索。而现在，我只想闭上眼睛，期待着电梯会突然发生故障停住，我就可以坐在地板上打个盹了。

“早安，凯瑟琳。”我一边推开通往《女性挚友》昏暗走廊的门，一边把头伸到凯瑟琳办公室门里喊着，在去大办公室前——那里几乎成了我的家。她一般跟我一样，很喜欢聊天，但今天，她的座位上空空如也，衣架上也没有外套。

反倒是伯德太太气呼呼地从办公室冲出去，一脸怒气。她说凯瑟琳的妈妈刚打电话来说凯瑟琳扁桃体严重发炎，不管有没有发生战争，凯瑟琳都要做切除手术。这在伯德太太看来，只是一种混淆视听的虚弱的表现。

“小时候就应该切除了，”她说，“莱克小姐，你必须顶上。没有你，柯林斯先生只能自顾自熬过去了。”

由于上述原因，我又搬回了凯瑟琳的办公室，除了一大堆的打字工作外，还要去伦敦北部跑一趟，传达一些不中听的话，顺便派送一个满是农场味道的包裹。

在这一天里，我对凯瑟琳又产生了新的崇拜感。对于一个不是经常出现在办公室的人来说，伯德太太制造了惊人的工作量。你根本不能称其为放松。复制检查所有的样式，凯瑟琳只需要十分钟，我却花了好几个小时。凯瑟琳总会知道每样东西的位置，将杂志撰稿人的电话和地址熟记于心，不花一分力气就能解决问题。我奔波于各种任务之间，不是为伯德太太的慈善机构派送“重要的包裹”，就是去排队买她没有买到的“重要物资”。

在那个周末，可以肯定地说，我们这个小团队迫不及待想让凯瑟琳回归了。我拼了命，还是经常搞不懂伯德太太大喊大叫的秘密指令，柯林斯先生被迫亲自出马完成大部分的行政工作，而广告部的牛顿先生来得更勤了。伯德太太永远都在控诉所有事情的不完美。没人敢提出异议。

这也就意味着我几乎没有时间筛选读者来信，所以接下来的周一，我特地早早赶来，赶着处理信件。那是一小沓令人愉快的信件，第一封是写给柯林斯先生的电影专栏的，索要一张签名照的请求让我开心了起来。我都等不及看到柯林斯先生得知这样的请求时的表情了。或许他会被惊到。

我继续拆信，下一封是写给“亨丽埃塔谈心室”的，出自一个正在跟“难看的下巴”做斗争的四十五岁的读者之手。这很符合伯德太太喜欢的类型，虽然“难看的下巴”很可能会被训斥，因为在她这个年龄，虚荣心作祟是不好的，我为她感到抱歉。

然而，下一封信很奇怪。既不是手写，又没有回邮地址和邮票，是打出来的一封信，寄给伯德太太，署名为“焦虑者”。

我从开头读起来。

亲爱的伯德太太：

求求您能不能帮帮我？

给您写信我很难为情，但除此之外，我真的走投无路了。您看，我令所有人都失望了。今年早些时候，我受困于一场空难并且受伤了，但现在的我觉得自己已经失去了勇气。每当我听到枪声甚至是大的声响，都会被吓得不行。我不喜欢出门，连家门都不想出，我担心自己永远都回不到过去的状态了。

我停了一会儿。我之前看过类似的信。那些经历过这种状况的读者真的过得很惨，她们会由于自己一无是处而感到十分难为情。

当然，她们不应该这样认为。没有一个经历过如此悲惨事情的人可以在灾难后迅速振作起来。现在的我比任何时候都要了解这种情况。甚至在巴黎咖啡馆爆炸之前，对于写信来描述自己害怕或是在突发性爆炸、枪击事件甚至对黑暗都感到害怕的女性，我都会感到十分抱歉。我曾经给其中几个人回信，试图表现得宽容大度，并且请求伯德太太在杂志上也回复一封，但她毫不留情地拒绝了。

“骨气，莱克小姐，”她说，“这才是这些女性所需要的。紧张不会使我们赢得战争。她们必须振作起来，努力工作。”

这就是伯德太太最差劲的一面，拒绝一切她认为软弱的表现。她期待所有人都无比坚强，不屈不挠。如果这就是自己所面临的困境，难怪人们会感到恐惧。

在我看来，害怕被炮弹打中完全合情合理。没有一个正常人会对此无动于衷。但这并不代表你软弱，或者不愿坚守下去。

我咬了咬下嘴唇。或许这只是我自己的偏见吧。

然而不是，我没有偏见。这位读者，还有其他写信给伯德太太的读者，其实我们每个人都会是其中之一。感到脆弱是很正常的。我坚信，她们需要的是一些友善的鼓励和支持，而不是关于软弱的训斥教导。

我继续读信。

> 我保证我绝不会放弃。只要得到他们的许可，我就会重新回到工作岗位，做一些事情。但我知道自己会紧张害怕，这是不爱国的错误表现，我很担心，而且我一直情绪低落，就是个懦夫。
>
> 我最近失去了未婚夫，因为他死了，所以我觉得自己再

也不会爱上别人了。

我凑近了一点，继续读信。

我甚至不想跟人说话，即使是我最好的朋友。

这会不会是邦蒂写来的呢？

我想他想得发疯，无法用语言表述。但我知道，还有很多人比我的情况更糟糕，我应该振作起来。有很多同龄的姑娘做着战争工作，照顾自己的家庭，尽着自己的一份力量。很惭愧地说，我会害怕，特别是听到警报或飞机声音时。

我觉得此刻你肯定认为我非常软弱，但我担心可怕的事情会再次发生。在您的杂志里，您写到，我们必须为战争作出贡献。但当我感到一无是处、孤独无助时，该怎么做呢？

焦虑者敬上

我把信放到桌上，坐回到椅子里，环顾了下办公室，仿佛答案就在那里盯着我看。

接着，我沮丧地叹了口气，看着信封。邮戳上写着切尔滕纳姆[1]。邦蒂根本就不在那儿附近，据我所知，她在那里没有认识的人。

但还是……

有那么一瞬间，我竟然以为这或许是她寄来的，真的是疯了。太

[1] 英国英格兰西南部城市。

傻了。如果邦蒂想要聊天，她会给我写信，而不是给伯德太太。我发出一声长叹，感到十分沮丧。

可怜的“焦虑者”。我又看了一遍她的来信，为这个处于人生低谷的姑娘感到担心。如果邦蒂也是一样的感受怎么办？情绪十分低落，甚至不能跟自己的好朋友说心里话？

我应该写信告诉邦蒂。我应该把这个女孩的遭遇写信告诉她。或许对她会有帮助，甚至能扭转局面？

亲爱的邦蒂：

有个给伯德太太写信的姑娘，她很害怕，感觉很糟，不敢面对任何人，她因此感到十分难为情。

这让我想到了你……

嗯，是啊，当你被撕碎了，失去了未婚夫，而写信来告诉你现在有多可怜多难堪的女人就是罪魁祸首时，你会很愿意看到这样的信，是吗？

我忘掉了关于朋友的猜测。这封信是不是邦蒂寄来的并不重要，重要的是内容悲伤至极。一个几乎失去了所有的读者，还是疯狂地想要振作起来，响应号召奉献自己的力量。

对这个女孩，我发觉自己并没有感到难过。我为她自豪。她能够勇敢承认自己害怕的事实，我感到非常骄傲。

毕竟，我们每个人都会经历类似的时刻。私底下，自己在心里默默想，就是为了不让任何人失望？

我记得，当时目睹威廉和小伙子们在抢救被炸房屋的孩子们的情形。我站在人行道上被吓得魂飞魄散，觉得自己一无是处，就怕他们或其中一个被压死。当我跑向考文垂街时，生怕炸弹落到巴黎咖啡馆的事故现场。我有多少次由于清晨或是深夜响起的电话铃声而吓得不行——就怕是坏消息？

但我从来都没跟别人提过，因为没有人这么做。报纸、收音机，甚至还有像我们这样的杂志都在宣传着勇气、胆识和骨气。它们谈论着战争以及取得的胜利。它们谈论每个人都该尽自己的责任，照顾家庭，一切都保持原样，就为等着那些为之战斗的男人回家。确保你看上去依旧漂亮如初，一定要保持完美的发型，一定不能放纵自己，因为必须让希特勒意识到，他不会击垮我们的。在六个月的轰炸之后，除了要保持家庭生活的正常运转，我们还期望读者们可以身着漂亮的连衣裙，涂上所剩无几的口红等着她们的男人休假回家，共度特殊节日，享受浪漫生活。

我们有多久没对自己的读者说“做得好！”了？女性们会隔多久才被告知一次自己做得很好？有人曾告诉过她们，不需要永远假装坚强吗？有没有人告诉她们，感到沮丧没有关系？

我懂“焦虑者”的心情，我明白，她需要一个朋友。

我已经好几周没有给读者回信了，我死死守住自己的誓言，不惹麻烦，不让邦蒂失望。不再写信，不往杂志里偷偷塞东西。不管我认为自己能帮上多大的忙，我都不理她们。

但这次不一样。我必须回复，我得帮帮她。我打开桌子的第一层抽屉，拿出一张白纸，放进打字机。

亲爱的焦虑者：

非常感谢你的来信。对于你经历的一切，我表示十分难过。我们都希望你能尽快恢复，对你未婚夫的离去，我们表示最诚挚的哀悼。

不假思索地，我进入了经常在给读者回信时采取的大姐姐姿态。我努力想要成为那种你听上去可以信赖的人，那种能够理解你，并且在你遭遇困难时支持你的朋友。

好了，说回正题。你或许会有点惊讶，但我想跟你说，你能给我写信真是做得好！我在这里要跟你说清楚，你必须听好并且采取我的建议。你不是懦夫，更没有令任何人失望，实际上，你应该为自己感到自豪，因为在你最痛苦的时候，你也全力以赴了。

你受伤了，还失去了你最爱的人。不要因为感到沮丧或害怕就觉得自己是懦夫或做错了事。我觉得大多数人会深有同感，并且坚信我们的读者也会赞同我的话。

我们都在尽全力保证战争的胜利，而正因为有你这样的姑娘存在，我们势在必得。当发生不幸时感到沮丧，表明你是一个正常、正派的人。心智正常的人在失去挚爱时都会感到难过。

正常的心智才是我们奋斗的目标，这也就是为什么疯子永远都不会取胜。

我停了一会儿。我知道自己是对的，而且我也想让“焦虑者”知道。我打字打得更快了，打字机咔嗒咔嗒地响个不停，因为打得太快了，以至于打字键差点卡住。

在文明社会中，有许多像你一样的女性，她们非常关心所爱之人，在处境艰难的时候，仍继续努力生活，如同你现在要做的一样。如果希特勒当道，没有人会关心别人，也不会在乎他以及他可怕的想法。

好了，亲爱的，你必须明白，那是法西斯主义，而希特勒就是个傻瓜。

等到我们不再关心他人或是表现得不像人类的那一天，就是我们即将失败的时候。所以，不要担心自己现在感到脆弱无助。你或许没有意识到，为了摆出坚强的样子，你已经用尽全力了。跟你的朋友聊聊吧，不要感到不好意思。与好友分享担忧的事情并不是不爱国的表现，或许你会发现，你这样做还能帮助你的朋友呢。

在写这封信的结尾前，我迟疑了一会儿。我还能说些什么帮忙的话吗？

最后，对于再次找到真爱，我恐怕不能提供一个直接的答案。给自己一点时间。你不用刻意忘记逝去的挚爱，也不必马上找到新欢。我希望能给你一个魔法棒——可惜我不能。但是，你要记住，你不是一个人。

《女性挚友》的每个人都知道，你和很多我们的读者一样，都在尽着自己的一份力量，而且无比勇敢。

我们以能与你们站在一起为荣。

随后，我停下了笔。通常落款我都会签上“H.伯德太太敬上”，随后迅速地去写信封，但此刻我想起来了，这封信没有留回邮地址。

我松开纸杆，把纸从打字机里拉出来，放在桌子上，然后手肘支在上面，十指插进头发里。

伯德太太绝不会考虑在杂志上回复这封信的。即便我不顾一切试图将它偷偷塞进“亨丽埃塔谈心室”版块，跟其他信相比，它篇幅也太长了，很难不引起人们的注意。单这一封信就会占据整个读者问答的版面。除了将这封信和回复都丢进垃圾桶，我别无选择。

一阵疾风从开着的窗口吹了进来，吹起了桌上的文件。我急忙用手压住了它们。

这样不行。我不想就这么丢掉这封信。这个姑娘不能被忽视，她值得更好的对待。我们的读者值得更好的对待。邦蒂值得更好的对待。

我从桌边站起来，走过去关上了窗。接着踱步到房间的另一端，又走回来。伯德太太随时会进来，她在外出奔赴其中一个慈善事业前吼着下达命令，让我们其余的人继续干活。我们真的很想念凯瑟琳。在她休病假的这段时间，伯德太太的吼叫声比我在《女性挚友》这么多周加起来还要多。

话说回来，谁有时间去复核“亨丽埃塔谈心室”的内容？凯瑟琳不在，又有谁会发现读者问答版面跟往常有些许的不同呢？谁会注意到上面只刊登了一封信以及一个答复呢？

这真是疯狂的想法。

我的心在胸膛里疯狂地跳动，我把信连同自己的回复装进了一个大大的牛皮信封，在上面写上马奥尼太太——亨丽埃塔谈心室特刊——需要排版。

走廊里传来一个熟悉的声音。

“莱克小姐？有人吗？”

如往常一样，听起来像有个人在集会上举着雾号大吼。

“来了，伯德太太。”我喊着，起身准备面对新一轮的吼叫。

“你喊什么喊。”她回道。

我将马奥尼太太的信封放进桌上的发件托盘，安慰自己一切都会没事的，然后急匆匆地去接受她的指令了。

第二十五章

我是艾琳·特雷德摩尔

My Name Is Eileen Tredmore

Dear Mrs.Bird

牛皮信封袋已经交给马奥尼太太和排版人员了。如果我要重新考虑这件事，也已经是深夜了，实际上每晚我都在犹豫，然而，太迟了。“焦虑者”的来信和我的回复马上就会被刊登在杂志上。它们将占掉“亨丽埃塔谈心室”近一个版面。我从来都没做过这么冒险的事情。

我试图不去想这个，将注意力集中在其他事情上。就在我们要举手投降的一周后，凯瑟琳回来了。我抱着一堆文具往她办公室走的途中，她从《女性挚友》办公室的大门探出头，笑盈盈的。她热情地挥着双手，像一个爵士乐手，然后低声打着招呼。尽管她还是嗓子疼，但她来了。

“噢，凯瑟琳，见到你真的是太高兴了。”我说着，给了她一个大大的拥抱。见到朋友回来我兴奋极了，这并不是因为她会承担伯德太太交付的所有重担。没了她，办公室实在太可怕。

“你不在的时候，伯德太太的脾气暴躁得很，”我说，“她一直在夸你。”

我本来是想说点赞扬话，但凯瑟琳看起来很惊慌。

“不，那是好意，”我立即说，“她说，你知道什么是什么，这比她给我们其他人的评价高多了。”

“哎呀。”她尖声说。我们都知道，这差不多是能够取得的最高评价了。

“你能回来，她肯定很开心。”我说，心里十分清楚，伯德太太宁可去撞公交车也不愿亲口承认。

凯瑟琳看上去很开心，这是最重要的，也是她应得的。她能回归办公室实在是太好了，几周以来我头一次高兴起来。

站在走廊里，尽管不应该发出任何声响，凯瑟琳和我还是闲聊了起来。我将要出发办一件伯德太太昨天交代的任务——去福南梅森商店找一个罐装黄油。这与我当年想要成为一名战地记者的梦想相差甚远，于是，我把这个当成笑话讲了，让凯瑟琳觉得一切都没问题。

柯林斯先生来的时候，实际上这是他第一次相对准时，我正在上演一个寓言的高潮部分，一人分饰两角——两个销售助理，一个是带着长尾小鹦鹉的男人，另一个是我自己。凯瑟琳坚持让我重新演一遍。我又添油加醋地上演了一回，这么多年来头一次，走廊里充满了欢声笑语。为了达到效果，我挥舞着订书机，演出了故事的精髓。

“然后他说：‘我不这么认为，你呢，格拉迪斯？’”我以夸张的语言结束了表演，逗得同事们笑得更合不拢嘴了。

就在那时，伯德太太出现了。

我一看到她，就知道出事了。

伯德太太一反常态地沉默不语。好像是脚下踩着滑轮，她一路滑步走了进来，没有喧哗也没有大喊大叫。她板着脸，并不是我平时看到的那种严肃，而是一种十分恶毒的表情。

凯瑟琳和柯林斯先生背对着她，但当我的笑容消失后，他们一起回头看了一眼，迅速退到了走廊一边给她让路。伯德太太根本没理会他们。她只是直勾勾地盯着我。

柯林斯先生先是看看她，又看了看我。

“早安，伯德太太。”他说了恰如其分的话。

伯德太太没有回应。

“早安，伯德太太。”凯瑟琳和我一起回应道。

伯德太太仍然盯着我。我从来没见过一个人的表情可以如此冷漠。我们谁都没有动。随后，伯德太太还是盯着我，同时从她巨大的黑色皮包里掏出了一张纸。

“这，”她的声音里透露着不祥，“是一封信。”

如果她的人喊大叫令人可怕，那么对比今天的情形，真是小巫见大巫。她脸色苍白，随时都会爆发。

“这是一封寄给我的信，”她咬牙切齿地说，“由于缺乏助手，我昨天自己打开的。莱克小姐，你想知道上面写了什么吗？”

我好不容易才点了点头。

伯德太太一边死死盯着我，一边将信递给了柯林斯先生。

“柯林斯先生，如果你乐意的话。”

柯林斯先生一言不发地接过了信。我希望，而不是预见，他会评论几句，说点什么可以缓和气氛的话，他有时会这么做。但现在，除了遵命，他没有别的选择。

“亲爱的伯德太太，”他开始念道，“我是艾琳·特雷德摩尔太太。我相信您之前跟我的女儿米尔切斯洛·沃丁斯基太太，通过信。”

柯林斯抬头看了看伯德太太，又看向了我。我的脸色绝对比伯德太太还要苍白。所有的血从我的脸上唰地冲了出去，我不得不大口喘着气才能防止自己晕过去。一听到名字，我就知道自己最终还是被抓包了。

“继续念，柯林斯先生。”伯德太太说。

柯林斯先生试探性地清了清嗓子，继续念着。

“沃丁斯基太太是我的女儿。她叫多莉·特雷德摩尔，今年十七岁。直到上个月，她还和我的丈夫以及我共同生活在米德尔塞克斯郡乌克斯布里奇的家里。”

我吞了吞口水。我的喉咙干得要死。就算是战时，十七岁结婚还是太年轻了。我压根没想到多莉会这么年轻。年轻到需要父母的许可才能结婚。她在信里写道：“我一直在担心妈妈，但您帮我找到了力量！”

我原以为她能说服自己的父母。

“您应该知道，”柯林斯先生念道，“几周前，我女儿跟一个她认为深爱的二十一岁的男人私奔去苏格兰了。违背了我们的意愿，未经我们的许可，还有，我最近才发现，这是您提供的建议。”

他停了下来，用空出来的一只手梳着头发，对伯德太太说：“伯德太太，我很抱歉，但我不是很明白。”

伯德太太最终不再恶狠狠地盯着我了。

“我想你会明白的，柯林斯先生，”她说，“莱克小姐在玩一个小把戏。”

我的头脑开始疯狂地转动起来。伯德太太究竟是如何断定此事因我而起呢？更确切地说，我该如何为自己辩护呢？

“我……”

“伪造我的签名。很恶劣，”伯德太太痛斥道，下一秒就要破口大骂了，“特雷德摩尔太太考虑周全，把她女儿收到的那封信一并附在其中，是《女性挚友》抬头的信纸，上面用蓝黑色钢笔署了亨丽埃塔·伯德太太的名字。我肯定没有写过这封可怕的回信，我也从来不用这个颜色的笔签名。不过，我相信，莱克小姐很喜欢用这个颜色的笔。更别提你，莱克小姐，是唯一一个能够翻阅我的读者来信的人。”

她向我步步紧逼。

“真的，莱克小姐，”伯德太太说，“这案子还不用请阿加莎·克里斯蒂出面，对吗？除非你还能提供另一个牵扯其中的人？”

除了坦白，别无选择。

“对不起，”我用最小的声音说道，“是我，我本来是想帮忙的。”

如果我觉得坦白是个好主意，那就大错特错了。柯林斯先生和凯瑟琳转过身看着我，惊讶地张大了嘴巴。凯瑟琳明显是受到了惊吓，但柯林斯先生的表现更糟糕，他看上去完全被吓坏了。

“我真的非常抱歉，伯德太太，”我重复道，“我没想冒充您的。”

话一出口，就显得更加苍白无力。一个人写了整封信，署了别人的名字，写上地址寄出去，还好意思说自己没想冒充另一个人？

我对这事已经习以为常了。虽然我署的是伯德太太的名字，但关心和建议的话全部出自我口。我还认为这很正常。伯德太太看都不会看这些信，所以我就出手帮忙了。

现在听上去荒唐极了。

我手里还握着订书机，五分钟前我还拿着它挥来挥去，炫耀着逗别人开心。现在手心里全是汗，几乎都要握不住它了。我经常会想，如果自己被发现会发生什么，但我从来都没想过，这会对我的朋友们产生影响。

凯瑟琳开口了，十分感谢她，但这远远超过了她的职能范围。

“也许，伯德太太，”她低声说，“这是一个愚蠢的错误？我相信艾米琳没有任何……"

我不能让凯瑟琳因为我而被责备。我被解雇是板上钉钉的事情了。但如果我把自己的朋友都拖下水，那就不好了。

"没事的，凯瑟琳，"我赶紧打断她的话，"谢谢你，不过没关系。这全是我一个人的错。我真的非常非常抱歉，伯德太太，我现在就去收拾东西。"

我往办公室走，想要拿回自己的外套和帽子。我真的不确定，她是否会叫保安或亲自把我扔到大街上。

但伯德太太什么也没做。

"你到底知不知道自己在做什么？"她吼道，终于丧失了理智，"你不会真的以为自己可以一走了之吧？莱克小姐，你疯了吗？"

她的脸现在涨得通红。

"几封？"她不屑地说，"你回了几封信？"

凯瑟琳绝望地看着我，明显希望我的答案是"只有一封"。

"我不确定。"我说，这是实话。我心里默算了一下。真要加起来，数目还真不少。"呃。差不多。大概……三十封？或者再多一点点？"

我感觉自己脸都红了。如果别人认为这是因为我的内疚造成的，那他们就错了。我脸红只是因为数不清而已。

我更不敢想之前偷塞进杂志的信件了。如果被伯德太太发现，我不敢想她会怎么做。

"三十封？"凯瑟琳倒吸了一口气，眼睛瞪得跟圆盘一样大。甚至连伯德太太都吓了一跳。

"天哪，艾米。"柯林斯先生低声说，伯德太太狠狠地瞪了他一眼。

我没脸看他。他低着头不肯看我，直勾勾地盯着地板。

我不得不承认，三十封听上去确实是太多了。你不能将此解释为善意的错误。我背着所有人干了如此恶劣的勾当。

伯德太太设法控制住自己的情绪。“我知道了，”她说，“所有这些信，全署了我的名字？”

非常不幸，我点了点头。我想说，这些回信都是写给我希望我，我们，《女性挚友》能够帮助的人们的。有好几个人都回信致谢，包括那两个被我偷塞进杂志问题的反馈，她们因此而受到鼓舞。而且事实上，不管她妈妈怎么想，多莉·沃丁斯基嫁给了自己深爱的人，过上了幸福无比的生活。但我不可能这样说。因为在《女性挚友》杂志社走廊冷冰冰的灯光照耀下，冒充他人写信，不管出于什么原因，本质上都是错误的。

“莱克小姐，”伯德太太说，“你意识到这问题的严重性了吗？我都不知道从何说起。欺诈、诽谤、污蔑人格……警方确实会严肃处理此事的。”

“警方？”我尖叫道。

“当然。”

伯德太太停顿了下，还没等她再次开口，柯林斯先生插话道。

“那个，大家先等一等。我们先好好、好好地静一静，”就在他说的同时，伯德太太怒视着他，“亨丽埃……伯德太太，拜托，”他纠结着到底要怎么说才好，“莱克小姐是个非常愚蠢的年轻姑娘，”他瞪了我一样，跟她一样愤怒，“但我相信，我们不需要警方插手就能解决这个难题。”

看得出来，他的脑筋正在高速运转：“毕竟，这或许会导致，呃，公关问题。对。这会给朗塞斯顿出版社带来更致命的打击。”

这是一场激动人心的争辩，我真想冲上去抱抱他，感谢他为我做出的努力。

“我相信，”他最后说，“我们可以在朗塞斯顿出版社内部好好解决这个问题。”

“我已经通知奥弗顿爵士了。”伯德太太说。

奥弗顿爵士。现在我感到不舒服了。那个掌控全局的男人。那个我愿意付出一切想要给其留下印象的人。

已经到了千钧一发的时刻。但柯林斯先生没有放弃。

“那好吧，”他说着，一副英雄似的姿态，想要同时显露出尊敬、魅力和关心的态度，“奥弗顿爵士会处理得很好的。当然，是要跟你好好沟通之后。”

伯德太太闭紧双唇，确实沉思了好一会儿。她或许已经气得发狂，下一秒就要去报警了，但她对朗塞斯顿和奥弗顿的名字有着至高的忠诚度。

“嗯，”她说，“我会看着办的，”接着她挺直了身子，把身子挺直得可怕，仿佛跟我讲话就是她生命中最恶心的差事一样，她简单说道，“莱克小姐，你冒充了我，歪曲了我的杂志，辜负了你的雇主、你的同事，让那些把你当成朋友的人失望透顶。如果你够幸运，可以逃脱我对你的指控——我不保证不会指控——你要明白，你不但失去了工作，也不会从我手里拿到推荐信，这也就意味着你所有职业生涯的终结。你被停薪留职，立即生效。柯林斯先生，到会议室来。”

说完，她转身大摇大摆地从房门冲了出去。

现场静得可怕。凯瑟琳看上去好像宁愿待在地球的其他任何一个地方，柯林斯先生则一副跟自我抗争的模样，绞尽脑汁想要说些什么。

伯德太太说得没错。我让我的朋友们失望透顶。

他们的表情很可怕。

“凯瑟琳，柯林斯先生，”我开口说，“我非常非常抱歉。我本来是帮忙的。我没料到会……”

柯林斯先生举起手打断了我。

“艾米，”他最后看着我说，“你到底做了些什么？”

凯瑟琳看起来比之前更心烦意乱。如果连柯林斯先生都不知所措，那还有什么希望呢？

我正要开口想要再次道歉，但被柯林斯先生制止了。

“别说了，”他说，“我真的不想知道。在我回来之前，待在这里别动。看在老天的分上，别再搞砸任何事情了。”

接着他就离开了。

凯瑟琳和我相对无言站了一会儿。我不知道她现在的想法，但我疯狂地想要说些什么使她相信，我是出于好意。她的想法对我来说至关重要。

最终，她开口了。她仍然心烦意乱，可以看得出来，她说的每个字都是经过考虑的。

“没事，”她慢悠悠地说，“柯林斯先生会把事情解决的。会没事的。”

亲爱的凯瑟琳。亲爱的、善良的、永远都看到事情好的一面的凯瑟琳。

“我不这么认为，凯瑟琳，”我说，“我这次真的完了。”

就在那时，《女性挚友》杂志社的门再次被推开，我一跳三尺高，生怕伯德太太在警察的簇拥下出现。但让我大大欣慰的是，来者是抱着一摞本周新期刊的克拉伦斯。

“早安，”他有些迟疑地说，很明显察觉到了什么，“我带来了你们的期刊。”

“谢谢你，克拉伦斯。”凯瑟琳说，这一次克拉伦斯没有因她的声音而脸红或惊慌失措。他马上把一摞期刊递给我，仿佛在交付一枚定时炸弹，然后飞也似的从门那儿逃了出去。

“嗯，”凯瑟琳说，挤出一丝无畏的微笑，“至少在等的时候，我们还有东西可以看。”

我没有胆量笑出来，只是默默跟着她回到了狭小的办公室。

“你会听我解释的，对吗，凯瑟琳？”我说。

“当然了，”她用沙哑的声音回复，“反正我也不应该说话。”

她开始脱帽子和外套，俯身将衣帽挂在屋子角落里的衣架上。

我将包裹放在她的桌上。与往常一样，印刷工人会将这些复本包在一张更大的、未裁剪的杂志纸张里。我一下子便看到了突出的“亨丽埃塔谈心室”熟悉的版面。

它就在那里。一清二楚。我塞进杂志的“焦虑者”的来信。

第二十六章

一无所有

Absolutely Nothing To Lose

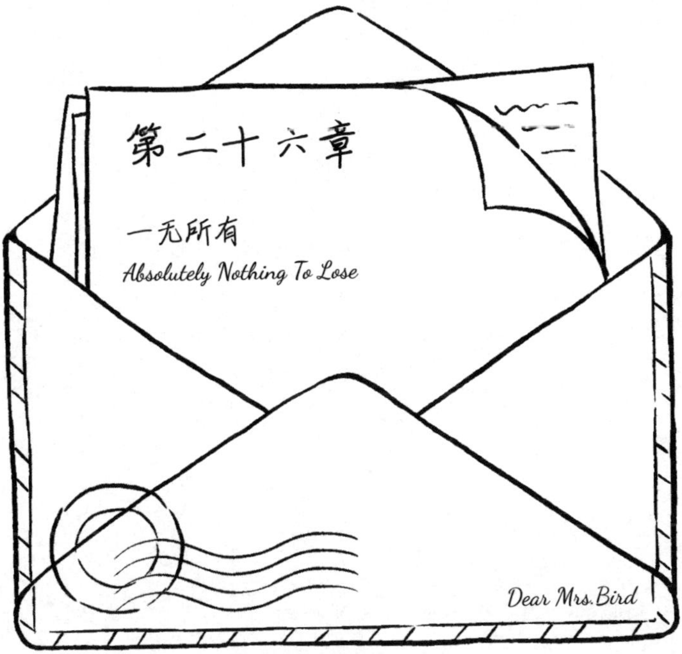

等柯林斯先生一从会议室回来，我就告诉他将信偷塞进杂志的事情。在刊印版中，来信和我的回复几乎占据了整个版面。等现实终于降临，连我自己都在纳闷，我当时到底是怎么想的？

我以为柯林斯先生会勃然大怒。然而，在一瞬间的质疑后，他看上去完全崩溃了，这情况更加糟糕。在连连感叹了（两次）“天哪”之后，他冷静了下来，随后给出了他的回应。

“我很抱歉，艾米，”他说，“但我不知道自己如何解决这个问题。”

而后我就被遣回家了。

我不知道该怎么办。

我迷迷糊糊地走回公寓，根本没留意到周围的环境，通常一小时的路程，今天却花了很久。一般我在离开《女性挚友》杂志社，沿着佛里特街走路回去的时候，都会玩猜谜游戏。谁是记者？谁拿着获取的最高级别的独家新闻急匆匆地赶回办公室？仅在几个月前，我还以为，自己可能会成为他们中的一员。而今天，我垂着头。我现在跟记者事业算是彻底绝缘了。

我心不在焉地等着公交车，但不想坐下或是保持不动。如果我在公交车上坐下，我或许会双手抱头大叫起来。相反，我绝望地想要恢复理智。我真是个丧门星啊。

对其他人而言，今天只不过是一个正常工作日的早上，当我沿着维多利亚河堤走时，心想，别人是否能看出来我已经没救了的事实。其他人似乎都要赶往一个目的地，手头都有一份要去完成的重要任务。报童们带着包裹跑来跑去，严肃得就像是赶往陆军供应部的公务员，郊区的女人们在5月的阳光下眨着眼睛，绕开沙袋，走出了地铁。

我想要逃跑，想找个地方躲起来，哪怕消失一会儿也好。我该如何挽救残局呢？

我不知道要等多久才能等到柯林斯先生或是伯德太太的通知。一想到要一个人静静地待在公寓里，在充斥着邦蒂和比尔回忆的地方，我就受不了。我想我可以回一趟父母家，但一想到要告诉他们真相，我就惭愧得抬不起头来。

我走了比较远的那条路回家，在米尔班克附近徘徊，望着泰晤士河发呆。今晚，我得笑容满面地出现在消防站的值班岗位上，直视每个人的眼睛。西尔玛会如何想我呢？怎么想我们偷偷对读者的深刻讨论呢？她现在会不会认为，我只是利用她获取建议而已呢？

至于告诉查尔斯。我哀号了一声，旁边一个推着婴儿车的女士惊恐地看着我。

柯林斯先生会告诉他吗？如果他立即就动笔写信告诉弟弟，他差点跟一个什么样的女孩交往，我也不会怪他的。我想都不敢想。查尔斯在信里是那么贴心，在巴黎咖啡馆事件后对我充满了关心。他总是很乐观，从他的角度看，所有的事情都会一帆风顺，而当我在信中提到威廉时，他的回应也十分得体。但我觉得这次太过分了。不管是从他哥哥还是我这里，一旦他得知真相，我都不指望他还想继续与我保持联系。

每走一步，事态就严重一些。我让这么多人失望了。然而，最重要的是，我必须跟我最好的朋友解释自己的初衷。

亲爱的、可爱的邦蒂。此刻，我比任何时候都想你，希望你还是我最好的朋友。邦蒂会有办法的。当然，得知我把工作上的事情搞得一团糟，她要是大发雷霆，我也不怪她。但我知道，她会一直支持我。

最终回到公寓时，我作好了决定。现在的我已经一无所有了。

在这件事正式宣布、我所有的亲朋好友知道真相前，我必须跟邦蒂再谈一谈。最后一次亲自尝试跟她道歉，告诉她，我有多抱歉。

电话在一楼的走廊里。那是个翠绿的电话机，很不常见又很花哨，是邦蒂前年怂恿塔维斯托克太太买的。塔维斯托克太太讨厌它，还说，只有演员和情妇才会用这种电话机，然而她还是买了。

我坐在红木柜桌边，苦笑了一下，在改变主意之前，拨通了接线员的号码转长途。

“您好，文森特夫人，”接通电话时，我对塔维斯托克太太的管家说，“我是艾米琳·莱克。能帮我找一下塔维斯托克太太吗？”

文森特夫人犹豫了一下说，她要去看看邦蒂的奶奶在没在家。我等着，坐立不安地站起来，把绿色的电话线绕在手指上。几分钟后，我听到有人拿起了话筒。

“艾米琳。真好啊，”邦蒂的奶奶说，“你还好吗？”

“嗯，谢谢您，塔维斯托克太太，”我撒了谎，“我希望您也过得很好，对吗？”

塔维斯托克太太亲口证实了这一点，并且问起伦敦的天气。我说，天气很好，并且也问了小惠特菲尔德的天气，也是一样好。

看来，一切都是顶好的。

最终，在熬过一段漫长且友好的关于塔维斯托克太花园的晚春花的对话后，我鼓起了勇气。

“塔维斯托克太太，”我开口说，“有没有可能跟邦蒂说两句话，麻烦了？那个，如果她身体康复得不错，可以打个招呼吗？”

这是自离开医院后，我第一次鼓起勇气主动要求。我还在绕着电话线，绕来绕去，绕得很紧，眼看就快被我绕断了。

我屏住呼吸。纵使其他的事情都糟糕透顶，令人绝望，只要我能够打个招呼，只要邦蒂让我知道她现在好不好，那什么都不重要了。

塔维斯托克太太没有立即回答。随后她清了清嗓子。

“很抱歉，艾米琳，”她温柔地说，“邦蒂的状态不太好，还不能讲电话。”

一阵短暂的沉默，我搜索着答复。我还有个备选计划，或许会让塔维斯托克太太意想不到。

“好吧，”我说，尽量让自己听上去乐观一些，“那或许我可以顺路来看看她？就一会儿。她不需要费一番工夫起来接电话或做别的劳神费力的事。就坐在那里。就一会儿。”

然而，塔维斯托克太太不是那么容易就能被说服的。

“非常抱歉，艾米琳，”她说，“但邦蒂谁都不想见。你知道她的魂儿都不在了。对不起，艾米，”她又说，“邦蒂不想说话。”

第二十七章

奥弗顿爵士本人

Lord Overton Himself

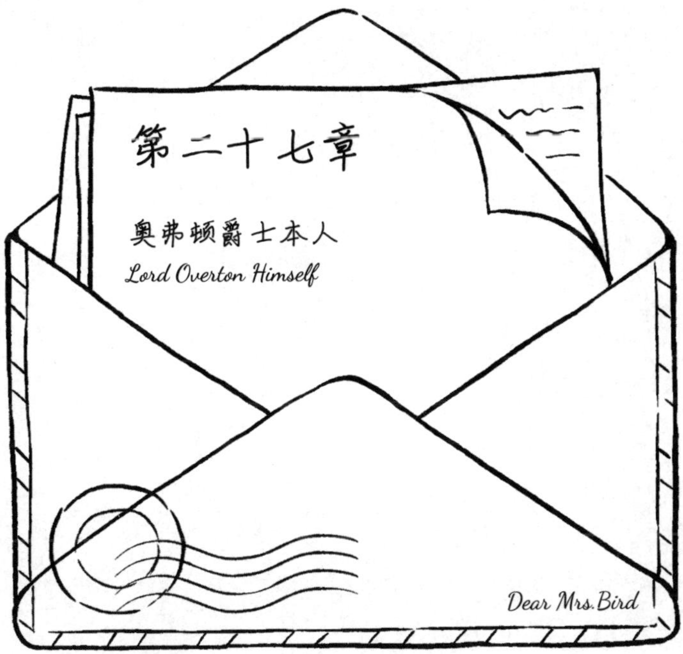

塔维斯托克太太并未向我透露邦蒂的地址，但她会帮忙转达我最诚挚的问候。在那之后，我失去了一切的希望。接下来的几天，我只是到河边走很久，尽量不去考虑未来，或者任何有意义的事情。

一周后，接到要去朗塞斯顿集团的通知时，我大大松了一口气，即便我要面对的是奥弗顿爵士本人。对于伯德太太来说，当场解雇我是最容易的。现在，杂志上刊登出了“焦虑者”的来信，她要去履行对我的指控似乎也不可避免了。我真不知道，到时候该怎么应付。

十二点半，就在我要出席纪律听证会，直面整个出版界最具影响力的人物之一时，柯林斯先生却不见了踪影。我原本以为他会在，但只有我一个人。他没有出席，我也无任何怨言。我在想，之后还有没有机会再见到他或是他弟弟了。

我从来都没有见过朗塞斯顿出版社的所有者兼董事长本人，但现在，我穿着自己最好的套装，站在了奥弗顿爵士的办公室，心想他到底会有多生气。我第一眼就认出了他。占据了大理石走廊入口的真人大小的肖像画十分逼真，即便没有这幅画，大厦的每一层都挂有一张他的巨型照片——像政治家一样，表情严肃。现在，他就坐在一张巨大的柚木办公桌后面，宏伟的身躯，白色的粗眉毛，就跟我之前想象中的《女性挚友》代理主编的样子一模一样。

他桌旁坐着如同一尊石像的伯德太太，身着那件肥大的黑色羽毛外套，强压着怒火，整个人显得很僵硬。

“所以说，莱克小姐，”奥弗顿爵士一边透过半月形的眼镜看着我认为陈列着自己罪行的文件，一边说，“你故意冒用伯德太太的名字给《女性挚友》的读者们回信——我这样理解没错吧？”

他这么描述，听上去罪行更加严重了。

奥弗顿爵士的语气像是他正在跟一个完全丧失理智的人对话。

“是的，先生，”我说，“是我做的。虽然这并非我有意为之。”我补充道，这句话差点让伯德太太从椅子上摔下来。

“我抗议！”她叫道，怒气冲冲地转头看着奥弗顿爵士。

董事长耸了耸眉毛。

“奥弗顿爵士，”伯德太太说着在椅子里动了动，“不光是冒用了我的名字，她还用了些最无知最危险的垃圾污蔑了我、《女性挚友》乃至整个朗塞斯顿出版社的名誉。一想到她跟读者说的话，我就瑟瑟发抖。此外，还有，”她不顾奥弗顿爵士想要开口的样子继续说，“她这是完全丧失了道德感的表现，为了自己职业晋升，跟高层耍阴招。真的是难以置信。”

奥弗顿爵士隔着眼镜盯着我，嗯了一声，随后又扫了一眼报告。

“莱克小姐，”他说，“这份报告就是一份完美的欺诈目录。完美啊。你有什么为自己辩护的吗？”

伯德太太对所有事情都会发火，这已经是家常便饭了，并不奇怪。今天她怒不可遏，但我已经预料到了，一点儿都不惊讶。但奥弗顿爵士不一样。就在几个月前，一想到能够在他的公司任职，我就激动不已，以至于面试的时候都集中不了注意力。我非常在乎他的想法，然而他对我的全部了解只限于手里的那份该死的报告。欺诈目录。难怪他把我看成个十足的白痴，是对他出版帝国的诋毁。

我不能让他把我想得那么差。我无法否认这些指控，但我可以在彻底失败之前尝试着辩解一番。

奥弗顿爵士正在等待答复。我深深吸了一口气。

“先生，”我说，“我想说，对于自己造成的所有麻烦，我表示万分抱歉。我已经无条件向伯德太太道歉了，并且意识到，自己的行为是站不住脚的。”

我气都不喘一下就继续说下去，以防他觉得这就是我全部的辩解了。

“但是，奥弗顿爵士，我真的不是想要冒充伯德太太，也从来没想过做任何损坏她名声的事情。只是因为伯德太太不愿意回复，只因为她们的问题不能被接受——有一个必须忽略的长长的列表明细，所以我才回信的。”我顺便提到了这个列表，“不管怎么说，她们大部分人听上去那么悲伤，忧心忡忡又很凄惨。很多人都是走投无路才写信求助的。而且，她们有些人的问题确实很糟糕。她们真的拼尽了全力，要么是丈夫不在身边，要么就是身边没有孩子。即便不是上述两种情况，她们也为此感到害怕，怕他们被炮弹击中，事实上，有些人确实被炸了。她们很累还有……有时还会很孤独，而当这种情况发生时，她们有时就会爱上错的人，然后……”

“莱克小姐！”

伯德太太扯着嗓子大叫着。她敏捷地跳了起来，看起来，下一秒就要出手打我了。

“真的。这无法接受。”

我已经一无所有了。

“不，伯德太太，”我提高音量说，“你这样不公平。”

伯德太太的嘴巴大张，用一只手捂住了胸口。

“我真的非常，非常抱歉。”我马上对奥弗顿爵士说，再次压低了声音，拼命想让自己看上去像个理性的成年人，而不是个任性的孩子。“不过说实话，先生，我只想要帮她们。我或许懂得不多，可我知道，年少轻狂时茫然不知是什么感受，而且我知道，其他杂志的言论以及为读者付出的一切，”我说，几乎是在恳求，“他们回答现代类型的问题。他们杂志的销量也很高。”我补充道。

我筋疲力尽，最后沮丧地结束了辩解。我曾经排练过今天的场景，用我所认为的深思熟虑以及有尊严的自辩，但今天我一个也没用上。这就是结局。

突然传来一阵急促的敲门声，还没等奥弗顿爵士说出“进来”二字，门就被推开了，柯林斯匆忙走了进来。他看上去比之前更加不修边幅了，头发没洗，领带也半垂着。这样的装束并不适合参加听证会，但我不在乎。看到他，我真的是太高兴了。

“下午好，”他说，“奥弗顿爵士，伯德太太，很抱歉我迟到了这么久。”

伯德太太脸上一副“你这是什么情况”的表情，但当奥弗顿爵士向柯林斯先生问候并真诚地接受了道歉后，她只有默默瞪眼的份。我注意到，他们看上去关系不错，虽然不是完全平等。

“对了，柯林斯，”董事长说，“这有点乱，是不是？极其残酷的表现。伯德太太跟我说，莱克小姐最初是你雇用的？”

“没错，先生。”柯林斯先生说。

“没有问过我的意见。”伯德太太打断道。

“我记得，伯德太太，”柯林斯先生彬彬有礼地说，“你当时不在办公室，并且大部分时间都忙于其他的事情。”

“重要的战争工作，”伯德太太插嘴道，趁机夺回了话语权，“奥弗顿爵士，我必须提出，柯林斯先生在这个案件中存在个人偏见无权发言。恐怕，他跟被告存在私人关系。”

奥弗顿爵士的眉毛高高耸起。

“天哪，”他说，“真的吗？”

我盯着地板，不知道还有什么是比现在更令人尴尬的——被称为“被告”，这让我听上去像个杀人犯，还是伯德太太刚刚提出的疯狂假设。

“我相信，伯德太太指的是我弟弟，”柯林斯先生冷静地说，“莱克小姐跟查尔斯相遇，在他在军队服役时，给他写信。这不是秘密。我认为这其实是一件很好的事情。那边真他妈艰苦。抱歉，先生……呃，太艰苦了。”

就连柯林斯先生都知道今天最好不要骂人。

“公平地讲，我坚信他会不辱使命，”奥弗顿爵士说，“但这跟现在的论题没有关系。”伯德太太叫了一声，却没人理睬。“所以，”奥弗顿爵士直接对着我说，“莱克小姐，我要赞扬你对我们读者的热情……”

我的心怦怦直跳。伯德太太想要插嘴，但被奥弗顿爵士举起的手制止了，我的希望暂时高涨起来，又很快一落千丈。

“事实是，你擅自作出决定，未经许可冒用伯德太太的名字写信。你必须理解，这是绝对不能被接受的。不管你的初衷多么善良，但你已经损害了你的代理主编和《女性挚友》的名誉。我真的不能……”

“求求您不要解雇我，奥弗顿爵士。”我绝望地说。

“先生，我可以插句话吗？”柯林斯先生这时说。

“什么？”奥弗顿爵士说，耐心渐渐消失，“我还有一个会。噢，不过请说，柯林斯，不要偏题。”

“谢谢您，先生。我会的，”柯林斯先生点点头，“我刚才从广告部回来。我有一些您可能感兴趣的消息。”他从口袋里掏出记者笔记本，直接翻到了最后几页，一边说一边找着正确的一页，“您瞧，《女性挚友》最近似乎焕发了青春。”

奥弗顿爵士嗯了声，让他继续。

“据牛顿先生，我们的销售收入负责人说，在过去两个月里，我们的订阅量明显增加，读者对于莱克小姐直接参与到的项目给予了高度评价。我负责的版块有些新想法也全是她的主意，而且她还让我在小说方面形成了自己的特色。我不想用这个来烦您，”当奥弗顿爵士举起手想要制止时，他匆忙补充道，“还有——”

“好了，柯林斯，够了。”奥弗顿爵士说。

“这太过分了，”伯德太太吼道，吓了大家一跳，“柯林斯先生完全出于个人偏见。难道要我提醒你，上周背着我刊登出来的那封可怕的、不爱国的来信吗？几乎一整个版面全部是给一个神经紧张的读者的同情话？这让我们看上去像是在为希特勒服务。奥弗顿爵士，别听他一派胡言。”

“那是被误放进去的，”柯林斯先生平静地撒了个谎，“广告收入提高了19%。”他继续说。

“真的吗？”奥弗顿爵士饶有兴趣地说，“哪个时段？”

“过去四周，”柯林斯先生轻快地说，“如果可以拿到纸质版供应数据，我们或许可以列个表。牛顿先生认为，这是我们扭转局面的好机会。”

“奥弗顿爵士，我真的必须……”

“谢谢你，亨丽埃塔，”奥弗顿爵士厉声打断，“真的，我听得很清楚。好了。不爱国的。我觉得，我可能不会使用这么过分的描述。我把那封有问题的信给我太太看了，她觉得回复非常友好。我特别喜欢将希特勒称为傻瓜的那部分。”

“政——治，奥弗顿爵士，”伯德太太厉声说，吼到一半想起来不应该喊叫，“出现在《女性挚友》里，会演变成什么呢？布尔什维克主义，就是那个。”

“对‘热锅里有什么？’是个坏消息，”柯林斯先生压低声音说，“要我说，大多是卷心菜吧。”

“称不上布尔什维克主义，”奥弗顿爵士说，语气中透露出无聊，“我觉得还不如说让疯子得到应有的评价。现在，能不能请大家保持安静？”

伯德太太一副当场死过去的表情。

我们全部保持沉默，奥弗顿爵士一边沉思，一边用舌头发出咔嗒咔嗒的声音。终于，他又开口了。

“抱歉，”他说，“但事实就是这样，莱克小姐……噢，天哪。那是我的秘书吗？现在又是什么情况？”

我们一齐朝门口望去。我们听到外面，奥弗顿爵士的助理坚定地告诉某个人，他们现在不能见他。

“绝对不行。”我们听到了她的立场。

“真的很抱歉，”传来一个女性的声音，“但我们真的必须……”

办公室的门被猛地推开了。

“这到底是谁？”奥弗顿爵士说，他的忍耐已经达到了极限。

“等等！”我听到自己喊叫出来。接着，我又用十分平静的声音重复道：“等等。”

在门口，克拉伦斯一边用手奋力地撑着门，一边尽量不让一个塞满东西的大邮包掉下来。

跟他在一起的是邦蒂，她脸色苍白，骨瘦如柴，额头上还有一个青灰色的伤疤，沉重地倚靠在一个拐杖上。

柯林斯大步走过去，向她伸出自己的胳膊。邦蒂扶着他，慢慢跟着他走进了屋子。

邦蒂来了。

我像疯子一样半哭半笑，发出难以辨认的声音。

我怎么也想不通她为什么会出现在这里，但那不重要。我马上就要被解雇了，其他都是一场灾难，不重要了。邦蒂好点了，至少她在康复中，而且她来了，我要好好跟她谈谈。

突然，我害怕了。我有太多要解释的。我不能只是跑过去说声抱歉，当作一切都没有发生过。如果她来是出于我不知道的原因，或者还是不想见我怎么办？如果她还恨着我怎么办？

“你好，小艾。”邦蒂说着，瘦削的脸上露出一个勇敢的微笑。

我顾不上她脆弱无比的样子，从奥弗顿爵士旁边挤过去，给了她一个大大的拥抱。

“我很抱歉，”我说，都能摸到她外套下面突出的骨头了，“我真的对不起你。”

“没事，”邦蒂说，“真的，没事的。”

“麻烦有人能告诉我，现在是什么情况吗？”

邦蒂从我身边抽离，带着自己最迷人的微笑，进行了自我介绍。

“奥弗顿爵士，很抱歉，我不请自来。我叫玛丽戈尔德·塔维斯托克，上周杂志刊登出来的信是我写的。那是封艾米琳回复的信。还有这位是克拉伦斯，我们在楼下碰到的。”

奥弗顿爵士的表情在说，他根本不知道这些人是谁。

我张大嘴巴盯着邦蒂，她继续说下去。

“克拉伦斯刚刚送过来这个。里面全是信，先生。寄给《女性挚友》的。人们喜欢艾米写的内容。她们，那个，也喜欢我的信。”

“先生。”克拉伦斯说，把大家吓了一跳，包括克拉伦斯自己在内，因为他刚才发出的是十分洪亮的男中音，听上去就像是威尔士男声合唱团成员发出的一样。看到大家大吃一惊，他没有再继续说下去，而是双眼直直地盯着房间中央，摆出一副贵族的架势，好搭配他的新嗓音。

奥弗顿爵士现在一副误入现代艺术展的过客的表情，完全不想掩饰自己一头雾水的心情。他眯起眼睛，一脸狐疑。伯德太太一时间哑口无言，但脸涨得通红，坐立难安，就好像在羽毛外套下孵一枚巨型蛋。

“怎么，”奥弗顿爵士说，“有这么多人看了？《女性挚友》的销量少得可怜。对，对，我知道订阅量是在上涨，但涨了这么多吗？”

柯林斯先生不安地挪动了下身子。

“我，呃，那个。”

“怎么回事，柯林斯？你做了什么吗？”

“嗯，先生，我跟一个在英国报业协会的朋友提到过塔维斯托克小姐的来信，”柯林斯先生说，“他们认为，这封信提供了在战争大后方留守的年轻女性的一个有趣的视角，并对此进行了宣传——诚实、勇敢，等等。报道量很大。实际上，我们取得了很好的效果。”

“奥弗顿爵士，先生，我想，你或许想要看看这些信，”邦蒂说，“所以我让克拉伦斯都带上来了。”

我不知道邦蒂是怎么知道这件事的。我跟奥弗顿爵士一样被蒙在鼓里。

“我肯定，来信会源源不绝的，”邦蒂说，“噢，奥弗顿爵士，求求您不要解雇艾米琳，也不要报警。她是个十足的傻瓜，但她真的不是故意的，说实话，她绝不会再这么做了。”

邦蒂抬头看着董事长，对他悲伤地微笑了一下，差点让我笑出声来。我也及时承诺，从今以后，我一定遵照大家的吩咐行事。

“恐怕，女士们，”奥弗顿爵士不为所动地说，“我们需要公事公办，而不能指望用水汪汪的大眼睛和悲伤的表情解决问题，虽然它们很具感染力。然而，没人会报警的。现在，亨丽埃塔，在你说话之前，我很理解你现在的感受，我也不怪你。这是件丢脸的事情。但我决不允许自己的公司成为一个笑料。”他瞟了一眼华丽的挂钟，有些不耐烦，“逮捕一名初级文员会让这场争辩难上加难。至于小报……”

“奥弗顿爵士，”我身边一个快要窒息的声音插了进来，“我必须抗议。这真是令人发指。我不得不辞职了。整个事件，”伯德太太强硬地说，“都是一派胡言。我要诉诸法律。”

奥弗顿爵士深深吸了一口气。

“亨丽埃塔，”他对她说起了一个题外话，“自从你回来后，每周都威胁着要辞职。”

“我会起诉的。”伯德太太说。

“请你不要，”奥弗顿爵士温和地说，“这太新潮了。”

有那么可怕的一瞬间，我以为柯林斯先生忍不住要笑出声来，但他最终用咳嗽声掩盖了过去。如果奥弗顿爵士放一把火烧了伯德太太的外套，也比刚才的话带来的效力要逊色三分。

“我明白了，”她说，从每一个细胞里聚集着自尊，“那样的话。”

伯德太太最后用羽毛和绉纱发出了沙沙的声响从我们身边掠过，

走出了房间。

奥弗顿爵士又叹了口气，但这次并非不开心。

“好了，现在，”在门被摔上的同时他说，“这是个很有趣的小插曲，自从1889年我祖父命我在邮局工作一周后，我再也没有这么欢乐了，对，你或许会惊讶，年轻人——”克拉伦斯此刻忘记了高贵的架势，差点晕过去——“这占用了我太多时间。莱克小姐。我并未对此掉以轻心。伯德太太说的一点都没错。你的行为不能容忍。从来信看，这并不是一场绝对的灾难，但那不是重点。你不能随意制定自己的规则。”

“没有，奥弗顿爵士，”我赶忙站直，“从没有过。”

“你需要明确的指导，你需要有个人像老鹰一样监督你。”

“是的，先生。”

“但你确实看上去对年轻人有一定的了解。”

他若有所思地看着我。

“如果拿这次回信作为依据，你会得到一些线索。虽然《女性挚友》已经陪伴无数家庭走过数十年了，但我必须承认，我们或许还是忽略了一些东西。我可不愿意看到它翻船失败。我会跟柯林斯先生进一步讨论的。现在，麻烦请从我的办公室出去，莱克小姐，带上你的朋友们。”

我没有动。柯林斯先生夸张地对我翻了翻白眼。

“你现在还没有丢掉你的工作，”由于我一脸茫然，奥弗顿爵士一字一句地解释着，“周一之前不要回来。”

接着他转向了柯林斯先生。

“柯林斯，”董事长说，“她将由你负责。证明她努力工作，我想要接下来三个月的销量翻倍。如果你们能够做到，那我会考虑让莱克小姐留下来。”

“没问题，先生。”柯林斯先生轻快地说。

奥弗顿爵士又看了我一眼，垂下了眉毛。

“年轻的姑娘，你真他妈的走运。真他妈的走运。现在，请你离开，让我静一静。”他停了下来，我确信他在忍着不笑，“还有，天哪，别跟亨丽埃塔说，我刚说了‘真他妈的’。”

第二十八章

你从未放弃

You Never Gave Up

我开始滔滔不绝地感谢着奥弗顿爵士，但他已经转身朝一托盘的水晶酒瓶走去。柯林斯先生示意我，在董事长改变主意前尽早离开，克拉伦斯已经把大邮袋拖到了外面，急匆匆地下了楼，邦蒂和我小心翼翼地跟在后面。

门在我们身后关上，我带着她来到了奥弗顿爵士办公室外等候区的一个大沙发前面。她看上去筋疲力尽，非常虚弱。

奥弗顿爵士的助手，杰克逊小姐，已经恢复了她的日常工作，从她坐的办公桌前朝这边望过来。我以为她会让我们离开，但我错了。

“没关系，”她说着站了起来，“你们可以坐着休息。我们不想任何人晕过去，搞得一团乱，”她对邦蒂笑了笑，“我刚读了你给《女性挚友》写的信。别担心。你非常勇敢。做得很棒！”

邦蒂有些惊讶，但很高兴。

“现在，”杰克逊小姐继续说，“我去给奥弗顿爵士沏茶，你们可以在这里待五分钟。”

“我想爵士或许已经喝了点更猛烈的东西。”我暗示说。

杰克逊小姐看着我：“嗯。你确实给人留下了深刻的印象，不是吗？”她说着，又转向邦蒂，“我也会帮你沏一杯。坐在那里，如果你感觉跟你看上去一样糟糕，就把头枕在两膝盖之间。没有任何冒犯的意思。”

然后她就走开了，只剩邦蒂和我两个人。

好长一会儿，我们谁也没说话。发生了这么多事情后，再加上今天戏剧性的事件，邦蒂显然已经没什么力气了。我纠结着，不知道该从何说起。

“绝对是你把奥弗顿爵士逼得借酒消愁的。”邦蒂抬头看着我微笑着说，接着突然泄了气，盯着自己的鞋看。

邦蒂之前就是这样跟我说话的，我受到了鼓舞，试图开口说话。

“谢谢你，那个，呃，今天能来，”我迟疑着，“你是怎么知道的？”

“我看到我的信了，”邦蒂答道，“在《女性挚友》杂志上。还有你的回复。我知道肯定是你写的，但我不敢相信它竟然出现在了杂志上。据你之前所说的情况，伯德太太绝对不会允许的。所以我设法联系到了柯林斯先生，他把一切都告诉我了。他说他正在努力解决问题，但看上去有点困难，”她停顿了一下，“我不禁觉得这都是我的错。毕竟，如果不是我寄出那封信，你就不会在杂志上回复它。他们送我去看了一个专家，我就是在那里寄出的，希望你会猜出那封信出自我手。”

一阵痛苦的表情浮现在她的脸上，她接着又说。

“我知道这很傻，”她说，“我本应该写给你的。但我觉得自己做不到。毕竟，我拖了这么久都没给你回信。”

随后她露出非常悲伤的表情：“我真的很抱歉，小艾。我本应该跟你聊聊的。我真的太坏了。”

我惊讶地盯着她。

“你真的太坏了？”我说着在旁边配套的沙发上坐下，“可是，小邦，这全是我的错。”

我早已在脑海中排练了成千上万次，如果有机会，我会怎么说，但现在她就在这里，不在别的地方，而偏偏出现在了奥弗顿爵士的办公室，真的不知道说什么才好。我仍然害怕谈论过去发生的事情。

“我搞砸了一切，”我最后说，“我不是说《女性挚友》，虽然我知道给读者回信很傻。但那个不重要。”

我深吸了一口气。

“我搞砸了你跟比尔的事情，”我说，“你说得对。他的死是因为我。”

邦蒂想要开口说些什么，但我摇了摇头，她就让我继续说下去了。

“我们吵了一架，根本没意义的吵架。这不关我的事，我不应该插手的，”我感到自己的声音有些沙哑，“我不应该那么晚才到……”我甚至都不想提那个地方，“才到巴黎咖啡馆。这全是我的错。我真的对不起你，邦蒂。我是认真的。”

邦蒂抓住我的手，紧紧地握着。

“不，小艾，”她说，“这不是你的错。所有人都没错。”她咬着嘴唇，聚精会神想要说什么，“我说的是真心话。比尔跟我说了你们吵架的事情。他说你试图想要道歉，但他不给你机会。”

她直视着我的眼睛：“艾米，这不是你的错。你肯定没想到发生了什么。如果他不是出去找你，我也没去找地方给你打电话，我们就都回到自己的座位上了。”

她的声音有些颤抖，但她的目光没有闪躲。

“小艾，”她有气无力地说，“那个区域的所有人都死了。他们都死了。”

她艰难地咽下了口水。

“我之前归罪于你，小艾，但这不是你的错。失去他，我太生气了。我想我只是想要伤害别人。我才是需要道歉的那个人。而且，你知道最糟糕的是什么吗？”

我摇摇头。邦蒂的眼里噙满了泪水。

“他的死已经够糟糕了。我想到连你也会离开。没有你，我就无所依靠了。我不知道之前自己在做什么。”

“我无法想象。”我说。

“我处理得不是很好，”邦蒂说，“我在信里提到的都是真心话。我觉得自己就是个傻瓜。看看你，继续努力。你从未放弃。”

“我会的，”我马上说，“天哪，如果换成我，我早就乱成一团了。而且再说了，你看看，我把这里搞得乌烟瘴气的。我真的是没用。”

邦蒂又擦了擦眼睛，挤出一个微笑。“报业的人都会骂人吗？”她说。

我咧嘴一笑：“看上去确实是。但我现在还没有真正进入报业。而且直到刚刚，我都没有接触到真正的东西。你跟克拉伦斯的出现，以及那一沓来信拯救了我。你、柯林斯先生还有他的销售额演讲。”

“不，”邦蒂说，“你的信才是大功臣，小艾。它们每一天都在拯救我。你寄来的每封信我都看了。即使我不知道该如何回复你，你都从未放弃。而且不论有多糟糕，有多绝望，我都知道自己会收到一封信。你从来不会放弃我。所以，我终于明白了，我自己也不能放弃。”

我不知道该说什么。在杰克逊小姐回来时，我很有可能会放声大哭。我努力将注意力集中在今天，而不是过去。

“我还是无法相信你能来办公室，小邦，”我说，“就这样闯进了奥弗顿爵士的办公室。这好像是在电影中才会有的情节。你真是个英雄。”

“我本来没这么打算的，”邦蒂说，她自己也是一脸诧异，“我来伦敦就是想来看看自己有没有准备好回到公寓。奶奶对此有点担心。她现在还在那边等我。实际上，”她继续说，“我对此也有点担心。只是，嗯，你懂的，看到那些婚礼的东西。”

“妈妈和我稍微收拾了下，”我温柔地说，“我们很小心的。”

邦蒂看上去很感激但又有点担心：“真的吗？谢谢你们。”

“当然，东西都还在。你什么时候想看，就可以拿出来。”

邦蒂又咬了咬嘴唇。

“所以，”我冒了个险，继续说道，“你计划回来了吗？”

邦蒂点点头。“除非你自己已经找了个新室友。”她勉强说。

“那个，克拉伦斯太年轻了。”我说。

“而柯林斯先生太老了，”看到我一脸困窘，邦蒂故意说，“真可惜他没有个弟弟啊。”

我们一起哈哈笑起来。

“你在信里都没有提过查尔斯。”邦蒂继续说，“没事吧？”

我点点头：“希望如此吧。我觉得你不会想知道的。”

“你这个笨蛋，我当然想知道，”邦蒂说，“我想要知道发生的一切。我真的好想你，小艾。”

奥弗顿爵士厚重的橡木门后爆发了一阵低沉的大笑声。

邦蒂和我对视了一眼。

“那个是好兆头。”邦蒂悄悄说。

“上天保佑，”我说，“你会回来伦敦的，对吗，小邦？”

她点点头："如果你不介意我拖着这个跟着你生活的话。"她说着看了一眼自己的拐杖，用拐杖头重重地敲了一下地板。

"别傻了，"我说，"而且，不管怎么说，你很快就能到处乱跑了。"

"我想，自己永远都没办法再回到楼上的公寓生活了，"邦蒂说，"我问奶奶可不可以让我们用其他的房间。说实话，本来她对我回来就不是很赞成，但她说如果我们愿意，用是没问题的。"

这不需要邦蒂亲口说。我知道这不是因为行走的原因。那间公寓里充斥了太多的回忆。

"我们可以找个房客。"我开心地提了个建议。

"如果我们真这么干了，你能想象奶奶会是什么表情吗？"邦蒂哈哈大笑，"她会疯了的。"

"找个她喜欢的人呗，"我提议道，哈哈大笑起来，"一位陷入困境的绅士。或是妇女协会的人。"

"或是同事？"邦蒂也来凑热闹，看上去很感兴趣，"陆军部有一堆没有住处的人。"

"机密人士，"我说，"甚至是……"

"间谍！"我俩异口同声地喊道。

"我们还可以把地下室租出去。"我补充道。

"噢，对，"邦蒂说，她对这个新计划很感兴趣，"那很棒。隔壁的哈伍德夫人认识很多有趣的人。流离失所的欧洲人，自由的法国人……"

"全部是卧底，"我插嘴说，显得很有见识，"当时都是我们这边的。"

"当然了，"小邦说，"说实话，小艾，我觉得这主意真不错。

我们可以收留各种各样有趣的人。”我最好的朋友瘦削的小脸终于绽放了笑容，“噢，艾米，”她说，“能回来，我真的特别开心。”

“我也是，”我笑着说，“来吧，小邦，”我挽起她的胳膊，她撑着自己的拐杖艰难地站了起来，“我们回家，开始我们的新计划吧！”

作者后记

撰写《亲爱的伯德太太》的想法萌生于1939年偶尔看到的一本女性杂志。这是一个奇妙的发现，让我得以一瞥那个时代和社会。杂志上应有尽有，不仅可以找到炖羊脑的菜谱，还可以找到如何编织自己的游泳衣。

但我最喜欢的还是“读者问答”版块。在为撰写小说做调研时，我看了上百封信，有好多都能让我开口一笑——询问怎么对付雀斑的，或是跟插队的人发生争执该怎么办。然而，最重要的是，我被最艰难时期里遇到难以想象的困境的女性来信数量震撼到了。

杂志读者有时会很孤独，跟她们的爱人分开了好多年，或是知道自己现在再也见不到他们了。还有一些人遇到了错误的男人，或是“失去理智”而陷入了孤立无援的处境。有些人遭遇的难题我们或许都会感同身受，当然，但愿我们都不会遭遇这些。很多写信来征询建议的人都知道，有些决定会改变她们的一生。

很明显，战争时期的女性杂志向读者提供的远远不止勉强糊口、充分利用口粮配给、编织或缝纫这些重要且必要的帮助。

那些建议提供者的回复也让我很吃惊。她们并不只是陈词滥调，说着“保持冷静，继续前行”[1]的口号。她们大多时候都展现出了同情、支持并提供了实用的帮助。

慢慢地，这些杂志就成了通往我梦寐以求的写作世界的桥梁，成了那些想要发言的角色的灵感，成了她们想要经历的冒险。

每当我们谈论起《亲爱的伯德太太》，我都会向她们展示自己收藏的杂志，看到她们很快就被战时英国的女性生活吸引后，我就特别高兴。不管是否处于数码时代，杂志仍是我们大多数人知道、阅读并热爱的一部分，看杂志似乎更容易让我们回到过去。当我拿起一本有着近八十年历史的杂志时，我常常会好奇，人们最初是在哪里看它的，读者是像我一样坐在厨房里吗？还是在她午餐休息时偷偷瞟一眼？或者是乘公交时深深地陷在故事情节里，车外正掠过炸毁的建筑物？也许她就在空袭期间为防空洞的朋友们大声朗读出来，好分散大家的注意力？当然，我永远都不会知道，但有时我会在脑海里举起自己的茶杯为她送上祝福，希望一切都会好转。

很多出现在《亲爱的伯德太太》中的读者来信的灵感均来源于那些战时杂志上刊登的来信、建议、文章以及专栏。我觉得它们发人深省、感人肺腑并鼓舞人心，而且我对那个时期女性的崇拜感与日俱增。我们的母亲、祖母、曾祖母和朋友们，我希望她们中的一些人可以看一看并且喜欢艾米和邦蒂的故事。很荣幸能够一窥她们生活的世界，并记住这些了不起的女性。

A.J.皮尔斯

[1] 1939年第二次世界大战开始时，英国皇家政府制作的海报，用以鼓舞民众的士气。

致谢

非常感谢那些有史以来帮助、支持并鼓励我将《亲爱的伯德太太》写成书的人，你们太优秀了。没有你们，我还是那个坐在办公室里盯着窗外，质疑自己能否出书的人。

写这本小说时，我阅读了大量的书籍和报纸——这是必不可少的，还有那个时期的成百上千本杂志。我想感谢每个聆听我关于战时生活问题的人，尤其是我的父母。我无数次拜访、打电话以及发邮件询问他们的童年，还有布伦达·埃文斯夫人，在她本该享受家庭活动时慷慨地接待了我一次又一次的突然造访。我要特别感谢乔伊斯·鲍威尔夫人，她和她的女儿简·詹姆斯非常友好地回答了我有关辅助消防队工作的问题。鲍威尔夫人，是你给了我塑造艾米、邦蒂以及B分队姑娘们在空袭场景中的灵感。我希望自己本色地还原了你和你朋友们口中的事实——如果我发挥了艺术想象力，还望见谅。如果出现了任何事实上的错误，当然全由我自己负责。

感谢我的王牌经纪人——乔·尤恩，她是如此善良、聪明、无畏、风趣，她是为我排忧解难的终极战士。她让这本书无比的精彩有趣。感谢萨巴·艾哈迈德、伊莎贝尔·阿多玛科·杨和米莉·莱利，谢谢你们经常让我觉得自己算得上是个合格的作家。

感谢骑马斗牛士出版社和潘·麦克米兰公司的每一个人，谢谢你们从一开始就给予《亲爱的伯德太太》的支持和关怀，特别感谢保罗·巴格利、安娜·邦德、凯蒂·图克、基什·维迪亚娜、卡米拉·艾尔沃西和尼古拉斯·布莱克。当然，我还要特别感谢弗朗西丝卡·梅恩，感谢她的体贴、善良和高超的编辑才能。能跟你们一起工作真的是我的荣幸。

感谢盖夫曼·施耐德的黛博拉·施耐德，是你让我找到一个美国出版商的梦想成真，我真的很感激你和斯克里布纳尔出版社的每个人，尤其是南·格雷厄姆、艾米丽·格林沃尔德和卡拉·沃森，感谢他们不仅忍受了我充斥着八十年前英式用语的手稿，还进行了杰出的编辑。

感谢C+W文学代理公司的亚历山德拉·麦克尼科尔、亚历山大·科克伦和杰克·史密斯·博桑基特，是你们让艾米和邦蒂可以传播到世界各地，并且冒着破坏国际关系的风险，宣传着伯德太太。我真的很希望你们有张大大的地图和很多可以插木棍的木质书！

感谢我所有杰出的朋友，特别感谢：

凯蒂·福德、乔·托马斯、佩妮·帕克斯、朱迪·阿斯特利和克莱尔·麦金托什，感谢你们一开始就给予我鼓励和信念，并告诉我要坚持下去。凯蒂，你是我的英雄，永远都是！朱莉·科恩，您是最有耐心、最有见地和最能鼓舞人心的导师，也是我最高级别的、最善解人意的写作指挥官。感谢雪莱·哈里斯看了我粗糙的第一份手稿，并且慷慨地告诉我她相信总有一天，会有一个真正的出版商想要看这部作品。

感谢珍妮丝·维西和印加一直陪我走了好久好久去实现这个梦想。你们让我畅所欲言，从未让我闭嘴——这就值得颁发一枚马拉松金牌！感谢盖尔·切塔姆，谢谢您的聆听以及理解我最关心的事情。感谢蕾切尔和克里斯·伯德，他们从一开始就见证了这本书的诞生，而且不管发生什么都一直陪在我身边。能够分享你们的名字，伯德太太会很骄傲，尽管很显然，对她来说一想到将酒和零食从栅栏上递过来，就是件非常可怕的事情。

我还要感谢布林·格林曼、尼基·佩蒂特、玛丽·福特、苏·希尔和吉内塔·乔治。我欠你们的太多了，但在你们眼中，我能出书是理所当然的事情，对于这点我万分珍视。有了你们这些朋友，我觉得自己或许可以完成任何想要完成的事情。

最后，感谢妈妈、爸爸、托比和萝莉。感谢你们为我做的一切。我们家人口不多，但世界上没有一个能比我们更齐心协力的家庭了。谢谢你们。

图书在版编目（CIP）数据

亲爱的伯德太太 / (英) A.J. 皮尔斯著 ; 王颖译
. -- 上海 : 上海文艺出版社 , 2019.12
(读客外国小说文库)
ISBN 978-7-5321-7421-8

Ⅰ. ①亲… Ⅱ. ① A… ②王… Ⅲ. ①长篇小说—英国—现代 Ⅳ. ① I561.45

中国版本图书馆 CIP 数据核字 (2019) 第 239960 号

责任编辑：秦 静
特邀编辑：许天弈 宋 琰 王 品
封面设计：李子琪 Kimberly Glyder

亲爱的伯德太太
［英］A.J.皮尔斯 著
王 颖 译
上海文艺出版社出版、发行
地址：上海绍兴路7号
电子信箱：cslcm@publicl.sta.net.cn
网址：www.slcm.com
新華書店经销 三河市龙大印装有限公司
开本 889毫米×1270毫米 1/32 12印张 字数 265千字
2019年12月第1版 2020年4月第2次印刷
ISBN 978-7-5321-7421-8/I.5898
定价：49.90元